오전 9시에서 10시 30분 사이

이브 그르베 지음 김주경 옮김

씨드북

드니와 에릭에게.

나의 고등학교 친구들에게 이 책을 바친다.

/

"불가능해 보이는 것을 모조리 제거하고 나면,

믿을 수 없겠지만, 최후에 남는 것은 진실이라네."

코난 도일, 『네 사람의 서명』 중에서

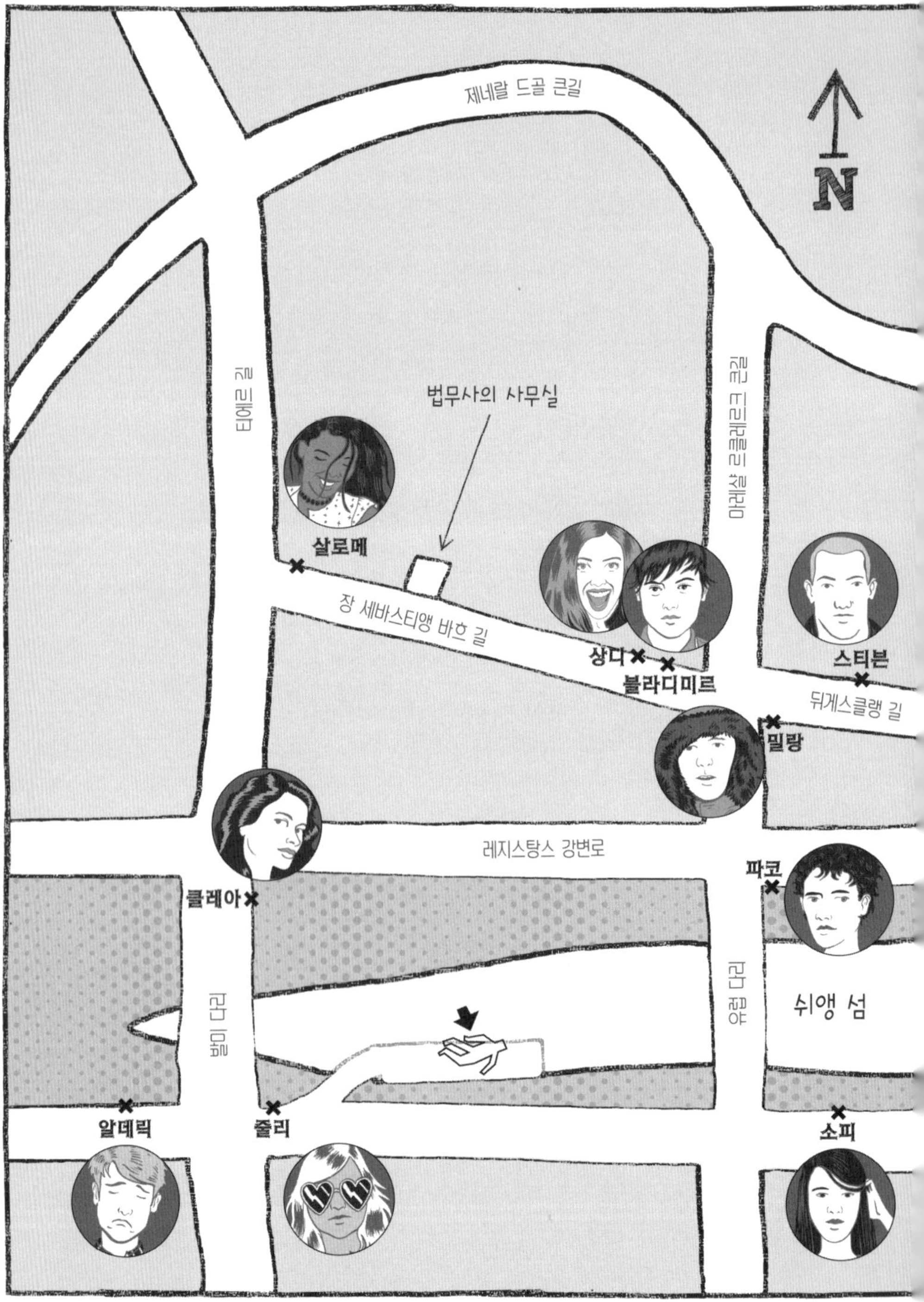
제네랄 드골 큰길
N
법무사의 사무실
티에르 길
아리스티드 브리앙 큰길
살로메
장 세바스티앵 바흐 길
상디
블라디미르
스티븐
뒤게스클랭 길
밀랑
레지스탕스 강변로
클레아
파코
뵐리 다리
양 다리
쉬앵 섬
알데릭
줄리
소피

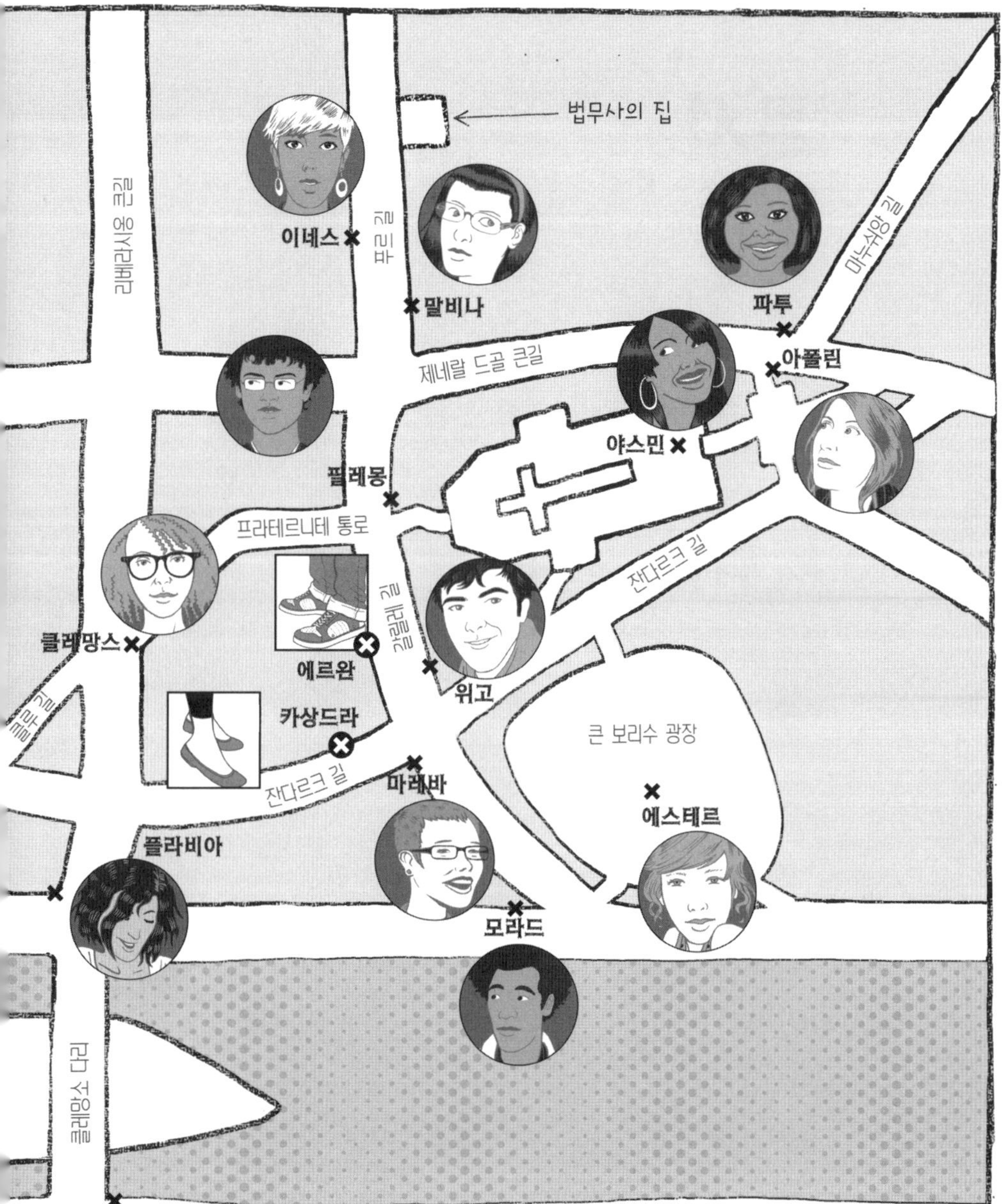

법무사의 집
리베라시옹 큰길
파르 길
이네스
말비나
파투
마누쉬앙 길
제네랄 드골 큰길
아폴린
야스민
필레몽
프라테르니테 통로
갈릴레 길
잔다르크 길
클레망스
에르완
위고
카상드라
큰 보리수 광장
잔다르크 길
마리바
에스테르
플라비아
모라드
클레망스 다리
쥘르
드라페 강변로

목차

① 시작은 과제하기였다

모든 게 국어 시간에 있었던 '창작과 놀이'라는 제목의 과제에서 시작되었다. 모두 시내로 나가서 한 시간 반 동안 작가가 되어 보라는 선생님의 이야기를 듣는 순간, 우리 반 애들은 모두 기뻐서 펄쩍펄쩍 뛰었다. 학교 담장 밖에서, 그것도 완전히 자율적으로 이뤄지는 수업은 고등학생이 된 후로는 처음이었다. 게다가 바칼로레아(프랑스 대학 입학 자격 시험)가 얼마 남지 않은 상황에서, 입시와 상관없는 수업이라니! 그것도 처음이었다. 덕분에 우린 그 시간만큼은, 이미 오래전에 죽어 땅에 묻힌 작가들의 작품과 주석을 읽는 따분한 일 따위는 하지 않아도 되었다.

과제의 주제는 간단했다.

시내 한 장소에 자리를 정한 뒤에, 그곳에서 아침 9시부터 10시 30분까지 한 시간 반 동안 여러분이 목격한 것이나, 흥미롭게 여겼던 것을 마음대로 표현해 보세요. 단순히 풍경이나 사람을 묘사해도 좋고, 상상으로 이야기를 꾸며 내도 좋아요. 시, 연극, 수필 등 형식도 자유입니다.

"자유롭게 써 보세요!" 다를렌 선생님이 열정적인 어조로 말씀하셨다.

그리고 방금 한 말을 후회라도 하듯이 얼른 덧붙이셨다.

"그런데 얘들아, 난 너희들을 믿는다. 절대로 그냥 빈둥거리다 오면 안 돼."

선생님의 이런 아이디어가 어디서 온 건지 확실히는 모르겠지만, 아마도 인터넷에서 보고 생각해 내신 게 아닐까 싶다. 우린 다를렌 선생님이 인터넷으로 남편감을 찾고 있다는 사실을 알고 있었다. 이과반에 있는 새미라는 녀석이 프랑스에 온 지 얼마 안 된 아르헨티나 출신의 탱고 강사 행세를 하면서, 밤마다 채팅으로 선생님을 속이고 있었기 때문이다. 녀석은 프랑스 여성의 우아함에 완전히 반해 버렸다면서 덧붙이길, 한시라도 빨리 합법 체류 자격을 받기 위해 안정된 결혼 상대자를 찾고 있다고 한 것이다. 다음 날, 녀석이 학교 식당에서 그 이야기를 하자, 아폴린은 한참 깔깔대며 웃고 나서 이렇게 말했다.

"너희 남자애들은 정말 잔인하고 못됐어!"

드디어 그날 아침! 갈릴레 길 중간 지점에 서 있던 내게 문득 영감이 떠올랐다. 그래서 난 나와 마주친 행인들을 묘사하기보다는, 이 기회를 통해서 인류를 향해, 특히 선진국 시민들을 향해 호소해 보기로 했다.

에르완

갈릴레 길 중간 지점

잿빛 옷을 입은 채 자아에 갇혀 있는,

다른 자들에게 무관심한 그런 사람들은 내 눈에 보이지 않았다.

내가 본 것은 다만, 색의 향연에 빠져 있는 갈색 피부의 사람들,

가진 것을 나누기 위해 두 팔을 활짝 벌리고 있는 사람들뿐.

더 소비하라고 부추기며 군중을 선동하는,

선정적이고 자극적인 그런 포스터들은 내 눈에 보이지 않았다.

내가 본 것은 다만, 인도 위에 분필로 서툴게 쓰인,

사랑과 친절과 위로를 담아 가슴을 따뜻하게 해 주는 말들뿐.

행인들 앞을 가로막고 서서 하늘과 바다를 가리고 있는,

우울하고 슬픈 그런 벽들은 내 눈에 보이지 않았다.

내가 본 것은 다만, 저 멀리 빛나는 곳을 향해 숨을 쉬게 해 주는,

한계도, 그림자도 없는 수평선뿐.

아이들과 나무들의 허파를 오염시키는,

매캐한 매연을 뿜으며 달리는 그런 거만한 자동차들은 내 눈에 보이지 않았다.

내가 본 것은 다만, '도시에서 도망쳐! 진짜 삶은 다른 곳에 있어!' 라고 외치며 푸른 하늘을 마음껏 자유롭게 날아다니는 새들뿐.

선생님의 코멘트

진정성이 느껴지는 구절이 몇 군데 있긴 하지만, 전체적으로 약간 과장되게 느껴지고, 무엇보다도 과제의 의도를 벗어난 것이 문제군요(이 점은 학생의 버릇인 듯 합니다). 도시의 어떤 장소에서도, 심지어 세계의 어떤 도시에서도 쓸 수 있는, 지나치게 일반적인 글을 썼다는 점에서 그렇습니다.

학생 대부분은 창작 시간, 특히 이처럼 오락 같은 시간을 무척 좋아했다.

비록 두 학생이 이 기회를 이용해 아무것도 안 하고 빈둥거리긴 했지만, 다를렌 선생님은 우리의 경험을 매우 긍정적이고 다채롭다며 높이 평가하셨다. 나를 포함한 몇몇 학생을 제외하곤, 대부분이 독창적이고, 매우 잘 쓴 글이라는 평을 받았다. 선생님은 글을 더 흥미롭게 하려고 상황을 극적으로 표현한 몇몇 학생들의 능력도 칭찬하셨다.

"몇 사람의 글을 읽어 보니, 마치 우리 도시가 광적이고 위험한 범죄로 들끓고 있는 것처럼 보이더군요." 선생님은 비꼬듯이 말씀하셨다.

"하지만 선생님, 그건 사실이에요!" 눈에 띄길 좋아하는 상디가 항변하듯 말했다.

이 모든 게 2주 전에 있었던 일이다. 그 후에 우리 도시의 법무사 한 명이 의문의 죽음을 당했다는 뉴스가 나왔다. 범행이 있었던 시간을 보니, 우리 반 애들이 각자의 걸작을 쓰기 위해 도심 구석구석으로 흩어져 있던 바로 그 시간이었다. 나는 우리가 관찰한 것들(특히 다른 애들의 것)이 경찰의 수사에 도움이 될 수 있을 거란 확신이 들었다. 하지만 내가 선생님께 아무리 그렇게 말씀드려도 소용없었다. 선생님은 내 앞에서 결정적인 말씀을 하셨다.

"에르완, 난 네가 공부에나 더 집중했으면 좋겠구나. 넌 문과반이잖아. 네 목표는 6월에 있을 바칼로레아 시험을 통과하는 거야. 특히 국어에서 다른 아이들보다 더 좋은 성적을 받아야 해. 네 할 일은 그것인 거지, 범죄를 밝혀내는 게 아니잖니!"

"하지만 여자애들이 선생님께 제출한 과제물에 수상쩍은 상황들을 제법 썼던 것 같은데요?"

"수상쩍은 상황들? 그건 과장이야! 그 애들은 상상한 걸 이야기한 것뿐이잖아! 자, 그 이야긴 그만하자."

친구들마저 내 생각에 별로 관심을 보이지 않았다.

"인마, 넌 영화를 너무 많이 봤어." 밀랑이 한마디 던졌다.

"아냐, 이 자식은 벌써 탐정 소설 작가처럼 구는 거야." 필레몽도 거들었다.

이 두 녀석이 바로 나의 절친이라는 놈들이다.

오늘 아침에 또 라디오에서 그 사건에 관한 이야기를 들었다. 경찰은 아주 작은 단서라도 찾아내려고 열심이었다. 그래서 난 용기를 내어, 수업이 끝날 때 선생님께 조금 더 떼를 써 보기로 했다.

"선생님, 잠시 시간 좀 내주세요. 상황이 아주 심각해요. 오늘 아침 지역 방송 들으셨지요?"

"아니, 난 프랑스 앵테르나 프랑스 퀼튀르 같은 국영 방송만 들어."

"그럼, 제가 설명해 드릴게요. 지금 경찰이 법무사 살해 사건을 목격한 증인들을 애타게 찾고 있어요. 저희가 지난번 야외 수업 때……."

"말도 안 돼! 에르완, 또 그 이야기니? 정말 못 말리는 고집이로구나."

"선생님! 수사관들이 아직 아무런 단서도 찾지 못해서 제자리걸음만 하고 있대요. 우리가 그분들을 도와야 해요. 이건 시민 정신의 문제잖아요. 반드시 진실이 이겨야 한다고요."

"에르완, 제발! 난 너희들이 쓴 글을 전부 꼼꼼히 읽었어. 그래서 말인데 네 친구들 중 그 살해 사건의 증인이 될 만한 사람은 단 한 명도 없다고 장담할 수 있어."

"제 말은 그게 아니에요. 선생님이 대수롭지 않게 여긴 것들도 전문

가들의 눈엔 흥미로운 단서가 될 수 있다는 말을 하는 거예요, 선생님. 그 사건 전담 형사들은 틀림없이 친구들이 쓴 글 중에서 꼭 필요한 단서들을 잡아낼 거예요. 그러니 선생님이 형사님들을 좀 만나 봐 주세요, 네?"

"난 그런 데 쓸 시간이 없어, 그건 너도 마찬가지고. 2주 후면 모의고사인데, 넌 아직 시험 준비가 안 돼 있잖아. 자, 이 이야기는 여기서 끝내기로 하자. 시험공부에만 신경 쓰고, 형사님들 일은 그분들이 알아서 하시게 내버려 두렴. 그럼 잘 가라."

난 포기하지 않을 작정이다. 내 생각은 이렇다. 친구들에게 직접 부탁해서, 과제물을 전부 모으는 것이다. 물론 그 작업은 쉽지 않을 것이다. 내가 우리 반 애들 모두랑 친한 건 아니니까. 그래서 도와줄 사람을 찾아야겠다고 생각했다. 특히 여자애들 중에서.

제일 먼저 아폴린에게 말해 보기로 했다. 그 애는 우리 반에서 인기가 짱이다. 모든 면에서 최고일 뿐 아니라, 끊임없이 선생님들을 기절초풍하게 만드는 능력을 가졌기 때문이다. 언젠가 그 애가 자기의 공부법을 설명해 준 적이 있었다.

"난 일반교양을 위해서 저녁마다 고전 소설이나 철학책만 읽어. 바칼로레아를 미리 준비해 놓는 거지. 그리고 8시쯤 잠자리에 들고, 매일 새벽 5시에 일어나서 두 시간 반 동안 공부해."

그런 두뇌를 가진 아이니, 내겐 더없이 유익한 파트너가 될 것이다.

게다가 그 애는 누구에게나 친절한 데다가, 특히 내 유머를 재미있어하고, 나의 대담한 문학적 시도도 높이 평가해 준다. 하지만 솔직히 나의 대담한 시도는 항상 실패만 하고, 점수도 엉망이다. 선생님 말씀에 따르면, 항상 요점에서 벗어난다.

"적어도 이건 학교 교육에서 원하는 답은 아니란다." 언젠가 선생님이 내게 그렇게 말씀하셨다. 이번에도 난 제대로 이해받지 못한 나의 걸작품을 풍자와 냉소의 눈길로 바라봐야 했다.

아무튼, 문제는 이것이다. 아폴린이 나의 수사에 협조해 줄 시간이 있을까?

두 번째 목표는 카상드라이다. 아폴린과는 반대로, 그 애는 시간을 얼마든지 쓸 수 있다. 왜냐하면, 그 애는 늘 자랑하기를, 자기는 수업 시간 안에 수업 내용을 다 외우기 때문에 절대로 복습을 하지 않는다고 했기 때문이다. 더군다나 그 애는 과학과 언어 과목에서 탁월하고 논리적인 감각으로 우리를 자주 놀라게 하곤 한다. 특히 라틴어 영역에서는 완전히 공붓벌레다. 난 체육 수업을 받으러 실내 수영장에 갈 때 그 애와 종종 같은 버스를 탄다. 그럴 때 이야기를 나눠 보면, 의견이 꽤 잘 맞곤 했다. 게다가 난 언젠가 우리 둘이 홀딱 벗은 채 서로 껴안고 있는 꿈을 꾼 적도 있었다. 그 때문인지 난 그 애에게 엄청나게 친밀한 느낌 비슷한 걸 갖고 있었다. 그래서 학교 문을 나서면서, 곧장 카상드라에게 다가가 말을 걸었다.

"헤이, 친구! 혹시 이번 수사에 참여할 생각이 있나?"

"있고말고. 엄청 재미있고, 위험할 것 같아. 그런데 난 그렇게 무서운 게 좋더라."

"그럼 제일 먼저 상디와 살로메의 과제물을 손에 넣어야 해. 그 애들은 그날 자기들이 죽을 뻔했었다는 말을 요즘 어딜 가나 하고 다니잖아. 어쩌면 그 살해범과 관계가 있을지 몰라. 하지만 그 애들에게 대놓고 물어보진 못하겠더라. 평소에도 상디는 면도를 안 한다는 이유로 날 완전히 크로마뇽인 취급하고, 살로메는 내가 말만 걸면 얼굴이 빨개져서 고개를 돌리거든. 그러니까 그 애들 과제물을 네가 좀 맡아 줄래?"

"좋아. 그런데 그 두 개만으론 충분치 않을 거야. 우리 반 애들 것을 다 모아서, 샅샅이 검토해야지. 과학적으로 말이야. 그래서 먼저 알파벳 순서로 목록을 만들어 보는 거야. 그런 다음 내일부터 과제물 수집하는 일을 시작하자."

"그럼 난 밀랑과 필레몽, 플라비아, 그리고 야스민의 과제물을 맡을게. 그리고 아폴린에게도 전화해서, 우리 일에 협조할 수 있을지 물어볼 생각이야."

"마음대로 해. 그럼 나도 내 절친인 클레아에게 물어봐야겠다. 하지만 그 애들 도움 없이 우리끼리도 할 수 있지 않을까? 그래, 내 생각엔 우리 둘이서만 하는 게 나을 것 같아. 늘 느끼던 건데, 너랑 나, 우린 아주 잘 맞잖아. 안 그래, 에르완?"

난 부인하지 않았고, 카상드라는 그런 나를 미소 띤 얼굴로 바라봤다. 그게 그 애의 습관이다. 내가 다시 말했다.

"난 내일 할머니 댁에 가서 신문 기사들을 더 찾아볼 생각이야. 우리 할머니께서 지방 신문을 받아 보시거든. 다 읽은 신문도 버리지 않고, 늘 모아 두셔. 정원에 심은 채소들을 싸서 보관하는 데 쓰신대. 운이 좋으면, 우리에게 필요한 날짜의 신문들이 그대로 남아 있을 거야. 그 사건에 관한 기사들은 모조리 가져와야지."

"일단 토요일 오후에 우리 집에서 첫 번째 모임을 가져 볼까? 계획을 짜야 하니까."

"좋지!"

"그럼 네 휴대전화 번호랑 메일 주소 알려 줄래?"

"요즘 우리 부모님 경제 사정이 좀 좋지 않아서, 내 휴대전화 요금을 낼 수 없어. 그래서 집 전화를 써야 해. 우리 집 전화번호를 적어 줄게. 컴퓨터는 월말에 새 걸로 바꿀 예정이야. 고장 났거든. 그런데 문제는 우리 부모님이 말씀하시는 월말이란 게 도대체 이달 말인지, 다음 달 말인지, 아니면 그다음 달의 말인지 모르겠다는 거야."

이 생각이 옳지 않다는 건 알지만, 그래도 난 그런 고백을 하는 게 사실 조금 부끄러웠다. 그리고 내가 종이를 내밀 때, 카상드라의 시선에서 동정심이 느껴질까 봐 두려웠다. 하지만 그 애는 아무 문제 아니라는 듯이 한마디 툭 던졌다.

"집 전화, 오케이."

예상은 어느 정도 했었지만, 아폴린을 설득하기는 생각보다 어려웠다. 그 애가 곧바로 거절하지는 않았지만, 이 일에 전혀 관심이 없다는 걸 금방 알아차릴 수 있었다.

“미스터 에르완, 실은 나, 지금 꽤 부담스러운 과제 하나를 끝내야 해. 그리고 주말엔 고등사범학교 입시 준비 중인 우리 언니가 맡긴 일을 해야 하고.”

“언니가 맡긴 일? 와, 수용소가 따로 없구나!”

“아니, 그건 아냐, 미스터. 내가 재미있어서 하는 일이야. 평소에 언니와 토론을 많이 하는 편인데, 언니는 내가 논리적으로 생각할 수 있도록 도와줘. 어쨌든 네가 말한 거, 시간을 한번 조절해 볼게. 하지만 지금 당장은 곤란해. 대신 내 과제물은 복사해서 갖다 줄게, 그리고…….”

“뭐 하러 복사를 해? 그냥 주면 안 돼?”

“내 과제물은 우리 엄마가 모두 보관해 두시거든. 무슨 목적으로 그러시는 건진 나도 잘 모르지만, 아무튼 그래. 그러니까 우선 너희가 먼저 읽기 시작해. 정말 뭔가 조사해 볼 만한 게 있으면, 그때 나도 돕겠다고 약속할게.”

과제물 사본을 모으는 일은 카상드라가 예상했던 대로 쉽지 않았다. 어디 두었는지 모른다는 애들도 있고, 심지어 버렸다는 애들까지 있었다. 그러나 실은 누군가가 자기를 평가하고, 자기의 실수와 다를렌 선생님이 내린 평가를 보고 비웃을까 봐 두려워서 그런다는 걸 느낄 수 있었다. 그래서 난 그 애들을 안심시키려고, 내 과제물을 먼저 보여 주었다. 아마도 내가 제일 나쁜 평가를 받았을 것 같아서였다. 난 애들이 내 과제물을 읽게 내버려 두었다. 그리고 애들에게 단단히 약속했다. 수사에 도움이 될 만한 것만 보고, 그 외의 다른 건 절대로 보지 않겠다고. 또 다른 사람들에겐 절대 보여 주지 않을 뿐만 아니라, 누구에게도 그들의 성적을 추측할 만한 어떤 암시도 하지 않겠다는 말도 했다. 그렇게 강조한 덕분인지, 카상드라와 나는 한 주가 끝날 무렵 꽤 성과를 볼 수 있었다.

주말엔 계획대로 할머니 댁에 가서 신문을 살펴봤다. 그러나 아무것도 찾을 수 없었다. 사건 당일로부터 닷새 동안의 신문을 뽑아서 살펴봤는데, 불행히도 그 사건을 다룬 기사는 한 장도 찾지 못했다. 할머니는 실망하는 나를 보고서야 비로소 생각이 나셨는지, 최근 호 몇 장을 옆집 아주머니에게 빌려줬다고 말씀하셨다. 옆집 아주머니는 종종 할머니께 신문을 빌려서, 사망자 중에 혹시 아는 사람이 있을까 해서 부고란을 읽어 보고, 요리 기사를 오려서 스크랩한 후에 돌려주곤 한다고 했다. 난 문제의 신문들을 돌려받기 위해, 하는 수 없이 기기트 아주머니에게 가서 내 생각을 이야기했다. 마침 아주머니도 법무사 살해 사건에 관심을 두고 있었고, 나름대로 결론도 내리셨다.

"틀림없이 여자 문제가 연루되어 있을 거야."

"예를 들면 어떤 식으로요?"

"여자의 복수인 거지. 경찰 수사가 끝나면, 내 생각이 틀렸는지 아닌지 알게 될 거다.”

다행히도 기기트 아줌마를 찾아간 건 수확이 있었다. 수사 초기의 정보들에 관한 기사를 여러 개 찾을 수 있었기 때문이다.

집에 돌아오자마자, 나는 작은 단서라도 될 만한 것들을 찾아내서 열심히 밑줄을 그었다.

사건이 일어나고 이틀째인 3월 24일에 실린 기사는 다음과 같았다. 첫 번째 기사인지라, 아직 범죄라고 부르기 전이었다.

법무사 마리도 씨가 사망한 채로 발견되다

장 세바스티앵 바흐 길에 사무소를 두고 있는 법무사 조르주 마리도 씨가 자동차 뒷좌석에서 사망한 채로 발견되었다. 그의 파란색 메르세데스는 유럽 다리에서 서쪽으로 50미터 정도 떨어진 쉬앵 섬의 강변에 주차되어 있었다.

낚시하려고 강변을 찾았던 장마르크 씨가 마리도 씨를 처음 본 것은 오후 1시쯤이었다. 장마르크 씨의 증언에 따르면 그 당시 그가 차 안에서 낮잠을 자고 있다고 생각했으며, 세 시간 후에도 일어나지 않는 것을 보고 이상한 생각이 들어서 차 문을 열고 그를 흔들어 깨웠지만 아무런 반응이 없자 곧바로 경찰에 신고했다고 한다. 오후 5시 19분에 현장에 도착한 경찰은 그의 신분을 곧 확인할 수 있었는데, 그날 오전에 이미 조르주 마리도 씨의 여비서로부터 실종 신고를 받은 상태였기 때문이다.

경찰은 그가 살해된 흔적은 전혀 발견되지 않았다고 발표했다. 그의 상의에서 발견된 지갑 안에는 신분증, 신용카드와 함께 상당한 현금이 그대로 들어 있었다. 현재 일차적인 확인과 조사 끝에 내린 유일한 가정은 심장 발작으로 인한 사망이다.

그는 은퇴한 법무사 슈피나르 씨의 사무실을 이어받아, 6개월 전에 이 도시에 자리 잡았으며, 이혼하였고, 상태에서 푸르 길에 위치한 아파트에 혼자 살고 있었다고 한다. 비서의 말에 따르면, 그는 매우 정확하고 엄격한 성격으로 시간을 철저하게 지켰고, 매일 아침 좁은 길을 걸어서 시내에 있는 사무실에 출근했다고 한다. 비서가 아침부터 실종 신고를 했던 이유도 그가 늘 출근하던 시간에 나타나지 않은 데다, 집 전화와 휴대전화에 여러 번 메시지를 남겼는데도 응답이 없었기 때문이다. 여비서와 함께 조사를 받은 그의 서기는 이전에 사무실로 수상한 전화가 몇 통 왔었다고 하면서, 최근에 법무사가 자신이 위협받고 있음을 주변인들에게 넌지시 알리려 했던 것 같다고 했다. 이런 증언들로 인해 검찰은 사망 원인을 정확하게 밝히기 위해 사체 부검을 요구했다.

다음 날 신문의 사회면에서도 다음과 같은 기사를 발견했다.

쉬앵 섬에서 법무사 조르주 마리도 씨가 사망한 채 발견되었던 사건에 관한 새로운 점들이 밝혀졌다. 경찰은 사건이 일어나기 이틀 전인 3월 21일 오후 7시에 마리도 씨가 그의 집 주차장에서 자동차를 도둑맞았다고 도난 신고를 했었던 사실을 알아냈다. 경찰 발표에 의하면 사체 부검의 결과는 밤이 되어야 알 수 있다고 한다. 현재로서는 피해자의 위장에서 어떤 유해 물질도 발견되지 않았다는 것만 확인된 상태다.

다음 날 아버지가 내 방에 들어오셨을 때, 난 사건 당일의 기사에 형광펜으로 밑줄을 긋고 있었다. 아버지는 그런 나를 보고 매우 화를 내셨다.

"너, 대체 할머니 신문을 갖고 뭘 하는 거냐? 공부한다더니, 이걸 보고 있는 거야?"

"지금 잠깐 쉬는 중이에요. 법무사 살해 사건에 관심이 있어서요. 그리고……."

"거짓말하지 마라. 네가 할머니 집과 이웃집에서 오후 시간을 다 보내고 왔다는 거 안다. 방금 할머니 집에서 오는 길이니까. 그 신문들 당장 접어서 이리 주고, 넌 공부나 해. 한 번만 더 이딴 것에 정신 팔고 있으면, 내가 전부 쓰레기통에 처넣을 테니, 그리 알아라. 알겠니?"

"알았어요."

"네가 제대로 공부해서 대학에 들어가는 걸 내가 얼마나 중요하게 생각하는지 너도 알잖니."

"알고 있어요, 아버지. 걱정하지 마세요. 반드시 바칼로레아에 합격할 테니까요."

"널 믿는다."

방을 나간 아버지가 엄마에게 작은 소리로 말씀하시는 게 다 들렸다. 이미 알고 있긴 하지만, 엄마는 내가 개성이 아주 강한 애라서 잘 받아 줘야 한다면서, 내 편을 들어주실 게 분명했다. 그러면 틀림없이 아버지는 내가 어떻게든 사회에서 자기보다 조금이라도 더 안정된 위치에서 살아야 한다면서, 바칼로레아에 합격하는 게 문제가 아니라, 대학에 들어가서도 계속 공부를 해야 한다고 하실 것이다.

다음 날 학교에 가니, 카상드라가 내 이름을 부르면서 다가왔다. 뭔가 급하게 할 말이 있는 것 같았다. 그런 우리 둘을 보며 재미있어하는 다른 아이들의 시선에서, 카상드라와 나를 이미 그렇고 그런 사이로 믿고 있다는 걸 알 수 있었다. 난 내 친구 녀석들만은 오해받고 있는 나를 위로해 줄 거라고 생각했지만, 녀석들은 늘 그렇듯이 이번에도 기대를 저버리지 않았다. 두 녀석 모두, 엄지 두 개를 서로 맞대고서 동시에 키스하는 것처럼 입술을 앞으로 쑥 내밀었다. 나는 한숨을 쉬면서 칠판 쪽으로 몸을 돌렸다. 카상드라가 순진무구한 표정으로 물었다.

"나의 에르완, 오늘 아침 네가 좀 거북해할 일이 있어."

'나의 에르완'이라는 말에 깜짝 놀란 내게, 카상드라는 아무렇지도 않은 듯이 다음 말을 이었다. 이미 엎질러진 물이다. 앞에 있는 아이들까지 나의 에르완이라는 말을 다 들어 버렸으니까.

"미안해, 나의 에르완. 그런데 표정이 왜 그래?"

"아니, 아니, 괜찮아. 아무 일 없어."

"과제물 두 개가 모자란다는 말을 하려고 그랬어. 그중 한 명이 네 친구 필레몽이야. 그 애가 그러는데, 자기가 쓴 시가 너무 아름다워서, 엄마가 액자에 끼워 놓으셨대. 그래서 벽에 걸린 액자를 떼어다 주기가 곤란하다는 거야.”

난 웃음을 참을 수가 없었다.

“그 자식이 널 속인 거야. 좋아, 그건 내가 알아서 할게. 그 녀석에게 일어날 수 있는 유일한 위험은 진짜로 과제물을 잃어버렸을 수 있다는 거야……. 하, 그 녀석이 자기 방이라고 부르는 곳을 네가 봤다면! 그리고 또 다른 애는 누군데?”

“블라디미르.”

“아, 그렇지, 그 녀석이 아니라면, 그게 더 이상하지, 블라디미르!”

예상했던 대로, 나의 에르완이라는 호칭은 곧 우리 반 애들 모두가 쓰는 호칭이 되어 버렸다. 아폴린만 빼고. 그 애는 여전히 내 이름 앞에 미스터라는 말을 붙였다. 다른 애들이 모두 한다고 해서, 자기도 따라 할 이유를 조금도 못 느끼는 아이니까.

내가 예언했던 대로, 필레몽은 과제물을 잃어버렸다는 사실을 고백하지 않으려고, 말도 안 되는 거짓 변명거리를 늘어놓으며 나를 웃게 했다. 사실 그 녀석은 과제물을 어디 두었는지 전혀 기억해 내지 못했다. 찾아보겠다고 약속했지만, 절대 보장할 수 없는 약속이었다.

② 법무사 살해 사건

토요일 오후 2시 22분, 나는 카상드라의 집 앞에서 초인종을 눌렀다. 그 애는 우리 도시에서 가장 조용한 구역에, 정원이 딸린 큰 저택에서 살고 있었다. 우리 형이 알았더라면, 제일 심하게 부르주아 티를 내는 동네라는 말을 덧붙였을 것이다. 내가 카상드라의 집에 온 건, 공식적으로는 숙제와 공부를 하기 위해서다. 그게 우리 부모님에게 했던 말이다. 그리고 몸이 아파서 자주 볼 수 없는 삼촌 집에 간다는 건, 내 두 친구 녀석에게 둘러댄 말이었다. 카상드라가 날 기다리고 있었다. 그 애는 자수가 놓인 긴 원피스를 입고, 머리는 둥글게 말아 올려 커다란 나무젓가락 두 개로 고정했다.

"꽤 긴 시간 동안 우리 둘이 조용히 보낼 수 있어. 부모님과 여동생이 지금 막 쇼핑하러 나갔거든. 그러니까 거실에 있어도 돼. 우리 일감을 거기다 펼쳐 놓자."

내가 들어간 거실은 아주 컸고, 벽에 그림들이 장식되어 있었다. 우린 크다 못해 거대해 보이는 가죽 소파에 앉았고, 카상드라는 반 친구들의 과제물을 널따란 유리 테이블 위에 펼쳐 놓았다.

"너희 집 정말 좋다!" 내가 진심으로 한 말이었다.

"그래? 집이 커서 좀 추워. 이류 화가들의 작품을 모아 놓은 미술관 느낌일 거야."

내가 계속 거실 인테리어에 놀라는 걸 카상드라가 그리 달가워하지 않는 것 같았다. 그래서 곧 주제를 바꾸기로 했다.

"이 글들 좀 읽어 볼 시간 있었니?"

"난 다 읽었어. 하지만 다시 한번 봐야겠어. 처음 읽었을 땐 애들이 횡설수설하는 것 말고는, 사건의 단서 같은 건 찾아내기 어렵더라. 네가 상디와 살로메의 글을 읽어 주면 좋겠어. 자, 여기 있어, 읽어 봐. 별로 흥미로운 건 없을 거야. 어쨌든 다 읽고 네 생각을 말해 줘."

"좋아. 그럼 내가 읽는 동안, 넌 이 사건을 다룬 신문 기사 중에서 중요한 내용을 형광펜으로 표시해 줄래? 내가 표시하다 말았어. 행여라도 내가 바칼로레아 준비를 소홀히 할까 봐, 우리 아버지가 신문들을 몽땅 쓰레기통에 던져 버리겠다고 하셨거든. 그래서 가방 속에서 차마 꺼내놓을 수 없었어."

"그래? 난 그 문제는 별로 신경 쓰지 않는데. 시험에 대한 스트레스는 안 받아. 우리 아빠는 내가 바칼로레아 모의고사를 이미 몇 번이나 봤다는 것도 모르고 계셔."

"아빠가 널 믿으시니까 그렇겠지."

"아니면, 신경을 전혀 안 쓰시던가. 자, 이제 일하자."

상디

장 세바스티앵 바흐 길

<u>글쓰기는 찬성. 죽는 것은 반대.</u>

내가 이 장소를 택한 이유는 이곳에 우리 도시에서 가장 세련되고 짱 멋진 최고의 부티크들이 있기 때문이다. 여기 부티크들은 진열창에 딱 한 벌만 전시해 놓는데, 그 한 벌의 스타일이 그 가게의 개성을 보여 준다. 내가 여기 부티크들을 좋아하는 또 다른 이유는, 거기서 일하는 점원들의 죽이는 스타일 때문이다. 구두부터 헤어스타일까지 온통 까만색인 데다가 화장도 옅어서, 굉장히 우아하고 부티가 물씬 풍긴다. 그들은 하루에 일고여덟 명 정도의 고객만 상대한다. 그러니 쇼핑몰에서 싸구려 구두를 팔기 위해 하루에 서른 명 정도의 고객을 상대하고, 세일 기간엔 더 많은 고객을 상대하느라 완전히 녹초가 되는 우리 엄마처럼 무리할 필요가 없다. 난 자주 들락거린 덕에 그곳 점원들과 꽤 친해졌다. 그중 안나 뤼시아와 특히 친한데, 그녀는 A&A&A라는 부티크에서 일하는 친구다(진짜 이름은 생디, 조금 촌티 나는 이름이다). 나는 그 부티크 앞을 관찰 장소로 정했다.

블라디미르가 멀지 않은 곳에 있어서, 우린 서로 휴대전화로 농담을 주고받고, 상상 게임도 했다. 처음엔 재미있었다. 그 게임은 내가 부티크 진열창 쪽으로 몸을 돌리고 있는 동안, 블라디미르가 내 쪽으로 다가오는 사람들을 하나하나

설명해 주는 것이다. 그의 유머는 모두 익히 알고 있는 거지만(우리 아빠였다면, 좀 무겁긴 해도 꽤 쓸만한 유머라고 했겠지만), 문제는 그날따라 나를 깜짝 놀라게 해서 웃게 만들려고, 이 자식이 아무 말이나 막 꾸며댔다는 것이다.

그날 우리의 대화 주제는 내게 다가오는 구혼자들의 행렬이었다. 그 주제를 이해할 수 있도록 그나마 덜 쓰레기 같은 걸 예로 들어 본다면(그 녀석의 정체를 낱낱이 까발리고 싶진 않으니까), 다음과 같다.

"1번 후보자는 배가 불룩 나오고, 담배꽁초를 물고 있는 60대 꼰대야. 지금 널 바라보고 있어. 넌 충분히 그를 꼬실 수 있어. 너도 그를 보면 감탄할 거야. 자, 오른쪽을 봐."

그래서 내가 오른쪽으로 몸을 돌리면, 유모차를 끌고 있는 아줌마가 다가오고 있던지, 아니면 열네 살 정도 되는 남자아이가 서 있던지, 하는 식이다.

그러니 안 웃을 수가 있나! 나는 매번 웃음을 터뜨리곤 했다.

그러다 오가는 사람이 별로 없어서, 난 옷걸이에 걸려 있는 옷들을 바라보며 시간을 죽이고 있었다. 부티크는 10시나 되어야 문을 열지만, 난 안나 뤼시아가 항상 30분 전에 온다는 것을 알고 있었다.

점차 긴장감이 고조되어, 블라디미르는 연쇄살인범들이나 변태성욕자들 이야기까지 꺼내 날 겁주려고 했다. 덕분에 정말 많이 웃긴 했다.

분위기가 돌변한 건 9시 40분쯤 되어서였다. 블라디미르는 내게 미리 알려 주려고 했지만, 난 더는 그 애 말을 믿지 않았다.

"눈알이 툭 튀어나온 40대 남자가 나타났어! 엄청 더러운 차림이야. 그 자식이 지금 널 아주 더러운 눈으로 쳐다보고 있어. 어, 개처럼 침까지 흘리네! 아무래도 네게 덤벼들 거 같아. 상디! 너, 빨리 도망쳐야 해. 상디! 이거 농담 아니야, 빨리 도망가. 빨리 왼쪽으로 도망치라니까!"

나는 그 말을 듣고 장난스레 몸을 돌렸다. 아무도 없었다. 그러나 반대 방향으로 몸을 돌리려는 순간, 쓰레기 냄새가 확 풍겼고, 한 중년 남자가 내 목덜미를 움켜잡았다. 그에게서 술에 쩔은 냄새가 났다. 그 남자가 내 어깨를 꽉 눌렀을 때는 너무 놀라서 소리조차 나오지 않았다. 난 당연히 블라디미르가 와 줄 거로 생각했다. 겨우 50미터 정도 떨어진 곳에 있었으니까! 틀림없이 그가 올 거라고 생각하면서 발버둥 치며 기다렸으나, 그 자식은 오지 않았다. 난 갑자기 온몸에서 힘이 쑥 빠지면서, 기절하기 일보 직전이 되었다. 그때 별안간 비명을 지르면서 나타난 안나 뤼시아가 어깨로 그 미친놈의 옆구리를 밀쳐서 차도로 밀어내고, 나를 그 괴물로부터 떼어냈다. 동시에 우리 옆에서 급브레이크를 밟고 정차한 자동차가 클랙슨을 세게 눌렀다. 놀란 운전자가 차에서 뛰쳐나왔고, 그 미친놈은 '미암 미암 미암 미암' 같은 이상한 소리를 지르면서 달아났다.

안나 뤼시아는 날 부축해서 자기 부티크 안으로 데리고 들어갔다. 그리고 나를 작은 소파에 앉혔다. 좀 딱딱하긴 해도 아주 우아하게 생긴 소파였다. 난 그 세련되고 섬세한 둥지 안에 자리를 잡고 나서야 비로소 다시 숨을 쉴 수 있게 되었다. 안나 뤼시아의 부드러운 목소리가 그나마 내게 위로가 되었다.

"상디, 당신에겐 남자들을 끄는 매력이 있어요. 너무 예쁜 데다가, 아기 같은 피부와 사슴 같은 눈망울이 더없이 순수하고 풋풋한 느낌을 주잖아요."

난 한숨을 쉬었다. 물론 내게 남자들의 마음을 끄는 매력이 있다는 걸 나도 잘 안다. 하지만 때로는 좀 조용하게 살고 싶어서, 내가 아닌 다른 사람이었으면

할 때도 있는 법이다.

어쨌든 난 내 생애 마지막 날이 되었을 수도 있는 3월 23일을 아주 오랫동안 기억하게 될 것이다.

추신 : 그날 난 블라디미르에게 약속했었다. 그가 그날 9시부터 10시 반 사이에 자기 과제물에 쓴 것처럼 잔다르크 길에 있지 않고, 내 옆에 있었다는 사실을 절대 폭로하지 않겠다고. 하지만 그날 아침 그 자식이 보여 준 비열하고도 이기적인 태도를 보고서, 난 그 약속을 지키지 않겠노라고 결심했다.

선생님의 코멘트

당신이 좋아하는 부티크와 당신 자신에 너무 초점이 맞춰진 글입니다. 문체는 생동감이 있지만, 지나치게 사적인 화법을 사용하고 있는 게 많이 거슬리는군요. 그날 겪었던 사건 때문에 마음이 혼란스러웠을 거라는 것은 이해할 수 있지만, 그렇더라도 과제인 이상 조금 더 신경을 써서 단어를 골랐어야 했어요.

추신 : 블라디미르에 대해선, 나도 낌새를 채고 있습니다.

살로메

장 세바스티앵 바흐 길

난 아마도 살인자를 본 것 같다.

아무것도 하지 않아야 할 때, 그럴 때의 한 시간은 영원히 끝나지 않을 것처럼 느껴지기도 한다. 예를 들어 치아 교정을 위해 치과에 갔는데, 깜빡하고 책을 안 갖고 가서 무료하게 몇 시간씩 기다려야 할 때가 그렇다. 그럴 때는 사람들을 쳐다보거나, 너덜너덜해진 90년대 여성 잡지를 건성으로 뒤적거리면서 시간을 보낼 수밖에 없다.

오늘 아침 난 꽤 긴 시간 동안 지루해서 어쩔 줄 몰랐다. 게다가 다른 사람들은 모두 뭔가를 하고 있는데, 나 혼자만 불쌍한 걸인처럼 빈둥거리고 있다는 생각에 죄책감마저 느껴졌다.

어떻게 하지? 지나가는 자동차 대수라도 세어 볼까? 아니면 차들을 색깔별로 구분하거나, 차종별로 구분해 보기라도 할까? 차를 타고 가면서 지루할 때 곧잘 하는 놀이처럼……. 난 상상력이라곤 없는 애다. 멋진 생각이란 것을 도무지 하지 못한다. 난 심하게 평범하다. 고등학교에 들어와서 제일 좋았던 것은 작문 수업이 사라졌다는 점이다. 그래서 더는 위험을 무릅쓰지 않아도 된다. 이제는 글을 써도 진짜 주제다운 주제가 있고, 더욱이 근거로 삼을 텍스트도 있기 때문이다. 그런데 이번 과제는 충격이었다. 마치 여름방학 때의 일들을 더 재미있게 쓰고 싶어서 고심 끝에 이야기를 만들어냈는데, 오히려 그저 그런 낡은 이야기만 늘어놨다고 질책을 받던 몇 년 전으로 되돌아간 것 같았다. 지금 쓰고 있는 글도 그때와 같은 평을 받을 것이 분명하다. 아래 몇 줄은 내가 생각하기에도 정말 진부하다.

난 우리 도시에서 가장 멋진 부티크들 앞에 서 있는 상디를 멀리서 바라보고 있었다. 평소처럼 화려하게 차려입고 서 있는 상디는 어디서든 사람들의 시선을 안 받을 수가 없다. 그 애는 외모에 몹시 자신감을 가졌다. 그래서 이미 톱 모델이 된 것처럼 굴곤 한다.

그날 아침에 난 상디에게 일어난 일을 보았다. 전부 본 것은 아니다. 비명을 듣고 나서야 그 애가 있는 쪽으로 몸을 돌렸기 때문이다. 상디를 본 순간 난 그 애가 위험한 성도착자에게 공격을 받고 있다는 생각이 들었다. 그리고 잠시 후에 그 끔찍한 남자가 별안간 내 쪽으로 돌진해 왔고, 그 순간 난 스스로도 믿기지 않는 반응을 보였다(그 순간만큼은 정말 진부하지 않았다). 도망가는 대신, 그때까지 걸터앉아 있던 소화전을 꽉 붙잡고 두 눈을 질끈 감아 버린 것이다. 두 다리는 말 그대로 사시나무 떨듯이 바들바들 떨고 있었다. 사람은 진짜 위험에 직면했을 때, 본성이 나온다고 하던데, 그때의 나는 정말 멍청한 타조 같았다!

나는 거의 정신이 나가 있었다. 그 흥분한 광인에게 마치 날 잡아 잡수라는 식으로 스스로 먹이를 갖다 바친 격이었으니! 난 그 미친 남자가 울부짖으며 다가오는 소리를 들었다. 그의 손이 내 옷을 스치더니 목에서 멈췄다. 그가 내 목을 조를지도 모른다는 생각까지 들었다. 시간이 얼마나 흘렀는지도 몰랐다. 다만 그에게서 나는 시큼한 냄새를 맡았고, 뭔가를 빨아들이는 끔찍한 소리도 들었다. 그가 내 귀에 대고 속삭였다.

"내 오두막으로 가자…… 미암 미암…… 너도 내 오두막으로 갈 거야…… 미암 미암……."

그러더니 갑자기 고함을 지르며 북쪽으로 가 버렸다. 난 몇 분이 지나고서야 겨우 눈을 뜨고, 경직된 두 팔을 소화전에서 뗄 수 있었다. 그때는 그가 이미 멀리 사라졌고, 모든 게 끝난 후였다. 난 아무래도 살인자를 본 것 같았다.

추신: 선생님께서 이 과제 점수는 내신 성적에 반영하지 않을 거라고 하셨지요? 그 점에선 저를 안심시켜 주셔서 감사합니다.

선생님의 코멘트

앞부분은 좀 힘들게 쓴 듯한 감이 없지 않은데, 그럼에도 전체적으로 매우 흥미로운 글입니다. 다만 스스로 과소평가하는 태도는 버려야 할 것 같군요. 자신감을 가지세요. 당신의 생각은 진부하지 않고, 표현도 매우 개성적입니다. 나 역시 후반부에서 오싹한 기분마저 들었다고 말하지 않을 수 없군요. 상상력이 뛰어납니다(상상이었기를 바랍니다)!

추신 : 다만 문제가 있다면, 이 수업의 주제에서 조금 벗어났다는 것인데, 그래도 점수에는 그다지 영향을 미치지 않을 거라고 말해 주고 싶군요.

카상드라는 내가 다 읽을 때까지 날 바라보다가 마침내 물었다.

"어때, 나의 에르완……? 내 말에 동의하니? 우리가 찾는 것과는 상관이 없는 것 같지?"

"그래, 그저 술 취한 걸인일 뿐이야. 위험인물이긴 하지만, 우리가 찾는 범인 같지는 않아. 범인은 아주 치밀하게 습격을 준비했던 게 분명하니까 말이야. 역시 블라디미르! 이 녀석, 항상 자기에게만 충실한 놈이라는 건 어쩔 수 없군……."

"믿을 수 없는 남자의 전형이지."

"그 녀석에 대해 직접적으로 그런 느낌을 받은 적은 한 번도 없었는데."

그 말을 하고 나서 거북한 긴 침묵이 이어졌고, 카상드라가 내 시선을 피했다. 그 순간 올해 새 학년이 시작되었을 때, 카상드라가 블라디미르에게 약간 호감을 느꼈었다는 생각이 번쩍 들었다. 그 녀석이 라틴어 수업에서 못된 짓을 저지르기 전까지는. 난 그때 일을 기억한다. 선생님께서 우리에게 고전 텍스트를 주시며 한 시간 안에 번역하라고 하셨다. 수업이 끝나갈 때쯤, 모두 완성된 초고를 깨끗하게 정리하느라 정신이 없었는데, 블라디미르가 벌떡 일어나서 쓰레기통에 종이 한 장을 던져 넣더니 제자리로 돌아오는 길에 카상드라의 초고를 슬쩍 가로챘다. 불쌍한 카상드라는 깜짝 놀랐지만, 블라디미르가 한 짓이 드러나면 그가 벌을 받게 될까 봐 겁이 나서 아무런 반응도 하지 못했다. 그렇게 공포에 사로잡혀 꼼짝 않고 있다가, 몇 분 후에 다시 번역을 시작했고, 수업이 끝나기 직전에 가까스로 번역문을 제출할 수 있었다. 카상드라는 복도에서 그를 '사기꾼, 악당' 이라고 하면서, 눈물을 흘리며 화를 냈었다. 그런데 그 자식은 사과는커녕 오히려 그녀를 놀려댔었다. 난 금방 화제를 바꿨다.

"너, 신문은 다 봤어?"

"네가 형광펜으로 칠한 부분은 다 읽었어. 신문 기사 뒷부분을 마저 읽고 싶지?"

"응. 내가 신문 읽을 동안에 넌? 넌 뭘 할래?"

"우선 네가 쓴 글부터 읽고, 그다음에 네가 갖고 온 다른 애들 것들도 읽을게."

난 내가 쓴 글부터 읽는다는 말에 괜히 뿌루퉁한 표정을 장난스레 지어 보이면서, 내 과제와 나머지 것들을 내밀었다. 우리 둘은 투철한 직업 정신을 갖고 일을 시작했다. 카상드라는 내 과제물을 집어 들고 읽기 시작했지만, 난 왠지 신문에 집중하기가 어려웠다. 어쨌든, 첫 번째 신문은 3월 28일자였다.

그것은 살인 사건이었다

우선, 이 사건에 대해 현재까지 밝혀진 사실은 다음과 같다. 3월 23일, 법무사 조르주 마리도 씨가 쉬앵 섬에 주차된 그의 자동차 안에서 사망한 채로 발견되었다. 검찰은 그가 주변으로부터 살해 위협을 받고 있었다는 몇몇 사람의 말에 따라 사체 부검을 요청했다. 그리고 지난 주말에 사체 부검의 최종 결과가 언론에 발표되었는데, 법의학자의 소견에 따르면, 자연사가 아니라는 것이 분명했고, 사망 원인은 산소 부족으로 인한 심정지였다. 피해자는 누군가가 천으로 입과 코를 막아 질식사한 것으로 보인다고 했다. 따라서 경찰은 이 사건을 살인 사건으로 단정했다. 파란색 메르세데스의 좌석에서 채취한 머리카락들은 법무사의 것이 아닌 것으로 나타났으며, 정밀 분석을 위해 과학 수사 본부로 전달되었다. 머리카락들은 여러 사람의 것으로 추측된다. 경찰은 채취된 지문들 역시 여러 사람의 것일 거로 추측하며, DNA 분석에 들어갔다. 결과는 4일 후에나 나올 것이다.

신문 기사에 나온 것처럼, 정확한 결과는 그로부터 나흘 후인 4월 1일자 신문에 나왔다.

이후의 수사 결과 : 조르주 마리도 사건

법무사의 자동차 안에서 채취한 DNA와 지문은 범인의 신분을 밝혀 주지 못했다. 국립 경찰의 중앙 정보 파일에서 일치하는 용의자들을 찾지 못했기 때문이다. 수사관들은 머리카락과 지문이 여러 명의 젊은 여성들의 것임을 밝혀냈다. 경찰은 이런 정보들을 기반으로, 피해자의 사생활과 직장 생활을 계속 조사해 나가기로 했다.

마지막 기사는 그다음 날 나온 것이다. 라디오에서 방송된, 증언 요청에 관한 내용이었다.

경찰은 3월 23일 수요일, 오전 9시부터 오후 2시 사이에 평소와 다르거나 의심쩍은 광경, 혹은 누군가가 폭력을 행사하는 장면(폭행, 협박, 비명 등)을 본 사람은 누구든지 경찰 수사과에 와서 제보해 주기를 바라고 있다.

카상드라는 글 읽기에 빠져 있었다. 몇 초 후, 그녀는 내가 자기를 바라보고 있다는 걸 눈치채고는, 고개를 들고 미소를 지으며, 내 과제물을 내려놓았다. 내가 물었다.

"어때?"

"별로."

내가 얼굴을 찡그리자, 그녀는 내가 무슨 생각을 하고 있는지 알아챘다. 웃으면서 이렇게 말했기 때문이다.

"네 과제물 평가를 하는 게 아냐, 나의 에르완. 네 글은 절대 다른 애들 것보다 못하지 않아. 사랑하는 우리 선생님의 평이 불친절한 거지. 넌 내 과제물을 봤어야 해. 선생님이 뭐라고 쓰셨는지 아니? 지루하다고 했어. 모처럼 꽤 시간을 들여서 썼는데 말이야. 아까 내가 하려던 말은, 네가 넘겨준 글에서 찾을 게 별로 없다는 이야기였어. 넌 어때? 기사에서 뭘 좀 찾았니?"

"흥미롭긴 했어. 하지만 아직 과제물을 두 개밖에 못 읽어서 연관성을 찾기가 어려워."

"맞는 말이야. 그럼 다음번엔 서로 바꿔서 보자. 내가 신문을 읽을 테니까, 네가 과제물을 읽어. 그런데 이쯤에서 잠깐 쉬는 게 어때? 내가 널 위해서 간식으로 케이크를 좀 구웠거든."

"날 위해서?" 내가 좀 놀라서 그렇게 말했다.

"응, 남으면 우리 엄마, 아빠와 동생에게 줘야지. 내가 갖고 올게. 기다리는 동안, 내 걸작을 읽고 있던지."

그건 제안이라기보다 명령에 가까웠다. 카상드라는 날 편하게 해 주려고 최선을 다했다. 우리 둘의 속도를 비슷하게 맞추려는 거였다. 그런 카상드라가 정말 괜찮은 애라는 생각이 들었다.

카상드라

잔다르크 길

잔다르크 길 26번지 앞 보도에서, 9시부터 10시 30분 사이에 내 앞을 지나간 행인들을 보며 다음과 같은 것들을 관찰할 수 있었다.

<u>1. 행인 수</u>: 63명

<u>2. 외형</u>

2-1. 성별

여성: 44명

남성: 19명

2-2. 연령

20세 이하: 9명

21~49세: 21명

50세 이상: 33명

2-3. 머리카락 색깔

진한 갈색: 34명

금색: 6명

검은색: 20명

붉은색: 1명

파란색: 1명

삭발: 1명

(파란색을 제외하고는 자연색인지 염색인지 구별하기 어려움.)

3. 의상

3-1. 하체

3-1-1. 신발

운동화: 34명

부츠: 2명

하이힐: 1명

기타: 26명

<u>3-1-2. 하의</u>

바지: 44명

원피스 혹은 치마: 19명

<u>3-2. 상체</u>

<u>3-2-1. 상의</u>

코트: 11명

재킷: 11명

카디건 혹은 조끼: 11명

티셔츠, 셔츠 혹은 스웨터: 21명

기타(드레스): 9명

<u>3-2-2. 모자</u>

모자: 5명

캡: 4명

<u>3-3. 의상 색깔</u>

어두운색: 41명

밝은색: 22명

결론: 행인들의 평균은 갈색 머리에 우울한 옷차림을 한 중년 여성이라고 할 수 있다.

선생님의
코멘트

진지한 글이긴 하지만, 쓰기에도 지겹고, 읽기엔 더욱 지루하며, 문학적 요소도 전혀 찾을 수 없습니다. 오직 결론만 흥미롭군요.

난 카상드라의 글을 읽으며 웃음이 새어 나오려는 걸 꾹 참았다. 확실히 카상드라는 절대 평범한 여자애가 아니다. 잠시 후에 그 애가 김이 모락모락 나는 접시를 들고 돌아왔다. 브라우니는 약간 뜨겁고 촉촉했으며, 케이크 안에 들어 있는 초콜릿은 아직 굳지 않았다. 나는 그런 브라우니를 아주 좋아한다. 브라우니를 좋아하는 내 모습을 보면서 카상드라도 좋아하고 있다는 걸 알았다. 그러나 불행하게도 우린 잠시 후에 그 행복한 파티를 중단해야 했다. 카상드라의 부모님과 동생이 갑자기 나타났기 때문이다.

카상드라의 아버지는 멀리서 날 바라보며 묘한 미소를 슬쩍 지으셨다. 나는 과제물을 챙겨 두 팔에 안았고, 카상드라는 신문 기사 오린 것들을 주섬주섬 모았다. 예닐곱 살쯤 돼 보이는 카상드라의 동생이 내게 말을 걸었다.

“안녕, 오빠가 에르완이구나. 카상드라가 좋아하는 남자가 오빠야?”

“장난하지 마, 안 샤를로트.” 카상드라가 동생을 말렸다. 그러곤 내게로 몸을 돌리며 말했다.

"미안해, 요 녀석이 까불어서."

"괜찮아. 그만 가 볼게. 아버지께 오늘 공부한 걸 보여 드리겠다고 약속했거든."

"같이 나가자. 버스 정류장까지 같이 가 줄게."

거리로 나오자, 카상드라가 폭발했다.

"우리 식구들은 정말 짜증 나! 네게 인사했어야 하는 거 아니니? 아휴, 꽉 막히고 이기적인 부르주아들. 그게 우리 가족의 모습이야. 좋아, 화제를 바꾸자. 음, 우리 수요일 오후에 다시 만날까? 내 생각엔 너희 집으로 가는 게 좋겠어. 그래도 되니? 우리 엄만 수요일엔 딸들을 돌봐야 한다고, 일하러 가지 않으셔. 아, 정말 귀찮게 하신다니까."

"좋아, 우리 집으로 와. 그런데 우리 아버지가 평소보다 일찍 퇴근하시면 연극을 좀 해야 하니까, 바칼로레아 시험 준비를 위한 노트와 책이 필요해. 지금 우리 아버지는 임시직으로 계시기 때문에, 근무 시간이 일정치 않거든."

"연극? 알았어. 그럼 진도를 더 빨리 나가려면, 과제물을 최대한 많이 읽어 둬야겠다."

"그 점에 대해선 걱정 안 해도 돼. 난 이 사건에 흠뻑 빠져 있으니까."

드디어 내가 탈 버스가 도착했다. 우린 서로의 볼에 입을 맞추며 인사를 했다. 난 버스에 올라타기 전에 한 마디 덧붙였다.

"정말 멋진 오후를 보냈어."

"초콜릿을 좋아하니까 그런 거지?"

"아니, 단지 초콜릿 때문만은 아니야." 난 별생각 없이 그렇게 말했다.

버스에 올라타서 생각했다. 그 애는 '단지' 라는 말을 어떻게 해석했을까? 그 말을 듣긴 했을까?

③ 증거 확보

계획대로 집에서 바칼로레아 공부와, 과제물 읽기에 적절히 시간을 분배했다. 부모님이 집에 계실 때는 시험공부를 하고, 나머지 시간엔 수사에 열중하는 것이다. 내겐 유명 작가들의 고전 텍스트보다, 우리 반 아마추어 작가들이 쓴 현대 텍스트가 훨씬 더 흥미로웠다.

신문 기사 내용을 떠올리면서, 누구의 과제물을 먼저 택할지 생각했다. 그리고 그날 푸르 길에 서 있었던 애들 것부터 시작하기로 했다. 법무사가 살던 집이 그 길에 있었기 때문이다. 그 출발점은 다음과 같다.

이네스

푸르 길

방법론 소개

난 푸르 길 10번지, 베이커리 앞에 서 있었다. 그 가게를 선택한 건, 내가 케이크와 비엔나 빵을 구경하는 걸 좋아하기 때문이다(건강과 몸매 유지에 안 좋다는 건 알지만, 먹는 것도 정말 좋아한다). 거기 있으면, 지루하지 않을 거라는 확신이 들었고, 그 가게에 드나드는 손님이 아주 많다는 것도 알고 있었다.

난 베이커리에 들어가는 손님을 다 묘사하는 게 불가능하다는 것을 곧 깨달았다. 베이커리 쪽으로 오는 사람들이 마지막 순간에 베이커리 안으로 들어갈지 아닐지 추측할 수 없었기 때문이다. 게다가 사람들이 베이커리 안으로 들어가면 보이지 않아 관찰할 수 없었고, 밖으로 나오면 순식간에 내 시야에서 사라졌다. 그래서 그들이 어떤 빵을 샀는지 알 길이 없었다. 결국, 누가 베이커리 안으로 들어가는지 확신하지 못한 채, 그냥 거리에서 재빨리 눈여겨본 몇 사람만 묘사하기로 했다. 그리고 내가 점찍은 사람들이 베이커리에 들어가면, 어떤 빵을 샀는지 요령껏 살폈고, 들어가지 않으면 메모한 것을 지워 버렸다.

시간 순서에 따른 인물 묘사

희끗희끗한 머리를 뒤로 넘기고, 붉은 넥타이에 밝은색 양복을 입은 50대 남자가 나타났다. 처음엔 혼잣말을 하고 있는 것처럼 보였는데, 곧 휴대전화를 귀에 갖다 대고 있다는 걸 알아차렸다. 그는 직장 동료와 일에 관해서 이야기하고 있었다. 언뜻 몇 마디가 들려왔다. "그들이 날 죽일 거야, 정말이라니까!", "그러니 당장 움직여야 해, 친구. 아주 심각하단 말이야." 그는 베이커리 앞에서 말을 뚝 끊더니, 별안간 표정을 확 바꿔서 가식적인 미소를 지으며 안으로 성큼성큼 걸어 들어갔다. 그리고 3분쯤 후에 샌드위치 하나를 들고 다시 나와 커다란 낡은 가죽 가방 안에 집어넣고 다시 걸어가기 시작했다. 난 그가 수십 미터를 가는 동안 계속 눈으로 좇았다. 이어지는 대화가 살짝 들렸다. "뭐라고? 진정하라고? 자네가 내 입장이 되어 보질 않아서 그래. 진정할 만한 거면, 벌써 했지! 하지 말라고 해도 내가 알아서 진정한다고, 알았어?"

그 남자가 이해되었다. 흥분한 내게 누가 진정하라고 말해 주는 것보다 더 짜증 나는 일은 없을 것이다.

두 번째 나타난 사람은 모델처럼 늘씬한 몸매를 가진, 멋진 차림새의 젊은 여성이었다. 키가 1미터 80센티미터쯤은 되어 보였다. 그녀는 아주 짧은 검정색 미니스커트를 입고, 그 스커트에 잘 어울리는 롱부츠를 신고, 커다란 구멍이 숭숭 뚫린 흰색의 넓은 벨트를 하고 있었다. 그녀가 천천히 걷는 덕에, 찬찬히 바라볼 시간이 있었다. 그녀는 베이커리 안에 들어가더니, 잠시 후에 초콜릿 빵이 가득 찬 봉지를 들고 나와 바쁘게 한입 베어 물었다. 그리고 씹지도 않고 삼킬 듯이 급히 먹고는, 빵을 삼킬 때마다 크게 한숨을 쉬었다. 어쩐지 자신의 실루엣을 지키기 위해서 30분 후엔 먹은 것을 도로 토해 낼 것만 같았다. 내 사촌 언니가 그렇게 하는 것을 본 적이 있다. 하지만 사촌 언니는 그래도 뚱뚱하다.

다음엔 할머니 한 분이 나타났다. 반은 복슬복슬하고, 반은 그렇지 않은 작은 개 한 마리를 데리고 있었다. 할머니는 지지 모피 회사에서 나온 밤색 외투를 입고 있었는데, 개의 이름도 지지인 듯했다. 베이커리 앞의 나지막한 울타리에 목줄을 묶으면서, 마치 자식에게 말하듯이 "지지야, 엄마 금방 올 테니까, 얌전히 기다리고 있어! 알았지?"라고 했기 때문이다. 강아지는 전혀 불안해하는 기색 없이 땅 냄새를 맡기 시작했다. 할머니가 매일 이곳에 들러 요일마다 색다른 맛을 즐기며 작은 행복을 누리고 있는 게 분명했다.

월요일 : 슈게트

화요일 : 초콜릿 빵

수요일 : 아몬드 크루아상

목요일 : 체리 플랑

금요일 : 초콜릿 칩이 들어 있는 비엔나 바게트

토요일 : 사과 파이

일요일 : 프랄린과 초콜릿이 들어간 마카롱(내가 제일 좋아하는 것이다)

잠시 후에 할머니는 봉지 두 개를 들고 나왔다. 한 봉지는 지지를 위한 것인 듯 했다. 지지가 안심하고 기다린 데는 다 이유가 있었다. 주인이 자기 몫까지 챙길 거라고 알고 있었던 것이다.

마지막으로, 10대 소년 하나가 머리에 헤드폰을 낀 채 고개를 까딱거리며 다가왔다. 당연히 학교에 있어야 할 시간에! 까만 양복에 하얀 셔츠. 결혼식에라도 가는 듯한 옷차림이었다. 꼭 모차르트 음악을 듣고 있을 것 같았다. 소년은 진열장 앞에 못 박힌 듯 서서 꼼꼼히 관찰하다가, 몇 분 후에 가게 안으로 들어갔다.

베이커리에서 나온 소년은 곧장 걸어와 내 옆 벤치에 앉았다. 그리고 보물이 들어 있는 봉지를 열고, 아주 먹음직스러운 초콜릿 에클레어를 골라서 집었다.

내게 고통을 주려고 작정한 것 같았다. 그는 먼저 매끈한 초콜릿 겉면을 햇볕에 비춰본 다음, 소중한 빵을 조금씩 섬세하게 공격하기 시작했다. 그러다 잠시 중단하고, 미각의 향연을 극대화하려는 듯, MP3를 조작하여 초콜릿 에클레어(번개, 반짝이는 빛이라는 의미의 프랑스어)라는 이름에 어울릴 만한 음악을 골랐다. 클래식 음악인 것 같았다. 고음을 내는 어린아이들이나 빛나는 천사들의 노랫소리가 들려오는 듯했다.

선생님의 코멘트

매우 재미있을 뿐만 아니라, 정확하게 주제에 맞는 글입니다. 빵의 종류와 인물 사이의 조화를 노린 아이디어가 정말 신선하고 훌륭하군요. 그 유명 베이커리의 맛있는 마카롱 몇 개를 자신에게 선물해 보세요. 그런 선물을 받을 자격이 충분하니까요.

말비나

푸르 길

나는 그날 아침에 마주쳤던 몇 사람을 좋은 사람들과 나쁜 사람들, 두 부류로 나눠 보기로 했다.

좋은 사람들

그녀는 꿈속으로 떠밀린 사람의 표정이다. 그녀의 멍한 눈길이 성층권을 떠다닌다. 그녀 같은 사람들은 아무에게도 악한 짓을 할 수 없다. 아무리 악해지겠다고 결심해도, 그럴 능력이 없어서가 아니라 그런 짓을 할 생각이 전혀 없기 때문이다. 그들의 삶을 이끄는 것은 오직 사랑이다.

그녀는 우리 엄마처럼 유행이 지나도 한참 지난 70년대 꽃무늬 원피스를 입고, 이상하게 생긴 챙 없는 장밋빛 모자에 조화를 달았다. 아니, 어쩌면 생화일 수도 있다. 그녀는 내겐 눈길조차 안 주고 옆을 스쳐 지나간다. 그녀는 멀리 있는 사람이다.

그는 막 케이크 하나를 끝낸 참이다. 입술 왼쪽 가장자리에 크림 자국이 남았다. 물론 그는 모르고 있지만, 그래도 그 나이에 크림을 묻히고 있는 모습은 우스워 보인다. 그런 그에게서 연민 같은 것이 느껴졌다. 양복을 입고 멋지게 보이고 싶어 하는 어린 소년 같달까…….

그날 아침 그 거리에 서 있는 그는 몹시 소외된 사람처럼 보인다. 약간 외로움을 타고 있음이 분명하다. 어쩌면 그런 것을 즐기는지도 모른다. 아무튼, 그는 저항하기 힘든 매력을 지녔다.

나쁜 사람들

그녀는 검은 미니스커트를 입고 몸을 뒤튼다. 자기가 잡지에서 쑥 빠져나온, 사진에서나 볼 수 있을 근사한 엉덩이를 갖고 있다는 걸 모든 사람이 알아주길 바라는 듯하다. 그녀는 비엔나 빵을 삼키듯 먹어 치운다. 분명 가루 하나 남기지 않을 것이다. 그녀는 자신이 세상의 중심이라고 생각한다. 난 그녀가 마음에 들지 않는다.

그는 마치 악한 범죄라도 계획하고 있는 듯한 시선으로 주위를 둘러본다. 틀림없이 뭔가 후회할 만한 일을 벌이고 있는 것 같다. 마피아 조직원 같은 옷차림에 번쩍이는 젤을 발라서 찰싹 붙인 머리를 하고 있다. 손에 단단히 쥐고 있는 부드러운 재질의 가방 안에는 틀림없이 소음기가 달린 권총이나 기관총이 들어 있을 것이다. 그는 두려움을 주는 사람이다.

그녀는 최악이다. 데리고 다니는 개의 털과 아주 비슷한 털 외투를 입은 작은 몸집의 그녀는 불쾌감을 주는 노파다. 그녀는 동물을 사랑하는 척하지만, 실은 털옷을 만들어 입으려고 개들을 키우는 자다. <101마리 달마시안>이라는 영화에 나오는 크루엘라처럼. 그녀는 어린 강아지들을 입양하여, 칼로리 높은 케이크를 잔뜩 먹여 살을 통통하게 찌운 후에 잡아 죽인다. 그녀가 몹시 주위를 경계하고 있다는 걸, 난 한눈에 알아봤다.

선생님의 코멘트

인물묘사가 매우 훌륭합니다. 한 가지 관점으로 글쓰기를 이끌어 가는 방식이 뛰어나군요. 인상적인 글입니다.

이네스와 말비나의 글에 동일 인물이 등장한 것을 볼 수 있었다. 사건과 관련 있어 보이는 흥미로운 인물은 50대의 남자였다. 사실 그는 내가 법무사에 대해 갖고 있던 이미지에 맞지 않았다. 매우 클래식한 옷차림을 하고 있었기 때문이다. 게다가 그는 마치 무슨 압박을 받고 있는 사람처럼 몹시 긴장한 것 같았다. TV를 보면, 보통 법무사들은 호화로운 사무실에서 고객을 맞이하고, 어떤 상황에서도 표정의 변화 없이 조용한 어조를 유지하던데…….

제일 먼저 질문해 봐야 할 건 이것이다. 문제의 법무사는 어떤 모습일까?

출발이 잘못되면 말짱 헛일이다. 그러니 우선 그의 나이며, 체격, 머리 색깔(대머리일 수도 있다), 옷 입는 방식, 그 외의 다른 소소한 특징들도 알아야 한다. 그런데 언론에서는 그런 부분에 대해 아무것도 정확히 알려 주지 않았고, 사진도 공개하지 않았다.

그날 저녁, 식탁에서 아버지의 기분이 꽤 좋은 것 같아서, 나는 위험을 무릅쓰고 질문했다. 질문하는 순간 지난번에 고함치시던 일을 다시 떠올리게 하는 건 아닐까 하고 염려가 되긴 했다.

"아버지, 법무사가 되려면 어떤 공부를 해야 하는지 아세요?"

아버지가 옅은 미소를 지었다. 아버지는 내가 질문하는 걸 좋아하신다. 그건 아마도 아버지가 모든 걸 다 아는 사람이라고 철석같이 믿었던 내 어린 시절이 떠오르기 때문일 것이다. 또 아버지는 내가 미래에 대해 생각하고, 아버지가 갖지 못한 좋은 직업을 위해 계획 세우는 걸 몹시 흐뭇하게 여기신다.

"당연히 법을 공부해야지. 대학에 들어가서 적어도 5, 6년은 공부해야 해. 그런 다음 법무사 사무소에 들어가서 서기로 일해야 하고. 하지만 진짜 법무사가 되려면, 부유해야 해. 법무사 자리는 돈으로 사는 것이거든. 어쨌든 그건 지금 당장 생각할 일은 아니야, 우선 공부를 열심히 해서 법무사 자격증부터 따야 하니까. 부유한 가정에서 태어난 사람들이나 법무사 아버지를 둔 사람들에게는 훨씬 쉬운 일이지."

"로또에 당첨되는 수밖에 없어. 가난한 사람들은 항상 그 꿈을 꾸잖아." 대화에 끼어들기 좋아하는 형이 한마디 했다.

다음 날 난 수업 시작 전에 카상드라에게 이네스와 말비나의 글을 읽고 생각한 것들과 계획을 말했다.

"와, 너 정말 천재다. 좋은 방법을 찾아냈네! 그럼 이제 우리 도시의 지도가 있어야겠어. 우선, 그날 아침에 법무사가 집에서 사무실로 갈 때 어떤 길들을 지나갔을지에 집중해 보자. 그리고 그 길들에 서 있었던 우리 반 애들의 이름을 써 보는 거야."

"고마워." 나는 생각지 않았던 카상드라의 칭찬에 약간 놀라서 그렇게 말했다.

"그런데 이네스와 말비나가 말한 인물이 법무사라는 건 어떻게 확신할 수 있을까?"

"내가 알기론 이네스가 그 빵집에 자주 가는 것 같았어. 그러니 그 애가 도와줄 수 있을 거야. 점심시간에 내가 이네스에게 물어볼게."

"그럼 난 방과 후에 우리 구역 지도를 가지러 구청에 가 볼게."

“좋아. 그리고 내일 푸르 길에 있었던 애들의 과제물을 가져다 줄래? 나도 읽어 보게.”

카상드라는 잠깐 멈췄다가 다시 말했다.

“그런데 너희 집에선 어때? 부모님이 안심하시기 시작했니? 네가 공부하는 걸 보셨어?”

“식구들은 안도하고 있어. 그런데 문제는 나야. 어떤 방향으로 공부해야 할지 몰라서 말이야. 그동안 공부를 열심히 하지 않아서, 그나마 했던 공부도 무용지물이 될 것 같은 기분이야. 국어 수업 때 필기도 제대로 안 했어. 노트가 온통 괴물 그림으로 덮여 있지. 이번 학년에 들어와선 밀랑과 같이 아프리카 국가들의 수도를 외우면서 3개월을 보내고, 파리 지하철역 이름을 외우면서 또 한 학기를 보냈는데, 국어 시험에서 그런 게 주제로 나올 리 없다는 게 가슴 아플 뿐이야.”

“그 문제라면 걱정하지 마. 내가 필기한 노트를 복사해 줄게. 틀림없이 복습에 큰 도움이 될 거야. 그럼 훨씬 편안한 마음으로 사건 수사에 신경 쓸 수 있겠지? 다른 과목은 어때? 과학과 수학은?”

“지난 시험은 망쳤지만, 만회할 수 있을 거야.”

“잘됐네.”

그때 내 친구 두 놈이 다가왔다.

“카상드라, 이 자식 좀 잠깐 빌려 줄래? 5분이면 돼.” 필레몽이 물었다.

“워낙 급한 일이어서 말이야.”

난 녀석들의 수작을 이미 알고 있었지만, 모르는 척했다.

"용건이 뭔가? 말씀해 보시게나, 친구들."

"요번 수요일 케이크 당번이 너라는 건 잊지 않았겠지, 나의 에르완? 우리 클럽을 까맣게 잊어버리진 않았을 거야, 그렇지?"

"설마 이번에도 네 삼촌이 병이 나신 건 아니겠지? 제발 아니기를 바라네, 친구! 벌써 쾌차하셨길!" 밀랑이 놀리듯이 걱정스러운 투로 말했다.

"걱정 마, 예정대로 6시 정각에 갈 테니까."

"그럼 카상드라는? 그 앤…… 에, 또 그러니까…… 그 애도……."

"너희들 정말 이렇게 부담스럽게 굴래?"

"네가 그래서 우릴 좋아하는 거잖아, 나의 에르완."

계획했던 대로 나는 지도를 얻으려고 구청에 갔다. 내가 도착했을 때, 마침 안내 창구의 직원이 몹시 지루했던 모양인지, 내게 이런저런 말을 걸었다.

"거기 있는 지도들 좀 갖고 가서 친구들에게도 나눠 주지 그래, 학생. 그거 아주 유용한 거야. 여긴 지도가 아주 많으니까, 마음껏 가져가도 돼. 그런데 어떤 주소를 찾는 거니? 내가 도와줄까? 있잖아, 난 우리 구에서 웬만한 사람들은 전부 다 알고 있거든. 그게 내가 하는 일이잖아."

그 여직원의 표정에서 누군가 자기에게 도움 청하길 몹시 바라고 있다는 걸 읽었기에, 직접적인 질문을 하나 던져 보기로 했다.

"혹시 장 세바스티앵 바흐 길에 사무실을 두고 있는 법무사를 아세요?"

"전직 법무……. 그러니까…… 며칠 전에……."

그녀의 목소리가 갑자기 낮아졌다.

"살해당한 사람?"

"네, 사망하신 분이요."

"그 사람, 4개월 전에 만난 적 있어. 구청장님이 신년 축하 파티에 이 지역 주요 인사들을 초청했을 때. 그날 사람이 워낙 많아서 직접 말을 해 볼 기회는 없었지만, 그가 정말 멋쟁이였다는 건 분명히 말해 줄 수 있어. 얼마나 부티가 나던지!"

"나이가 얼마쯤 되었을까요?"

"한창나이였지. 50대 초반. 루돌프 발렌티노 풍의 헤어스타일이 잘 어울리는 아주 우아한 남자였어. 그날 그가 맸던 넥타이가 유난히 눈에 띄었다는 것만 기억나네. 내 취향이었거든. 내가 보기엔, 어딘지 좀 차갑고, 사람들과 썩 잘 어울리지 않는 사람 같더라고. 아마 수줍어서 그랬을까? 에휴, 일이 이렇게 되고 보니, 진즉 그에게 말 한마디 걸어 보지 못했던 게 후회되네. 그가 더 많은 사람에게 둘러싸여 있었다면, 그런 비극은 피했을지도 모르는데 말이야."

"누가 알겠어요? 어쩌면 그게 그의 운명이었겠지요." 내가 기계적으로 말했다.

그건 우리 할머니가 잘 쓰시는 표현인데, 어떤 상황에나 갖다 붙일 수 있는 편리한 문장이다. 나는 좀 더 자세히 물어보기로 했다.

"그럼, 그날 그가 입었던 양복 색깔 기억하세요?"

"학생, 정말 재미있는 질문을 하는구나. 왜 그게 궁금한데?"

"저는 풀리지 않는 미스터리 같은 데 흥미가 있거든요. 나중에 탐정이 되고 싶어요."

"그래? 난 만일 인생을 다시 시작할 수 있다면, 북극 탐험가가 되고 싶은데! 거긴 너무 멋있을 거 같아. 모기도 없잖아. 아, 우리가 무슨 이야기를 하던 중이었지? 아, 그래, 그가 어떤 옷을 입고 있었냐고 물었지? 아직도 기억이 선해. 크림색 양복을 입고 있었어. 여름용 마직 양복. 근데 글쎄, 그게 너무 잘 어울리는 거야."

난 구청에서 새로 사귄 친구에게 고맙다는 인사를 한 후에, 그런 걸 꼬치꼬치 묻는 내 행동이 이상하게 보일까 봐 서둘러 그곳을 나왔다.

내가 집으로 돌아와서 보여주기용으로 시험공부를 하고 있을 때, 거실에서 전화벨이 울렸다. 아버지가 전화를 받으셨다. 그런데 아버지가 형이나 나를 부르시는 소리가 들리지 않아서 난 다시 공상 속으로 빠져들었다. 몇 분 후에 아버지가 내 방으로 들어와서 말씀하셨다.

"카상드라라는 여자애가 너를 찾는구나. 네게 뭔가 물어볼 게 있다더라. 내가 제대로 들은 거라면, 네가 지금 공부하고 있는 내용에 관한 거라던데."

"그래요? 그럼 왜 아까 저를 부르시지 않고, 한참 있다가 이제야 말씀하시는 거예요?"

"그 애랑 이야기를 좀 나눴지. 말하는 걸 들어 보니, 애가 참 상냥하고, 예의도 바르고, 참하더구나. 케이크나 게걸스럽게 먹어치우는 네 클럽 친구 녀석들보다 훨씬 낫더라. 그런데 너, 지금 나랑 이런 말을 주고받을 때냐? 당장 나가서 전화 받아. 그 애가 기다리고 있잖니!"

나는 거실로 뛰쳐나갔고, 아버지는 부엌으로 들어가셨다. 아버지는 틀림없이 엄마에게 카상드라라는 여자아이에게서 전화가 왔더라고 말씀하실 것이다.

"안녕? 잘 지냈어?"

"응, 응. 그럭저럭. 네 아버지가 내게 이것저것 물어보셨어. 아, 내가 전화한 건 우리 사건 때문이야. 이네스랑 이야기해 봤는데, 베이커리 주인에게 물어보러 가지 않겠대. 그 애는 수줍음을 너무 타잖아. 불건전한 호기심을 지닌 이상한 애로 보일까 봐 걱정된대. 그 애가 한 말을 그대로 전한 거야. 너도 우리가 불건전한 호기심을 갖고 있다고 생각하니?"

"아니, 인간 본성의 미스터리를 이해하고 싶은 건 인간의 속성이야."

"그래, 그래. 네가 지금 고전 문학을 공부하고 있다는 거, 알아. 그런데 이네스가 해 준 말인데, 그 남자가 베이커리에서 나오면서, 자기가 협박받고 있다며 투덜거리는 소리를 했대. 그리고 이름 하나를 여러 번 되풀이했는데, 그 이름을 제대로 들은 건지는 이네스도 확실치 않대. 베스라든가 바스라든가, 뭐 그런 이름이었다나 봐."

나도 카상드라에게 지도를 구하러 갔다가 얻게 된 몇 가지 정보를 알려 주었다. 나도 그랬지만, 카상드라도 루돌프 발렌티노가 누군지 몰랐다. 카상드라는 밤에 인터넷에 검색해 보겠다고 했다. 그리고 이렇게 결론을 내렸다.

"우리가 문제의 남자에게 접근한 것 같아. 나의 에르완, 너의 즉흥적인 감각은 정말 대단한 것 같아, 브라보!"

그러곤 잠시 긴 침묵이 흘렀다. 서로 더는 할 말이 없었다고 해야 할까, 아니면 분명히 뭔가 할 말이 있는데 차마 서로 표현하지 못하고 있었다고 할까? 결국 침묵을 깨뜨리고 입을 연 건, 나였다.

"그건 그렇고, 넌 잘 지냈어?"

"응. 난 빨리 수요일 오후가 왔으면 좋겠어. 넌?"

"나도."

그날 저녁, 식사 시간에 아버지가 내게 꼬치꼬치 물어보시기 시작했다. 카상드라의 성은 무엇인지, 어느 동네에 사는지, 부모님의 직업은 무엇인지 등등. 난 그저 대충 대답했다. 그건 내 인생, 내 문제니까, 굳이 일일이 다 알릴 필요는 없다고 생각했다. 그래서 이런 선언으로 이야기를 끝냈다.

"한 마디로 꽤 괜찮은 애예요."

"전형적인 부르주아로군." 형이 끼어들었다.

"인마, 넌 전형적인 특권 시민이랑 사귀고 있는 거야."

난 대놓고 반박하지 않았다. 하지만 엄마가 개입하셨다.

“네 동생이 누구랑 사귀는지, 그런 것까지 간섭하려고 하지 마세요, 미스터 만물박사! 그 학생도 자기가 부유한 집에 태어나고 싶어서 태어난 게 아니잖니. 그러니 그 학생을 비난할 이유가 없어. 안 그렇습니까, 미스터 만물박사?”

난 잠들기 전에 과제물 하나를 더 읽어 보기로 했다. 이것저것 뒤적거려 보다가 내 친구 놈인 밀랑의 것을 골랐고, 이 녀석은 결코 나를 실망시키지 않았다.

밀랑

마레샬 르클레르크 큰길과 뒤게스클랭 길이 만나는

모퉁이의 드라페 카페에서

<u>동물 분류 : 아침을 맞은 대초원의 샘가에서</u>

오늘 아침, 나는 생존을 위한 싸움에 나서기 전에 샘에 와서 목을 축이고 있는 동물들을 쌍안경으로 관찰했다.

매끄럽게 윤이 나는 발굽을 가진 기린 한 마리가 검은 물을 홀짝홀짝 마시며 목을 축이고 있다.

하마 한 마리가 투명한 붉은 액체를 단숨에 들이마신다. 하마의 뚱뚱한 회색빛 몸집 뒤로 살짝 보이는 도요새 두 마리는 서로 마주한 채, 상대의 이야기는 듣지도 않고 오렌지 빛깔을 연상시키는 소리로 각자 삐약거린다. 그리고 가끔 조잘대기를 멈추고, 향기로운 이파리들이 담긴 뜨거운 물을 마신다.

얼룩 반점의 모피가 배경과 너무나 잘 어울리는 하이에나 한 마리가 멀리 지평선을 바라본다. 계속해서 허공을 응시하고 있는 하이에나는 거품이 이는 황금빛 액체가 담긴 웅덩이를 몇 개나 비웠는지 모른다. 아마도 다섯 번째 웅덩이마저 빨아들이려는 듯하다. 그러면서 이따금 고개를 들고서 바쁜 걸음걸이로 샘을 지나치는 다른 동물들을 눈으로 훑어본다.

우아한 젊은 암사자 한 마리가 긴 갈기를 움직인다. 암사자는 더 이상 목이 마르지 않지만, 그래도 샘을 떠날 생각은 없는 듯하다. 그러다 어느 순간, 암사자가 날카로운 비명에 소스라치게 놀라더니, 아주 먼 데서 들려오는 소리를 들으려는 듯 귀를 쫑긋거리다가, 그 큰 몸을 쭉 펴고 급히 사라진다.

이어서 커다란 바나나 나뭇잎 두 장이 천천히 움직이더니, 그 사이로 용감한 코뿔소 한 마리가 몸을 숨긴다. 때로 코뿔소의 앞발 하나가 나타나서, 기린이 마시던 것과 같은 검은 액체를 받아가곤 한다.

선생님의 코멘트

동물을 내세운 은유가 매우 훌륭합니다. 짧다는 점이 못내 아쉽군요.

이네스나 말비나처럼 고전적인 텍스트를 쓴 애들이 있어서 그나마 다행이었다. 도무지 무슨 이야기를 하는 건지 모를 이 동물원 이야기에서는 끌어낼 만한 게 하나도 없어 보였다.

④ 클레망스의 작문

화요일 아침, 난 카상드라도 학교에 와 있기를 바라면서 일찌감치 학교에 도착했다. 몇몇 애들이 여기저기 모여 있었고, 다른 반 애들도 섞여 있었다. 하지만 카상드라는 거기 없었다. 내 앞에 서 있던 클레망스가 물었다.

"안녕, 에르완. 카상드라 봤니?"

"아니, 아직 못 봤는데."

"그 법무사 살해 사건 말이야. 너희들 어디까지 알아냈니? 내가 쓴 글도 읽었지?"

"아니, 아직 못 읽었어."

"읽어 봐. 아마 그걸 제일 먼저 읽어야 할 거야. 난 내 과제물 안에 수수께끼의 열쇠가 있다고 생각하거든. 어쨌든 너희, 진전은 있는 거지?"

내가 선뜻 대답을 못 하고 우물쭈물하자, 클레망스가 약간 흥분한 소리로 말했다.

"에르완, 그러지 말고 내게도 말해 줘! 너희가 우리 과제물을 갖고 갈 때, 우리에게도 결과를 알려 주겠다고 약속했잖아."

난 클레망스에게 주로 신문 기사에서 읽었던 내용들을 강조하면서, 수사의 진행 상태를 간략하게 알려 주었다. 다행히도 내 두 친구 녀석이 다가와서 나를 살살 긁으며 놀리기 시작하자, 클레망스는 토론을 끝내고 사라져야 한다는 걸 알아차렸다.

"오우, 여자 꼬시기 박사님?" 필레몽이 발동을 걸었다.

"네 놈의 호색은 끝날 줄을 모르는구나. 카상드라에다 이제는 클레망스까지? 오호, 주로 모범생 여자애들 킬러이신가 봅니다, 박사님?"

"그런 애들하고 만나면, 너도 좀 똑똑해질 것 같아서 그러는 거야?" 밀랑이 덧붙였다.

"나의 아버님께서 말씀하셨지. 크림 케이크 처먹을 생각밖에 없는 찌질한 사내자식들보다는 진지하고 참한 여학생들하고 어울리는 게 백배는 낫다고 말이야."

"너의 아버님께서는 인생에 대해 전혀 모르시는구나! 아, 유감인걸." 필레몽이 결론을 내렸다.

카상드라가 단짝 친구인 클레아와 함께 교실에 들어오자마자, 선생님이 바로 교실 문을 닫았다. 두 여자애는 선생님께 늦은 걸 변명하면서 공손하게 미소를 지었다. 클레아가 카상드라에게 뭐라고 속삭이자, 카상드라가 내 옆에 와서 공모자의 눈짓을 하며 앉았다. 이젠 내 옆자리가 카상드라의 자리라는 걸 모두 자연스럽게 받아들이는 것 같았다. 그러나 가끔 내 옆에 와서 앉곤 하던 고독한 두 마리의 늑대는 아직도 그 사실을 부인하고 싶은 듯했다. 그들은 자기들끼리 킥킥대며 뒤에 앉았다.

유난히 따분한 그 수업에서 카상드라와 나는 많은 메시지를 서로 주고받았다. 카상드라는 루돌프 발렌티노의 헤어스타일에 대해 알려 주었다. 예전에 헤어 젤처럼 사용하던 포마드를 머리에 잔뜩 발라서 마치 반짝이는 납작모자를 쓴 것처럼 보이게 했다는 것이다. 그래서 우린 이네스와 말바나가 묘사했던 남자가 바로 그 모습이었다는 걸 거의 확신하게 되었다. 나는 클레망스가 했던 말을 전해 주었다. 카상드라는 선생님이 눈치 채지 못하는 동안, 내게 클레망스의 과제를 읽어 보라고 넌지시 눈짓으로 말했다.

클레망스

리베라시옹 큰길에 있는 프라테르니테 건물의 통로 앞에서

일러두기: 이 글은 지어낸 이야기가 아닙니다.

나는 리베라시옹 큰길에 서 있었다. 왜 내가 그 자리를 택했는지 나도 정확히 모른다. 아마 잠시 혼동이 있었던 게 분명하다. 그곳은 배출된 가스 탓에 벽이 시커매진 통로가 있는 곳이다. 보도엔 여기저기 땜질되어 있었고, 주변엔 가게 하나 없었다. 있는 거라곤, 화물 창고와 차고의 수많은 문과 거무칙칙한 벽들이 전부였다. 어느 것이 더 추하다고 할 수 없을 정도로 온통 보기 흉한 낙서들로 장

식된 건물……. 두려움을 일으키고도 남을 장소였다. 그나마 끊임없이 오가는 자동차와 트럭, 대형 화물 트럭에다 오토바이나 스쿠터를 탄 사람들 덕분에 황량한 기분은 느낄 틈이 없었지만, 한마디로 음산하고, 무미건조한 장소였다. 단 한 가지 작은 요소만 빼고(그런데 그 작은 요소가 모든 걸 바꿔 놓았다!). 그것은 버스 정류장에 주차되어 있던 커다란 파란색 메르세데스였는데, 프라테르니테 건물의 출구 앞에 있었다.

그래서 난 누군가가 한밤의 질주를 위해 훔쳤다가, 연료를 다 쓰는 바람에 아무 데나 버리고 간 자동차일 거라는 생각이 들었다. 그래서 천천히 다가가서, 탐정 놀이를 하듯이 내 생각을 확인시켜 줄 만한 단서들을 찾아보려고 했다. 그때 생각지 않게, 앞좌석에 앉아 있는 여자를 보았다. 내가 다가가자 얼굴을 감추려는 듯 고개를 푹 숙였는데, 그러자 붉은 머리가 폭포수처럼 쏟아져 얼굴을 덮었다. 차 안에 사람이 있는 이상, 거기 더 있을 순 없었다. 그래서 자동차 옆을 슬쩍 지나쳐 인도까지 불쑥 나와 있는 차고의 출구 옆으로 몸을 숨겼다. 파란색 메르세데스에서 20미터 정도 떨어진 곳이었다. 거기서는 눈치 보지 않고 편안한 마음으로 그 여자를 훔쳐볼 수 있었다. 여자는 뭔가 구린내 나는 일을 은밀히 꾸미고 있는 것 같았다. 슬쩍 고개를 내밀고 주위를 훑어보는 모습이 그랬다. 아마 내가 완전히 떠난 건지 확인하려는 것 같았다. 그 여자의 살기 어린 쌀쌀한 눈초리에서 오싹함마저 느꼈다. 얼마나 무서웠던지 하마터면 강 쪽으로 이어지는 큰길을 따라 도망칠 뻔했다. 그래도 난 내 자리에서 참고 버텼다. 그 자리를 지키고 있으면, 왠지 큰일을 목격할 수 있을 것 같은 예감이 스쳤기 때문이다.

난 규칙적으로 그 여자에게 눈길을 던졌다. 그녀는 석상처럼 꼼짝 않는 자세로 뭔가를 기다리고 있었다. 내가 잠깐 눈을 감고 심호흡하고 있는데, 갑자기 딸깍 하고 문 여는 소리가 들렸다. 그리고 고개를 들었을 땐 어느새 그녀 옆에 한 남자가 앉아 있었다. 밤색의 두꺼운 콧수염이 있는 그 남자는 챙 달린 가죽 모자를 쓰고 있어서, 눈이 거의 보이지 않았다. 남자를 응시하고 있는 여자는 잠깐이지만 몹시 재미있어 하는 것 같았고, 남자는 여자에게 미소를 지어 보였다. 여자가 선글라스를 꺼내 썼다. 두 남녀는 쳐다보기만 해도 무서운 사람들이었다.

그러곤 곧 자동차가 움직이더니, 눈 깜짝할 새에 남쪽에서 밀려오는 자동차 물결 속으로 휩쓸려 들어갔다.

두 사람은 대체 어떤 일을 저질렀기에 저토록 만족스러워하는 걸까? 누군가를 죽인 걸까? 보석이라도 훔친 걸까? 그 순간 나는 그들이 저지른 일이 곧 신문 사회면을 가득 채우게 될 거라는 확신이 들었다.

선생님께 드리는 글 : 선생님, 제 글을 읽으면서 웃으실 거라는 것, 잘 알아요. 선생님은 틀림없이 작고 조용한 우리 도시에서 살인 사건 같은 것은 절대로 일어나지 않을 거라고 생각하실 거예요. 하지만 저는 그날 거기서 비극적인 일이 일어났고, 그 일로 인해 결국 우리 작은 도시가 떠들썩하게 될 거라고 믿고 있어요.

선생님의 코멘트

우선, 정성스러운 문체와 다양한 어휘를 정확하게 사용했다는 점을 칭찬하고 싶습니다. 재미있게 읽었어요. 마지막 문장도 나를 거의 설득했다고 말하고 싶군요. 그러나 인생을 더 살아 보면, 인간은 너무 겉모습을 신뢰한다

는 것, 혹은 자기가 보고 싶은 것만 본다는 사실을 배우게 될 것입니다.

쉬는 시간에 카상드라가 물었다.

"어때?"

"그 두 남녀가 그날 아침에 법무사가 지나갔을 법한 길에 있었다는 것 말고는 아무 연결 고리도 못 찾겠는걸."

"파란색 메르세데스"

"그건 그래. 피해자의 차와 같긴 하지. 그건 한번 알아봐야겠어."

"그래야겠지. 그런데 말이야. 솔직히 말해서, 사랑하는 우리 선생님도 언급하신 것처럼, 이 글은 나를 완전히 설득시키지 못했어. 서두에 있는 근엄한 경고도 그렇고, 너무나 상세하게 표현한 암울한 배경도 그렇고, 지나치게 완벽해. 왠지 만들어 낸 이야기 같은 냄새가 난단 말이야."

"클레망스는 뭔가를 덧붙이고 꾸밀 그런 아이가 아니야."

"내 말은 그런 게 아니야. 다만 클레망스가 무의식적으로 이 상황을 해석한 거 같아. 선생님도 그렇게 생각하신 것 같고. 괜찮으면, 학교 끝나고 우리 둘이 그 장소에 가 보는 게 어떨까?"

오후 5시에 난 두 녀석과 헤어지고, 카상드라를 만났다. 우린 먼저 법무사의 집 앞으로 갔고, 거기서 푸르 길을 따라 내려갔다. 그리고 이 기회를 이용해서 베이커리를 보며 말했다.

"거침없고 치밀한 수사를 하는 데 의욕을 드높이기 위해서, 저 베이커리에서 만든 빵을 맛볼 필요가 있지 않을까?"

"네 말이 맞아, 우린 프로가 돼야 하니까."

우린 초콜릿 에클레어를 하나씩 사면서, 그곳이 정말 흥미로운 장소임을 확인했다.

그리고 제네랄 드골 큰길을 건너서 클레망스가 쓴 글을 확인하려고 프라테르니테 건물 앞에 있는 횡단보도 쪽으로 내려갔다.

근처에 가니 쓰레기 냄새가 훅 풍겼다. 그곳은 정말 불결했다. 불에 그슬린 벽이며, 세 개의 커다란 쓰레기통 주변에 병, 기름종이, 담배꽁초가 함부로 버려져 여기저기 나뒹굴고 있었다. 건물의 출입 통로는 곧장 뒤뜰과 연결되는 것 같았고, 통로 주변에 왠지 의심쩍어 보이는 남자들 세 명이 담배를 피우고 있는 모습이 보였다. 그들이 우리를 찬찬히 훑어보았다. 우릴 놀래킬 방법을 찾고 있는 게 분명했다. 그리고 성공했다. 겁이 난 카상드라가 내 손을 꽉 잡았던 걸 보면……. 우린 빠른 걸음으로 그곳을 지나쳤다. 그 남자들은 마음만 먹었다면, 빠르게 몇 걸음만으로도 충분히 우리를 잡았을 것이다. 그러나 우리가 대로로 나올 때까지, 남자들은 조금도 움직이지 않았다. 카상드라와 난 말 없이 걷기만 했고, 100미터쯤 가서야 비로소 입을 열었다.

"저 사람들, 뭔가 수상한 뒷거래를 하는 사람들일 거야, 확실해." 내 여자 친구가 나직이 말했다.

"그 횡단보도 부근은 대낮에도 어두컴컴하네. 그 길이 20미터쯤에서 꺾여 있기 때문에, 인도에서는 리베라시옹 큰길에 있는 사람을 관찰할 수 없어."

"그래서?"

"잠복하기 딱 좋은 장소라는 거지."

"그럼 관찰 위치를 찾아보러 되돌아가 봐야겠네." 카상드라가 제안했다.

그제야 우리는 그때까지 계속 손을 잡고 있었다는 것을 알았다. 내 여자 친구는, 내 생각인데, 살짝 미소를 지었고, 나는 쑥스러움에 고개를 슬며시 돌렸다.

"저기가 바로 클레망스가 말한 장소일 거야. 틀림없어." 그 애가 정비소 쪽으로 향해 있는, 움푹 들어간 장소를 가리키며 말했다.

"저곳 외엔 숨을 만한 장소가 안 보이잖아."

"저긴 메르세데스가 주차되었던 곳에서 너무 멀어. 클레망스가 어떻게 그렇게 정확하게 볼 수 있었는지 궁금한걸."

우린 이 원정 조사가 약간 실망스러웠다. 뭔가 확실하게 알게 된 게 없었기 때문이다. 우리는 말 없이 다시 버스정류장에 이르렀다.

밤 10시쯤 되어서, 아버지가 나를 보러 내 방에 오셨다. 난 마침 마리보의 희곡 중 한 장면을 네 번째 읽고 있었는데, 선생님이 그 대목을 큰 소리로 읽어 주면서 웃음을 터뜨렸던 이유가 여전히 이해가 되지 않았다. 그때 선생님은 극작가의 유머가 돋보인다고 했었는데, 우린 그러는 선생님이 정상인지 의심스러웠었다. 난 아버지가 들어오신 이유가 궁금해서 고개를 들었다.

"그냥 잘 자라는 말을 하러 온 거다. 이제 네가 정신을 차렸나 보구나. 좋아, 그래도 너무 늦게까지 공부하진 마라. 네 나이엔 잠을 제대로 자는 것도 중요하니까. 내일도 평소처럼 네 친구 놈들 만나러 갈 거냐?"

"네, 근데 평소보다 좀 늦게 만나요. 그전에 카상드라를 만나서 공부할 게 있다고 미리 이야기했거든요. 6시에나 모임에 갈 거예요."

아버지는 내 대답에 매우 만족하신 것 같았다. 아버지의 검열이 끝나자, 난 마음 놓고 친구들의 과제물을 꺼내서 그중 하나를 집어 들었다.

아폴린

제네랄 드골 큰길, 성당 입구의 벤치에서

<u>억압의 성당</u>

너의 용감한 꽃들은 겨울의 공격에 맞서고,

너의 자갈돌들은 군인들의 무거운 군화 밑에서 함성을 지르며,

너의 촛대들의 품 안에선 새들이 둥지를 튼다.

하지만 이 평온은 소심한 통행인을 착각하게 한다.

너의 방주는 이제 여행자들이나 찾는 성지에 불과하고,

너의 그리스도의 십자가는 이제 나약한 비둘기의 안식처일 뿐이며,

너의 상처 입은 석루조들은 푸른 하늘 아래에서 침만 흘릴 뿐이다.

하지만 그것들은 모두 너의 끔찍한 순간들을 전부 기억하고 있다.

너에 의해 저주받은 그 슬프고 가난한 자들,

너의 장작더미 위에서 찬양을 부르며 죽어간 여자들,

너에게 학살당한 카타리파(12~13세기에 프랑스 남부를 중심으로 생겨난 기독교 분파) 신자들, 그 저주받은 자들.

불행에 무뎌진 너, 너는 그렇게 무심하게 세월을 지나가지만,

너, 그토록 많은 사람을 그렇게 침묵시키던 너의 권력은 어디로 갔는가?

나는 영원토록 증오한다, 너의 그 아름다움을.

아멘

선생님의
코멘트

매우 고전적인 아름다움을 갖춘 뛰어난 시입니다(마지막 행만 빼고). 고전 시의 기법을 정확하게 따른 것도 마음에 듭니다. 반교권주의적 견해를 표현하기에 아주 적절한 장소를 찾은 듯한데, 평소에도 그런 태도를 견지하는지 궁금하군요.

야스민

성당 안에서

대화를 엿듣는 게 좋은 일은 아니지만, 그러나 호기심이 내 의지를 넘어서고 말았다.

지금부터 하려는 것은 루디의 이야기다. 난 눈으로 그를 보기 전에, 난 그가 내는 소리부터 들었다. 소음 방지 쿠션을 댄 문이 약간 소리를 내면서 다시 닫혔고, 이어서 주저하며 자갈밭 위를 걸어오는 무거운 발걸음 소리가 났던 것이다. 그는 정문 옆, 내 뒤로 몇 미터 떨어진 곳에 앉았다. 그리고 낮은 목소리로 몇 분 동안 기도하더니, 벌떡 일어나 성가대석을 향해 중앙 통로를 걸어갔다. 그러고는 주변을 두리번거리며 누군가를 찾는 듯했다. 삭발에 가까운 스포츠머리에 낡은 청바지, 맥주 마크가 그려진 회색 티셔츠와 카키색 점퍼 차림이었다. 키가 큰 편이고, 체격은 건장했으며, 이마는 땀으로 번들거렸다. 난 그가 신부님을 만나고 싶어 한다는 걸 알아차렸다. 10여 분 뒤에 신부님이 나타났다. 신부님은 그를 향해 고요한 미소를 지어 보이고는, 안쪽으로 걸어갔다. 루디가 다가가 그의 길을 막았다. 그때 그가 내 옆을 지나가면서 하는 소리를 똑똑히 들었다.

"내 이름은 루디입니다. 신부님께 드릴 이야기가 있어요. 아주 급합니다. 이제 곧 이 도시를 떠나야 하거든요, 난……."

"지금은 좀 곤란합니다, 형제님."

"제발 부탁입니다, 신부님. 오늘 내가 한 일을 아신다면……. 신부님, 너무 급한 일이에요."

"좋습니다. 그런데 20분 후에 미사가 있어요. 고해 성사를 듣겠으니, 부탁이지만, 너무 오래 끌지 마세요. 자, 그럼 곧 시작합시다."

"감사합니다, 신부님."

난 명확하지 않은 그의 프랑스어와 악센트를 듣고, 그가 외국인이라는 결론을 내렸다. 아마도 독일인이거나 중앙 유럽 국가에서 온 사람일 듯했다. 왠지 국적을 가리지 않고 군인을 찾는 외인부대의 용병일 거라는 생각이 들었다.

루디는 고해실까지 조용히 신부를 따라갔다. 그들이 고해 성사를 위해 자리를 잡았을 때, 난 루디의 고백을 하나도 빠뜨리지 않으려고 그들 곁으로 다가갔다(선생님, 순전히 선생님이 내주신 숙제를 하기 위해서였어요!).

근처에 몰래 앉아서 귀를 기울였지만, 도무지 알아들을 수가 없었다. 그러나 두 사람은 진지하게 대화를 나누었다. 고해 성사를 할 때는 보통 소곤거리듯 이야기를 나누는 게 일반적일 텐데, 루디는 장소가 성당이라는 점을 조금도 염두에 두지 않은 것처럼 수다를 떨었다. 그래서 난 조금 더 가까이 다가가 보고 싶었다. 옆에 너무 오래 있을 순 없을 것 같아서(그들이 내 존재를 느끼고 있었기 때문에!), 그들 옆을 아주 천천히 지나가며 귀를 기울이기로 했다. 처음 지나갈 때는 완전히 실패했다. 그 순간엔 두 사람 다 말이 없었기 때문이다. 2차 시도에서는 신부님이 하는 말을 들을 수 있었다.

"루디, 당신도 그게 얼마나 심각한 일인지 알고 있을 거예요."

나의 3차 시도는 불행하게도 마지막이 되었다. 한 중년 부인이 마치 내 의도를 꿰뚫었으며, 그것을 폭로하겠다는 표정으로 날 뚫어지게 쳐다보았기 때문이다. 그래서 나도 그 부인을 뚫어질 듯이 쳐다봤다. 결국, 그 부인이 먼저 슬며시 시선을 돌렸지만, 난 내 모험을 여기서 끝내야 한다는 걸 깨달았다. 그때 루디의 목소리가 들려왔다.

"그럴 수 없어요, 신부님……. 난 못 합니다."

왜 루디는 고해실을 찾았을까? 혹시 누구를 죽이기라도 한 것일까? 사실 군인들이 하는 일이 바로 총으로 사람을 쏘는 일이 아닌가? 물론 전쟁이라는 틀 안에서이긴 하지만……. 군인들은 전쟁 후에 자신들이 한 일을 고해할까? 군인은 전쟁하지 않을 땐 무슨 일을 할까? 모의 전쟁이라도 하는 걸까? 그러다 보면 실전처럼 될 수도 있지 않을까? 어쩌면 루디는 사람을 죽이는 흉내만 내는 게 쉽지 않아서 실제로 해 보고 싶어졌던 것일까? 어쩌면 난 살인자 앞에서 있었던 건 아닐까?

드디어 끝났다. 두 남자가 일어섰고, 루디는 천천히 성당을 떠났다. 신부님도 작은 옆문으로 사라졌다.

사실 난 그가 내게 뭔가 말을 걸어 주길 바랐던 것 같다, 그 루디가. 난 그에게 다가가기 위해 뒤따라 나가기 일보 직전이었다. 어떤 위험한 상황이 생길 수 있다 해도……. 설령 그런 일이 생겼어도 난 그에게 아무 질책도 못 했을 것이다. 왜냐하면, 난 그 순간 너무 무서웠을 테고, 또 그런 상황을 절대로 만들어선 안 된다는 것을 영화에서 이미 여러 차례 봤기 때문이다. 그에게 신뢰를 쌓으려면 우선 시선부터 맞추고, 어쩌면 손도 잡아야 할지도 모른다. 물론 그런 사람에게 잠재적 위험이 있을 수 있다는 건 알고 있지만, 그건 내가 겪어 보지 못한 경험일 수밖에 없다. 끝으로 난 믿는다. 특히 실제로 공포를 느껴 본 경험은 정말 멋지다고.

선생님의 코멘트

이 과제물을 어떻게 생각해야 할지 정말 모르겠군요. 당신이 목격한 사건을 문학적으로 확대 해석한 것이기만을 바랄 뿐입니다. 그리고 이 글의 내용이 진짜가 아니기를 바랍니다. 안 그러면, 생각할수록 오싹한 기분이 드니까요.

체육 시간에 카상드라가 지금까지의 상황을 정리해 주었다.

"현재 우리가 확실하게 알고 있는 건, 그날 아침 법무사가 집에서 사무실을 갈 때 지나갔던 코스의 일부밖에 없어. 어젯밤에 지도를 자세히 보면서 생각해 봤는데, 우선 가장 가능성 있는 코스는 푸르 길에 있는 집에서 나와 갈릴레 길로 들어선 다음, 바로 꺾어서 프라테르니테 주차장 건물을 통과하는 지름길로 가는 거야. 그러면 곧장 리베라시옹 큰길이 나오니까. 그런데 클레망스는 그 통로에서 나오는 사람을 한 명도 못 봤어. 또 하나의 가능성은 푸르 길에서 나와 곧장 제네랄 드골 큰길로 꺾어 들어서 리베라시옹 큰길을 지나는 거야. 하지만 마리도 씨가 그 코스를 택했어도, 리베라시옹 큰길을 지나갈 땐 클레망스의 눈에 띄어야 했어. 그런데 클레망스 말로는 그 길에 행인이 한 명도 없었다고 했잖아. 혹시 클레망스가 좀 과장한 걸까? 쉬는 시간에 한번 물어봐야겠다. 어쨌든 우리의 추리는 성공할 거야. 둘 다 재능이 있으니까."

카상드라는 그렇게 말하면서, 내 무릎을 톡톡 두드렸다. 난 그 애의 손등에 살며시 내 손을 얹으며 부드럽게 잡았다. 그 순간 아랫배가 기분 좋게 간질거리는 느낌을 받았다. 아마 입을 맞추고 싶었던 것 같다.

"에르완! 독일 경제에서 가장 중요한 분야가 무엇인지 말해 볼 수 있니?" 선생님이 물었다.

"그럼요, 선생님."

내가 카상드라 쪽으로 잠깐 얼굴을 돌리자, 그 애는 얼른 고개를 푹 숙였다. 다른 애들이 재밌다는 표정으로 우리를 바라보았다. 난 그 짧은 몇 초 동안 퍼뜩 정신을 차리고 대답했다.

"독일의 번영은 매우 경쟁적인 중소기업의 네트워크를 기반으로 합니다. 음, 계속할까요?"

"아니, 됐다. 어쨌든 수업에 집중하렴."

"물론이죠, 선생님."

우리가 다시 이야기를 나눌 수 있었던 건, 수업이 끝나고 나서였다.

"난 그때 너무 무서웠는데, 넌 그 순간을 용케 잘 넘어가더라. 아휴, 난 얼굴이 새빨개졌었어. 크게 꾸중 들을 일을 한 것처럼 말이야."

마침 복도에서 클레망스를 만났다. 그 애는 단호하게 말했다.

“그건 상황을 극적으로 만들기 위해 극단적인 어휘를 사용한 게 아니야. 내가 거기 있었을 땐, 그 더러운 거리를 지나간 사람은 정말이지 단 한 사람도 없었어.”

“그럼 법무사는 갈릴레 길에서 더 내려와서 잔다르크 길을 택한 걸까?” 카상드라가 다른 코스를 생각해 봤다.

“그렇다는 증거도 없지.”

“그래도 그가 증발할 순 없잖아!”

“내 생각은 이래.” 클레망스가 말했다.

“그는 내가 거기 가기 전에 이미 프라테르니테 통로를 통과해서 횡단보도를 건넜을 거야. 그리고 거기서 공격을 당하고, 내가 본 두 남녀의 자동차 안에 던져진 거지. 그 후에 내가 그 두 사람을 본 거고, 내 눈에 띈 다음 그들이 강 한가운데 있는 쉬앵 섬에 법무사를 버린 거야.”

“그럼 넌 그 두 사람이 범인이라고 확신한다는 거네?”

“직감으로 알 수 있어. 그리고 내 직감은 지금까지 한 번도 틀린 적이 없었어. 너희도 곧 알게 될 거야. 그리고 내가 봤던 파란색 메르세데스는 분명히 법무사의 차야. 뒷좌석에서 시체가 발견되었던 그 차 말이야.”

“이 도시에 파란색 메르세데스가 한 대뿐일 리가 없잖아. 분명 여러 대일 텐데.”

카상드라가 클레망스의 흥분을 싹 가라앉혔을 법했다. 그러나 클레망스는 확신에 찬 미소를 보이며 결론을 내렸다.

"그건 나중에 다시 이야기하자."

클레망스가 그 말을 하면서 다른 친구에게 가려고 하자, 나는 그 애의 팔을 살짝 잡으며 말했다.

"딱 한 가지만 더. 그 차에 다가갔을 때, 뒷좌석에 아무것도 없었니?"

"있었어. 뒷좌석을 모포로 완전히 덮어 놓았는데, 모포 밑에 뭔가 길고, 커다란 형태가 있다는 걸 알 수 있었어. 난 그게 시체였다고 100퍼센트 확신해. 과제물에도 그 이야기를 쓰고 싶은 걸 억지로 참았어. 선생님이 너무 놀라서 뒤로 넘어지셨을 테니까. 그래서 아주 간결하게 현실적인 표현만 해야겠다고 결심했지."

놀라서 얼빠진 내 앞에서 클레망스는 자기가 발휘한 영향력에 의기양양한 표정을 지으며 물었다.

"자, 이제 가 봐도 되겠니?"

⑤ 주도면밀한 돼지 클럽

난 우리 아파트 밑에 있는 카상드라를 창문으로 살짝 훔쳐보았다. 그날 난 특별히 내 방을 정리했다. 부모님은 일터로 가셨고, 형은 자기가 속해 있는 '감전된 카망베르 치즈' 라는 이름의 록 밴드의 리허설을 하기 위해 일찌감치 외출했다. 형은 베이스 기타를 친다. 그래서 저녁마다 80, 90년대 청년들의 우상이었던 루 리드와 스톤즈의 앨범을 들으면서 앰프 없이 기타 연습을 하곤 한다.

난 카상드라가 우리 아파트로 다가오는 모습을 지켜보고 있었다. 우리 집에 오는 건 처음일 텐데도, 그 애는 집을 찾느라 두리번거리지 않았다. 드디어 우리 아파트 건물 안으로 들어왔다. 문 뒤에서 엘리베이터가 도착하는 소리가 들렸다. 난 그 애가 초인종을 누르기 전에 문을 열어 주었다. 우린 서로의 뺨에 입을 맞추며 인사를 했는데, 난 처음으로 그 애의 어깨를 가볍게 잡았다. 살짝 닿을 정도로 서로의 몸이 가까워졌다.

"그동안 필기한 노트를 전부 복사해 왔어." 카상드라가 가방에서 한 묶음의 종이 뭉치를 꺼내며 말했다.

"지금 넌 내 목숨을 구해 준 거야. 자, 이걸 책상 위에 대비용으로 올려놓자. 우리 아버지가 혹시라도 갑자기 들이닥칠 경우를 대비해서. 그래, 진짜처럼 보이게 책 몇 권도 올려놔야지."

"레지스탕스처럼 뭔가 은밀한 일을 하고 있는 것 같은 이런 분위기, 꽤 괜찮은걸?"

우린 바닥에 지도를 펼쳐 놓았다. 카상드라가 빨간 볼펜으로 우리 반 애들의 이름을 표시해 놓은 게 보였다.

"그날 아침에 우리 반 애들이 있던 장소마다 애들의 이름을 적어 봤어. 자, 처음부터 다시 시작하자. 법무사는 자기 집에서 나온 후에, 푸르 길을 따라서 남쪽으로 내려왔어. 이네스와 말비나의 글에 그가 등장했지. 자, 빨간색으로 그의 경로를 표시해 둘게. 그런 다음 법무사는 프라테르니테 통로로 가기 전에, 갈릴레 길이 시작되는 곳에 서 있던 필레몽에게 목격되었을 거야. 하지만 네 친구는 과제물을 잃어버렸다고 했고, 그 과제물에 썼던 내용 중에서 기억나는 게 하나도 없다고 했어."

"내가 오늘 저녁에 그 녀석 집에 갈 거니까, 거기 가서 찾아볼게."

"좋아. 그럼 우선 파란색 메르세데스와 그 수상한 남녀에게 집중해 보자. 그들이 쉬앵 섬으로 가는 길에 틀림없이 누군가에게 목격되었을 거야. 우선 플라비아랑 파코, 클레아, 그리고 줄리의 글부터 읽어 봐야겠지."

카상드라가 잠시 과제물 뭉치를 뒤적거리더니, 내게 네 장의 원고를 건넸다.

"큰 소리로 읽어 볼래?"

난 플라비아의 과제물부터 읽기 시작했다.

플라비아

리베라시옹 큰길과 레지스탕스 강변로가

교차하는 지점의 신호등 앞.

난 그날 아침의 풍경을 공고문 형태로 표현해 보기로 했다. 내가 만난 사람들과 그들의 열망을 상상력을 동원해, 짧지만 상세하게 묘사해 볼 생각이다. 물론 그들의 열망은 내가 직접 인터뷰한 게 아니기 때문에, 오롯이 내 상상에 의한 것이다.

수입이 꽤 괜찮은, 금발의 우아한 35세 여성이 안정된 만남을 가질 수 있는 남자를 찾습니다. 조건은 30대에, 아이가 없어야 합니다.

푸른 눈에 핸섬하게 생긴 트럭 운전사가 냉장고 하나를 배달하기 위해 세상 끝까지도 갈 수 있는, 자유롭고 모험심 많은 젊은 여성 파트너를 찾습니다.

70세의 남자가 자기 컬렉션을 완성하기 위해서, 정원 요정인 난쟁이 조각상을 구합니다.

육감적인 몸매의 45세 여성이 여왕처럼 춤을 추며, 완전히 다른 인생을 살아보고 싶어서, 그 꿈을 실현할 수 있게 도와줄 매력적인 탱고 강사를 찾습니다.

한 중년 커플이 70년대를 테마로 하는 광란의 의상 파티에서 돌아오고 있습니다. 뒷좌석에 남자 친구 한 명을 태운 것 같은데, 이 커플은 소소한 일상에도 매우 즐거워하는 것 같습니다.

근사한 미소를 짓는 오토바이 피자 배달부가 조금 더 보수가 높고, 스트레스를 덜 받으며, 밤이면 연인과 데이트하러 나갈 수 있게 야근 근무가 없는 새로운 직장을 찾습니다.

콧수염이 있는 소방대원이 일하러 가는 길에 다른 사람들을 질식시키지 않도록, 매연이 덜 나오는 작은 트럭을 구합니다.

새 미니밴을 구입했지만 여전히 우울한 한 가족이 하와이나 리오에서 사는 가족과 아파트를 (그리고 특히 삶을) 바꿔서 살아 보고 싶어 합니다.

허리가 끊어져라 웃는 젊은 커플이 보입니다. 지금으로서는 아무것도 바라는 게 없는 것 같군요. 이렇게만 지속할 수 있다면, 이보다 더 감사할 수 없는 삶이겠지요!

양복을 입은 한 남자가 성공을 상징하는 모든 것(집, 가족, 더 큰 자동차)을 갖기 위해서 아직도, 그리고 여전히 더 많은 돈을 벌 수 있는 방법을 찾고 있습니다.

선생님의 코멘트

매우 독창적이고 잘 정리된 글입니다. 어떤 공고는 쉽게 쓸 수 있지만, 몇몇 공고는 전혀 예상치 못했던 것으로, 시적인 분위기마저 풍기는군요. 훌륭합니다.

"플라비아의 글에서도 언뜻 보기엔 건질 게 하나도 없는 것 같네." 카상드라가 말했다.

"붉은 머리의 남자도 그렇고, 모자를 쓴 콧수염의 남자도 그렇고, 특별히 연결되는 게 없어 보여. 그럼 건너편에서 좀 더 서쪽에 서 있었던 파코의 글을 읽어 보자. 그 애가 두 남녀를 눈여겨봤다면, 그 커플이 우회전했었다는 걸 말해 주잖아."

"그리고 적어도 클레망소 다리는 건너지 않았다는 게 되지."

"좋아, 나의 에르완. 계속해 봐, 어서."

파코

레지스탕스 강변로,

유럽 다리가 시작하는 지점의 신호등 근처에서.

건널목에서 길을 건너가려는 행인들을 관찰하기 위해 신호등 옆에 자리 잡아야겠다고 생각했다. 나는 상상의 원동력이 될 만한 독특한 단서들을 찾고 싶었다. 그러던 중에 익명의 군중 속에서 모종의 임무를 띠고 있는 듯한 스파이와 성당으로 도주하고 있는 보니와 클라이드 같은 남녀를 발견했다.

그는 기다린다. 양복에 회색 중절모를 쓰고 있다. TV 드라마에서 보던 영국의 우아함이 묻어나는 남자. 자세히 보면 미세하지만, 살짝 이상한 부분들이 슬쩍슬쩍 보인다. 우선, 손에 들고 있는 지팡이 끝이 유난히 두껍게 느껴진다. 나이로 봐서는 아직 지팡이에 의지할 때가 아니기에 전혀 필요 없을 도구다. 왠지 그 지팡이에는 어떤 비밀이 감춰져 있을 것만 같다. 예를 들어 손잡이를 돌리면, 여름에 버터 나이프로 버터를 자르듯 너무나 쉽게 살을 베어 내는, 날카롭고 예리한 칼날이 툭 튀어나온다든지 하는……. 그 남자가 시선을 내게 고정했다. 얼굴에 의미심장한 옅은 미소가 나타났다. 잔인함과 억지로 참고 있는 기쁨이 뒤섞인 묘한 미소다. 그가 길을 건너온다. 무기의 윗부분을 어루만지면서…….

혹시 내가 자신의 비밀을 알아차려 버렸다는 이유로 많은 사람 앞에서 내게 칼을 꽂기라도 하는 건 아닐까? 차도를 건너온 그가 내 옆을 스칠 듯이 지나간다……. 지나갔다. 큰일 날 뻔했다. 갑자기 등에 따끔한 통증이 느껴진다. 아마도 상처를 입은 것 같다. 곧 독의 효과가 나타나겠지. 혹시라도 피를 확인하게 될까 봐, 통증이 느껴지는 부분에 감히 손을 갖다 대지 못하겠다. 피는 죽음이 임박했음을 알려 주는 것일 수도 있으니까.

이어서 차를 탄 범죄자 커플이 나타난다. 갑작스러운 그들의 출현은 레지스탕스 강변로를 순식간에 피로 붉게 물들일 뻔했다. 마침 신호등의 덫에 걸려 버린 도피자들은 오직 생존 본능에 따라, 길을 막고 있는 앞차를 밀어 버리려고 시도한다. 그 결과, 희생양이 된 앞차는 가차 없이 교차로 한가운데로 밀려나, 오른쪽에서 오는 자동차들 무리에 던져진다. 공포에 질린 운전자는 다행히 급히 핸드브레이크를 잡아 큰 위험을 모면한다. 그리고 위기에서 빠져나오자 자신의 목숨을 위협했던 불한당들과 한바탕 붙고자 자동차 문을 박차고 나온다. 그는 소리를 지르면서, 괴물 자동차의 지붕을 마구 두들겨 댄다. 불꽃 같은 빛깔의 머리카락을 가졌으나 어딘지 우울해 보이는 여자, 보니가 창문을 열고 이를 보이며 웃는다. 반면 콧수염을 기른 클라이드는 강인하면서도 심드렁한 표정이다. 자신의 힘만 의지하는 완전 무식자처럼 보인다.

한 행인이 갑작스레 공격을 당한 불쌍한 노인의 편을 들어 주자, 클라이드는 칼날로 그의 목을 따는 시늉을 하며 야비하게 씨익 웃는다.

얼음같이 차가운 침묵 속에서 극도의 긴장감이 도는 몇 초가 지난 후, 신호등이 다시 파란색으로 바뀐다. 그 순간, 지옥에서 온 커플의 자동차는 빵빵거리는 클랙슨 소리와 드디어 해방된 타이어의 굉음을 내면서 미친 듯이 튀어 나간다. 그리고 순식간에 아주 멀리 사라져 버린다.

선생님의 코멘트

약간 진부한 데가 없지 않고, 어디선가 이미 본 듯한 데자뷔를 느끼게 하는 구성이군요. 그러나 서론에서 약속한 것을 충실하게 지켜서 매우 인상깊었고, 더욱이 문체가 꽤 재미있어서 마음에 듭니다.

나는 고개를 들고 말했다.

"이 바보 녀석, 차의 색깔도 차종도 써 놓지 않았잖아! 그래도 우리가 찾는 그 커플임은 분명해. 파코에게 확인해 봐야겠어. 그 차가 파란색이었는지, 그리고 교차로에서 정말 무슨 일이 일어났었는지."

"자, 이제 나의 단짝 친구 클레아의 글을 읽을 차례야." 카상드라가 말했다.

"그리고 이건 사족인데, 클레아는 내가 이 사건 때문에 자기랑 좀 소원해졌다고 요즘 불평이 심해졌어. 그건 그렇고, 이 지도 좀 봐. 이 길이 쉬앵 섬으로 가는 가장 빠른 길이야. 에르완?"

나는 숨을 훅 들이마셨다. 우리 층에서 엘리베이터가 멈추는 소리를 들었기 때문이다. 아버지다!

"경고, 우리 아버지야!"

우린 재빨리 지도와 모든 과제물을 침대 밑으로 밀어 넣고, 황급히 책상 위로 돌아가 앉았다. 아버지가 웬일인지 원칙을 지켜 내 방의 문을 노크했다. 평소 아버지는 내 대답을 기다릴 새도 없이 문을 열기 때문이다. 놀란 나는 내 방에 의자가 하나 밖에 없다는 걸 미처 깨닫지 못했다. 어디에 앉아야 할지 몰랐던 카상드라는 급한 나머지 내 무릎 위에 앉고 말았다.

"안녕, 공붓벌레들! 한창 공부 중인데 방해할 생각은 없지만, 카상드라, 네게 인사를 하고 싶었단다." 아버지가 말씀하셨다.

"안녕하세요, 아저씨." 그녀가 수줍게 말했다.

"에르완, 네 친구를 위해 거실에 있는 의자 하나를 가져오지 그러니? 자세가 불편해 보이는구나."

"아, 맞아요. 당장 의자 하나 가져올게요."

우리가 일어나자, 아버지는 내 방문 옆에 서 있었다. 의자를 가져오려고 얼른 방문을 빠져나간 내 등 뒤로 아버지가 카상드라에게 하시는 말씀을 들었다.

"네가 우리 아들에게 좋은 영향을 주고 있다는 말을 해 주고 싶었단다."

"감사합니다." 카상드라가 환해진 얼굴로 말했다.

"그럼 너희들 계속 공부할 수 있게 나는 나가마."

아버지가 나가시자, 난 문을 닫으면서 카상드라와 함께 미친 듯이 웃었다. 허리가 끊어질 정도로 웃고 나서 몇 분 뒤에 카상드라가 다시 정신을 차리고 말했다.

"아버지께서 계속 집에 계실 것 같니?"

"보통은 얼른 다시 나가셔. 하지만 지금부터 과제물을 꺼내 놓는 건 신중하지 못한 행동인 것 같은데……."

"아냐, 공부하는 게 좋겠어. 내 필기를 활용하는 법을 설명해 줄게. 복사를 하면서, 나도 교과 과정을 다시 한번 훑어봤어. 이제 난 이 노트를 5분 정도만 훑어보면, 그걸로 충분해. 너도 이 노트에 적힌 것을 다 이해했다는 확신이 들 때까지 읽고 또 읽어야 해. 그리고 모호한 게 있다 싶으면, 주저하지 말고 나한테 물어봐. 여기 보면, 이렇게 밑줄로 강조해둔 키포인트 단어들이 있어. 그런 단어는 완전히 암기해야 해, 알았지? 이게 네게 주는 조언이야."

나는 카상드라가 필기한 노트를 받아 마리보의 시에 대해 설명한 부분을 읽기 시작했다. 동글동글한 글씨체는 너무나 완벽해서, 무슨 글씨인지 알아보려고 애쓸 필요가 전혀 없었다. 내가 카상드라를 친구로 둔 건 정말 행운 중의 행운이었다.

예상했듯이 아버지가 다시 우리를 보러 오셨다.

"난 레이몽 집에 가서 자동차 수리 좀 해야겠다. 두 시간쯤 후에 돌아올 거야. 너희들 간식거리를 좀 내놨으니, 갖다 먹으렴. 너희 나이에는 많이 먹어야지."

우리가 주방으로 가는 동안, 아버지는 다시 집을 나가셨다. 우린 신선한 우유와 함께 딱딱한 초콜릿 칩 과자를 야금야금 먹었다.

"클레아와 줄리의 과제물을 끝내자. 그런 다음 난 집에 가야 해."

"데려다줄까?"

"고맙지."

우린 지도를 다시 폈고, 내가 과제물을 읽기 시작했다.

클레아

발미 다리

나는 발미 다리 위에 있었다.

사물 / 색깔

빨간 트럭

핑크색 셔츠와 핑크빛 대머리 - 회색 콧수염 - 누런 이 - 하얀 담배 - 푸른 연기

노란 자전거

흰 스커트 - 빨간 머리띠 - 캐러멜 빛 피부

회색 자동차

잿빛 머리와 하얀 머리

보라색 셔츠와 핑크색 블라우스

밤색 안경과 은색 안경

짙은 눈동자와 연한 눈동자

검은색 영구차

검은색 양복과 검은색 양복

검은색 여성 모자와 검은색 남성 모자

흰 커튼 - 금빛 관

파란색 승용차

붉은 머리 - 검은색 선글라스

모자와 콧수염

잿빛 머리의 잠자는 사람 - 빨간 넥타이

선생님의
코멘트

아이디어 - 빛남

"마지막 문장 다시 읽어 봐, 에르완."

나는 다시 심호흡한 뒤에 각 음절을 또박또박 말했다.

"파란색 승용차 / 붉은 머리 - 검은색 선글라스 / 모자와 콧수염 /

잿빛 머리의 잠자는 사람 - 빨간 넥타이. 네 말이 맞아, 카상드라. 법무사를 찾았어. 그는 아마도 잿빛 머리카락에 밝은색 양복을 입고 빨간 넥타이를 했을 거야. 그는 파란색 메르세데스 뒷좌석에 누워 있었어. 이미 사망한 후였겠지. 자동차가 다시 움직였을 때 시체를 덮은 모포가 미끄러졌던 게 분명해. 클레망스의 말이 맞았어. 그 애의 직감이 우릴 실망시키지 않았네. 그 두 사람이 살인자들일 거야."

우린 너무 기뻐서 서로를 포옹했다. 그리고 숨이 막힐 때까지 꽉 끌어안았다. 잠시 후에 다시 숨을 쉬게 되었을 때, 내 여자 친구가 선언하듯 말했다.

"정말 멋져! 우린 천재야. 좋아, 줄리의 것도 마저 읽자. 그러고 나서 집에 가야지."

나는 고개를 끄덕이면서 동의했다.

줄리

드라페 강변로, 발미 다리 근처

난 근사한 풍경을 골랐다. 쉬앵 섬. 난 왼쪽 강변에서, 발미 다리가 시작하는 지점의 난간 뒤에 자리를 잡았다.

난 거기 있었다. 꼼짝 않은 채. 내 앞에 세워진 상상의 그림. 인상적인 순간을 확 낚아챌 준비를 하고서.

한 장의 그림처럼

전면에는 포장된 길 하나뿐. 그 길은 거의 아무도 밟지 않은 하얀 띠처럼 보였다. 회색빛 얼룩 같은 낚시꾼이라든지 더 짙은 얼룩 같은 자동차는 한번 쓱 보고 잊히는 무의미한 사건들에 불과할 뿐이다. 이 부분은 물감을 반죽치대듯 칼로 치대며 작업한 것처럼 두껍고 거칠고 불규칙하게 표현되었다.

후면에는, 튄 녹색 자국들이 그림의 주제, 즉 수천 개의 반사광으로 빛나는 강물을 감추고 있거나, 혹은 감싸고 있는 느낌이다. 강은 때로는 아주 널찍하고 선명한 리본 같기도 하고, 때로는 수줍게 머뭇거리는 점묘법 같기도 하다. 여기서 사용된 재료는 잘 풀어진 물감처럼 흘러내리는 느낌을 준다. 붓 터치는 불명확하고, 그냥 아무 생각 없이 툭툭 칠해 버린 것 같다.

그 뒤로 보이는 하늘. 일정한 푸른색은 매끈하게 롤러로 민 듯하다. 그래서 윤기 있게 반짝거린다.

선생님의 코멘트

이 그림이 성공할지는 모르겠지만, 당신의 문장은 놀랍도록 성공적입니다. 숙달한 화가처럼 사용한 정확하고 기술적인 어휘들을 높이 칭찬하고 싶군요. 미처 예상치 못한, 아주 놀랍고 멋진 글입니다.

"줄리는 그 장소에 늦게 왔던 게 분명해." 내 여자 친구가 말했다.

"자동차가 이미 섬에 나타난 후잖아. 만약 줄리가 제시간에만 나타났더라도 그 살인자들을 봤을 텐데."

"줄리가 범죄를 목격한 증인이었을 수도 있어." 내가 진지한 어조로 말했다.

"그리고 하마터면 목숨도 빼앗길 뻔했을지도 몰라."

집을 나와 거리로 나섰을 때, 카상드라는 잠시 생각에 잠긴 듯했다. 그 애가 내게 짧은 시선을 던졌다. 잠시 후에 내가 용기를 내서 물었다.

"내게 뭐 할 말 있니?"

"응, 하지만 지금은 아냐. 넌?"

내 눈을 빤히 들여다보는 그 애의 두 눈이 갑자기 날 당황스럽게 했다. 어쩌면 내 얼굴이 붉어졌을지도 모르겠다. 내가 더듬거리며 수줍게 말했다.

"나…… 난 모르겠는데."

우린 말 없이 걸었다. 난 그 애를 포옹하지 않은 걸 후회했다. 틀림없이 날 멍청한 놈이라고 생각하겠지.

"우리 둘 다 좀 바보 같아, 안 그래?" 그 애가 미소를 지으며 말했다.

"좀이 아니라, 아주 많이." 내가 제정신을 차리고 말했다.

그녀의 집에 거의 도착했을 때, 내가 말했다.

"이쯤에서 작별 인사를 하는 게 좋겠다. 네 아버지가 날 별로 좋게 생각하지 않는 것 같아서 말이야."

"우리 아빠? 난 신경 안 써. 어라? 호랑이도 제 말하면 온다더니! 저기 지금 주차 중인 차 보이지? 그거 우리 아빠 차야. 분명 아빠가 지금 우릴 보고 계실 거야. 너, 나랑 손잡을래?"

그건 질문이 아니었다. 말이 끝나기도 전에 그 애가 벌써 내 손을 잡아 버렸으니까. 난 싫지 않았다. 카상드라는 내 어깨에 살며시 머리까지 기댔다. 난 그 순간이 멈추지 않고 계속되길 바랐다. 그 애의 아버지가 우리 쪽으로 막 몸을 돌리셨다. 놀라고 언짢은 표정을 억지로 감추려고 가면을 쓰고 계신 것 같았다. 카상드라의 아버지는 말없이 집으로 들어가셨다. 카상드라가 기댔던 머리를 곧 들더니, 급히 내 뺨에 입을 맞추고 나서 말했다.

"내가 용기를 낼 수 있게 기도해 줘. 이제부터 괴물과 한 판 맞붙어야 하니까. 우리 아빠는 누가 자기에게 맞서는 걸 못 견디셔. 하지만 아빠도 그런 것에 좀 익숙해지셔야 해."

"그렇다면, 힘내!"

"내일 보자."

시계를 보았다. 아, 늦었다! 오늘은 내가 케이크를 준비하는 당번인데! 베이커리에 케이크가 남아 있으면 좋으련만. 난 푸르 길에 있는 베이커리로 급히 걸음을 옮겼다. 불행하게도, 그 베이커리에선 사탕도 같이 팔고 있었기 때문에, 가게 안엔 사탕을 사려는 꼬마들 몇 명이 한창 사탕을 고르고 있었다. 꼬마들은 조금도 급할 게 없어 보였다. 나는 케이크 진열대 쪽을 곁눈질해 보곤 곧 안심했다. 다행히도 크림 케이크 세 종류가 아직 남아 있었다. 내가 좋아하는 케이크는 아니었지만, 남은 케이크가 있었다는 것만으로도 기뻐해야 했다.

"이혼자 케이크 세 개, 짱도토리 슈크림 세 개, 백조 케이크 세 개 주세요."

케이크를 가지고 뛰어갈 수는 없었다. 모임에 늦는 것보다 찌그러진 케이크를 내놓는 게 훨씬 더 좋지 않은 결과를 가져올 게 뻔하기 때문이다. 난 카상드라와의 관계에 대해 녀석들로부터 꽤나 짓궂게 추궁당할 걸 각오하고 있었다.

"오, 드디어!" 필레몽이 문을 열어 주면서 말했다.

"야, 인마! 우린 지금 기절하기 직전이야. 다 네 놈 책임인 거 알지? 어쨌거나 꽤 무거워 보이긴 하니까, 소중한 케이크의 무게를 내가 좀 덜어 줄게. 부탁인데, 제발 공부하고 오느라고 늦었다는 말도 안 되는 핑계 같은 건 대지 마, 알았지?"

"이보게, 친구. 아무리 다른 일로 바빠도, 우선순위를 잊으면 안 되네, 알겠나?" 밀랑이 덧붙였다.

"아무 설명 안 할게. 네 놈들에겐 설명해 봤자, 소용없는 일이니까."

우리는 곧장 주방으로 들어갔다. 테이블 위엔 디저트 접시들과 얼음을 잔뜩 채운 찻주전자와 찻잔이 차려져 있고, 옆에 가위 하나가 놓여 있었다. 필레몽이 가위를 집어 들고 엄숙하고 진지한 표정과 태도로 상자의 빨간 리본을 잘랐다. 마치 테이프 커팅식을 하듯이.

"아, 난 이렇게 리본을 자를 때 나는 싹둑 소리가 너무 좋더라. 짜릿한 즐거움이 준비되었음을 알려 주는 소리니까."

우린 늘 하던 의식에 따라 10초간 케이크를 향해 박수를 보냈다. 짝짝짝짝!

"자, 어떤 케이크부터 시작할까?" 필레몽이 물었다.

"먼저 백조 케이크, 그다음에 이혼자 케이크, 끝으로 짱도토리 슈크림. 늘 하던 대로 가나다 순서에 따르는 원칙을 고수해야지."

우린 더 이상 말 한마디 주고받지 않고, 먹는 일에만 열중했다. 언젠가 우리를 초대한 필레몽의 어머니께서 우리의 케이크 의식을 목격하신 후로, 우리에게 주도면밀한 돼지들이라는 이름을 붙여 주신 적이 있다. 케이크를 삼키듯 먹고 난 뒤엔 헛소리 잔치가 시작되었다. 우린 아무나에 대해 아무 소리나 망설이지 않고 해 댔다. 물론 우리에 대해서도 마찬가지다. 그러면서 거의 한 시간 동안이나 바보같이 웃어 댔다. 솔직한 감정의 분출구! 난 세상에 무슨 일이 있어도 내 친구 녀석들과 함께 누리는 이 행복한 순간을 놓치고 싶지 않다. 필레몽의 아파트에서 나오기 전에, 난 과제물에 대해 다시 한번 이야기했다. 몇 가지를 분명하게 확인할 필요가 있었다.

"내가 없는 사이에 엄마가 내 물건들을 싹 정리해 버리셨어. 그래서 지금 잡동사니로 가득 찬 커다란 쓰레기봉투 두 개가 내 방 한가운데 떡 버티고 있지. 그리고 날짜 적힌 종이 한 장이 그 위에 호치키스로 찍혀 있어. 4월 30일 오후 6시의 쓰레기통. 그 안에 별별 게 다 들어 있어. 내가 수업 중에 필기한 것들까지. 분명히 과제물도 그 안에 있을 거야. 약속할게. 30일까지 내가 반드시 찾아서 갖다 줄게."

밀랑과 함께 집으로 돌아가는 길에, 드디어 문제의 이야기가 나왔다.

"너, 카상드라와 진지한 관계냐?"

"그런 것 같아. 하지만 지금으로선 아직 서로 아무 말도 없었어."

"왜?"

"아직 용기가 없다고 할까."

"만일 그 애랑 잘 되면, 우리 클럽을 떠날 거야?"

"왜? 네 위장을 채우지 못하게 될까 봐 걱정돼? 그 점에 대해선 절대 안심해도 돼."

"그럼 그 애를 우리 클럽에 데려오지도 않을 거지?"

"당연하지. 우리 셋만의 클럽이잖아."

"나도 같은 생각이야."

저녁을 먹는데, 아버지가 나더러 할머니 댁에 가서 할머니 좀 도와드리라고 하셨다. 뭘 도와드려야 하는지는 아버지에게 정확하게 말씀하지 않으셨다는 게 좀 이상했다. 난 다음 날 방과 후에 할머니 댁에 들르겠다고 약속했다.

그날 밤, 난 늦게까지 잠을 이루지 못했다. 카상드라를 생각했다. 내가 조금 더 용기를 냈더라면, 그 애에게 무슨 말을 해야 했을까 생각했고, 멋진 그 애의 집과 작은 우리 아파트와 형과 함께 쓰고 있는 내 방을 생각했다. 또 미술품을 수집하는 카상드라의 아버지와 집세를 내기 위해서 이웃 사람들의 자동차를 불법으로 수리해 주고 있는 우리 아버지를 생각했다. 카상드라의 삶과 내 삶 사이엔 너무도 많은 차이가 있었다. 하지만 그날만큼은 내가 다른 여자를 사랑할 수 있다는 건 상상도 하고 싶지 않았다.

⑥ 휴대전화가 필요해

아침에 난 파코에게 보니와 클라이드의 자동차가 무슨 색깔이었는지 물었다. 왠지 그 녀석이 약간 방어 태세를 취하는 게 느껴졌다. 그도 그럴 것이, 나도 이유는 모르지만, 그 녀석과 난 서로를 그렇게 좋게 보지 않았다. 사실 우리 사이엔 다툼도 없었고, 유감 같은 것도 없었다. 하지만 특별한 교류 같은 것도 없었다. 그래서인지 그 애는 혹시라도 내 질문 속에 다른 사람들 앞에서 자기를 불편하게 만들려는 꼼수 같은 게 숨겨져 있는 건 아닌지 의심하는 것 같았다. 난 최대한 진정성 있게 들리도록 애쓰면서 말했다. 꼭 대답을 들어야 했기 때문이다. 그러자 파코는 잠시 망설이다가 결국 입을 열었다.

"그게, 지금은 잘 기억이 나지 않아. 생각 좀 해 봐야 해. 잠깐만, 기억을 떠올릴 수 있게 애써 볼게. 정신 집중하게 움직이지 말고 가만있어 봐."

그러고는 눈을 감더니, 수업을 들으려고 교실로 들어가는 많은 애들 속에서 무려 3분 정도나 날 기다리게 했다. 한 자리에 꼼짝하지 않고 서서 생각에 잠겨 있는 우리 둘의 모습이 다른 애들 눈에는 우스꽝스럽게 보였을 것이다.

"맞아, 자동차는 짙은 색이었어. 검은색이던가 짙은 파란색이던가……. 그래, 맞아, 짙은 파란색이었고, 메르세데스였어, 최신 모델."

"오케이. 그럼, 네가 거기서 봤다는 자동차 사고 말이야. 다른 차들을 추월하며 달리던 그 차에 정확하게 무슨 일이 있었는지 말해 줄 수 있어?"

"실은 메르세데스가 앞차의 뒤쪽을 살짝 스쳤어. 그게 고의적이었는지 아닌지는 나도 잘 몰라. 사람들이 정신을 딴 데 팔고 있거나, 빨리 출발하려고 할 때, 종종 그런 일이 일어나곤 하잖아. 내가 그 사고에 관심을 가진 건, 몇 분 후에 두 운전자의 목소리가 높아졌을 때야. 앞차의 운전자는 나이가 꽤 있는 데다, 키가 좀 작고, 등도 약간 굽은 사람이었어. 그 사람이 자기 차가 얼마나 파손되었는지 보려고 차에서 내렸는데, 솔직히 눈에 띌 만한 흔적은 거의 없는 가벼운 접촉 사고였어. 하지만 그 사람은 몹시 화가 난 듯이 고래고래 소리를 질렀지. '적어도 사과는 해야 할 거 아니야!' 그러자 상대방도 차에서 내리더라고. 내 기억에 챙 달린 모자를 쓰고 있었어. 그 남자가 씨익 웃으면서 나이 든 남자를 쳐다보더니, 손짓으로 '할배, 얼른 꺼지쇼' 라고 하는 것 같았어. 그랬더니 앞차의 운전자가 화가 나서 욕설을 몇 마디 퍼붓다가 폭발하기 시작했어. 그러니까 이번엔 모자 쓴 남자와 동승했던 여자가 차에서 내려 소리를 지르는 거야. '아무것도 아닌 일 갖고 두 사람 다 왜 이래요! 시끄럽게 굴지 말고, 서로 가던 길이나 가자고요. 당신들이 지금 통행을 막고 있잖아요.' 그러고 나서 자동차들이 흩어졌지."

"아, 정말 고마워, 파코!"

"천만에."

난 수업이 끝나고 나서, 다른 교실에서 나오는 카상드라와 만났다. 그리고 파코와 나눴던 이야기를 해 주었다. 그 애의 날카로운 분석력과 기억력이 다시 작동을 시작했다. 두두두두두두.

"우리가 가정한 것들을 한번 정리해 보자. 한 커플이 있어. 남자는 40세에서 60세 사이고, 콧수염이 있고, 여자는 훨씬 젊고, 붉은색의 긴 머리를 했지. 두 사람은 프라테르니테 건물 앞에서 마리도 씨가 시체로 발견된 쉬앵 섬까지 가는 도중에 여러 증인에게 목격되었어. 심지어 파란색 메르세데스 뒷좌석에 법무사의 인상착의와 비슷한 남자가 있었다는 증언도 있었고. 그러니까 그 차는 법무사가 이틀 전에 도둑맞았다고 한 그 메르세데스인 거지. 살인자들 혹은 적어도 살인을 지시한 자들은 바스 또는 베스라는 이름을 가졌을 수도 있어."

"와우! 너, 정말 대단하다! 완전 깔끔하게 정리했네! 그렇게 정리하고 보니, 거의 목적지에 이른 것 같은걸."

"아냐, 나의 에르완. 아직 그 정도는 아니야. 네가 반드시 읽어야 할 과제물이 아직 여러 개 남았는데, 그 글들을 읽어 보면, 지금 내가 만든 시나리오와 어긋나는 점이 꽤 있거든. 우선, 파투의 글이 그래. 파투가 쓴 글을 보면, 그날 아침에 밝은색 양복을 입은 남자를 만났다는 이야기가 있어. 만일 그 남자가 법무사라면, 그가 제네랄 드골 큰길까지 나와서는 오른쪽으로 꺾지 않고 왼쪽으로 갔다는 이야기가 되잖아. 그렇다면 그는 프라테르니테 통로를 지나서 문제의 횡단보도로 가지 않았다는 말이 돼. 결국, 법무사가 프라테르니테 건물 안으로 들어가는 걸 본 사람이 아무도 없다는 거야."

"그러네. 그럼 그 과제물 좀 건네줄래?"

파투

제네랄 드골 큰길의 도로변, 카테드랄 카페에서

꽃다발을 든 남자

그는 내 앞에 앉아 있었다. 보랏빛 작은 꽃다발을 자기 앞, 빈 찻잔 옆에 놓고……. 이 카페에서 첫 커피를 마실 시간, 그는 자기가 있어야 할 사무실이나 일터에 있지 않았다. 그는 밝은색 양복을 멋지게 차려입은 채, 아무 말도 하지 않는다.

어디서나 볼 수 있는 회사원들이나, 형광색 콤비를 입고 잠깐의 휴식을 즐기는 청소부나, 백포도주 한 잔을 후루룩 마시는 작업복 차림의 배관공과는 전혀 다르게 그는 한껏 멋을 부린 차림이다.

그는 말이 없다. 다른 사람들은 마구 큰 소리로 말하고, 웃고, 욕하고, 전날 라디오에서 들었던 야한 농담 같은 것을 서로 주고받고 있건만.

그는 갖고 온 꽃다발을 전해 줄 여자를 생각하고 있다. 어쩌면 예전에 그 꽃다발을 주고 싶었지만 이미 오래전에 헤어진 여자를 생각하고 있는지도 모른다.

멋지게 차려입은 남자, 그는 말이 없다.

선생님의 코멘트

우수에 젖은 한 남자를 그려낸 멋진 초상화입니다. 아련한 감정을 불러일으키는 글이군요. 이 글을 읽으면서 〈카페 안에서〉라는 제목의 드가의 그림이 생각났습니다. 한 가지 조금 아쉬운 게 있다면, 너무 짧다는 거네요.

카상드라가 내 반응을 살폈다. 내가 과감하게 말했다.

"이 남자는 말비나와 이네스가 푸르 길에서 묘사했던 마리도 씨가 아니야. 그 애들이 묘사한 남자는 돈 많은 방탕한 사장이나 못된 마피아 같은 타입이지."

"그래도 그 남자가 빨간 넥타이를 매고 서류 가방을 들고 있었는지 파투에게 한번 확인해 보는 게 좋을 것 같아."

"그래, 네 말이 맞아."

"줄리에게도 물어보려고 해. 어쩌면 글로 쓴 것보다 더 많은 걸 알고 있을지도 몰라. 게다가 줄리는 유일하게 쉬앵 섬에서 일어난 일에 관심을 가진 애잖아. 그리고 생각났는데, 혼란을 주는 과제물이 또 하나 있어. 스티븐의 글인데, 거기에도 붉은 머리의 여자가 등장하거든. 같은 여자일까? 만일 그렇다면, 동일한 여자가 어떻게 법무사의 자동차와 뒤게스클랭 길에 동시에 나타날 수 있지?"

"우리가 거리에서 관찰한 시간은 한 시간 반 동안이었어. 그런데 우리 중 어느 한 명도 정확한 시간을 명시하지 않았어, 그렇지? 그러니 메르세데스를 타고 있던 붉은 머리 여자가 납치에 가담하지 않고 시내를 돌아다녔는지, 아니면 시내를 돌아다니고 나서 납치에 가담했는지, 사건의 앞뒤를 어떻게 알겠어? 그러니까 파란색 메르세데스가 있던 장소와 그 여자가 나타났다는 뒤게스클랭 길 사이의 거리는 그리 중요하지 않아. 그보다는 오히려 메르세데스에 탔던 여자와 뒤게스클랭 길의 여자가 동일인이 아닐 수 있다는 가설도 세워 볼 수 있지."

"그건 별로 승산이 없는 이야기 같은데! 어제저녁에 인터넷에서 봤는데, 프랑스에서 붉은 머리 여자는 프랑스 전체 인구의 5% 이하래. 그러니까 그리 크지 않은 구역 안에서 같은 시간대에 붉은 머리 여자를 두 명이나 볼 가능성은 아주 적다는 소리지. 더욱이 구름이 껴서 흐린 날씨에 두 여자가 다 선글라스를 끼고 있을 확률이 대체 얼마나 되겠어? 아무튼, 점심시간 끝나고 스티븐의 과제물을 줄 테니 읽어 봐. 아주 재미있을 거야. 우리 친구가 엄청나게 훌륭한 글을 써 놨으니까. 자, 그럼 난 그리스어 수업 들으러 간다. 나중에 봐."

"그래, 나중에 보자."

우린 식당에 줄을 서려고 가는 길에 다시 로비에서 마주쳤다. 내가 먼저 물었다.

"어제저녁에 아버지랑은 별일 없었어?"

"예상대로였어. 아빠는 내가 너를 너무 자주 만난다면서 그러지 말라고 하셨어. 아빠 말로는 굳이 너를 반대하는 건 아니라는 거야. 다만 시기가 안 좋을 뿐이라는 거지. 곧 시험을 앞두고 있으니까. 난 입을 굳게 다물고 아무 대답도 안 했어. 그런데 그게 아빠를 화나게 했지. 아빠가 그렇게 화를 내시는 건 드문 일이야. 그래서 난 내가 자랑스러워."

"그럼, 별일 없었다는 거네."

"아니, 아빠는 쉽게 양보하지 않으실 거야. 아마 지금쯤 내게 한 방 먹일 준비를 하고 계실걸. 사실 어제 일에 대해서 너한테도 하고 싶은 말이 있어. 난 단지 우리 아빠를 난처하게 하려고 그랬던 것만은 아니었어. 내가 네 손을 잡고, 네 어깨에 머리를 기댔던 거 말이야. 난……."

"나도 그래." 나는 카상드라를 껴안으며 말했다.

내 다리가 후들거리는 게 느껴졌다. 다행히도 카상드라가 먼저 내 입술에 자기 입술을 갖다 댔다. 그 순간, 세상의 시간이 완전히 멈춘 기분이었다. 우린 꽤 오랫동안 그렇게 입술을 맞대고 있었다.

우린 식당에서 밥을 먹고 나서 곧장 학교에서 나왔다. 둘만 있고 싶었고, 놓쳤던 시간을 되찾고 싶어서였다. 그래서 큰 보리수 광장으로 가서 30분이 넘도록 그렇게 꼭 껴안은 채로 시간을 보냈다.

우린 오후 수업이 시작할 즈음 학교로 돌아왔다. 그리고 난 스티븐의 글을 읽었다.

스티븐

뒤게스클랭 길

순수한 판타지

아름다운 여자들만 묘사해 보고 싶다. 마치 이 도시에 그녀들만 존재하는 것처럼. 오직 그녀들과 그녀들을 찬양하는 나만 존재하는 도시! 아름다운 그녀들을 나이별로 분류해 봤다.

귀엽고 순수한 10대 소녀. 힙합 뮤직비디오 속에 나오는 소녀처럼 입었음. 우리 엄마가 보셨으면 '힙합 뮤직비디오에 나오는 여자애처럼 홀딱 벗어 젖혔구나' 라고 하셨을 차림. 진짜 폭발력 있는 다이너마이트가 되긴 아직 한참 어리지만,

장래가 매우 촉망되는 소녀임. 그녀가 앳된 미소를 지으며 나를 바라봤음. 오, 자신감이 충만한 소녀! 중학교 2학년 때 사귀었던 신시아를 생각나게 함. 신시아가 패션에 있어서 어찌나 미세한 부분까지 완벽한 조화를 추구했던지, 나는 늘 그녀가 완벽한 갑옷을 입고 있는 듯한 느낌을 받곤 했었음. 마치 어렸을 때 크리스마스 파티에서 입던 조로 의상이나 백설공주 혹은 슈퍼맨 의상처럼.

20점 만점에 16점. 이미 높은 점수지만, 앞으로 더 높아질 가능성이 매우 큼.

눈부신 30대의 여성. 너무 아름다워서 차마 세상에 드러낼 수 없었던, 그래서 선글라스를 낄 수밖에 없었던, 불타는 빨간 머리의 여인. 날씬한 다리와 모델 같은 걸음걸이. 약간 뻣뻣해 보이긴 하지만, 하여간 끝내주는 몸매! 푸른 바다색 원피스는 내 눈엔 지나치게 정숙하다는 느낌이 없지 않지만, 무릎까지 올라오는 검은 색 롱부츠는 마음에 쏙 들었음. 우아함의 실체. 세상 끝까지 그녀를 쫓아가고 싶게 만들었음. 초등학교 5학년 때 사귀었던 상드라를 떠올리게 함. 뾰로통한 입술과 비단이나 벨벳처럼 부드러운 머리카락이 꼭 그 애를 닮았음.

20점 만점에 17점. 얼굴과 몸매, 모든 게 탁월한 조화를 이룸.

부르주아적인 아름다움. 담회색 수트에 흰 셔츠를 입은 비즈니스 우먼. 발레리나처럼 쪽진 헤어스타일. 40대임에도 불구하고 완벽한 몸매. 자신이 매력적인 여성이라는 걸 너무 잘 알고 있는 당당함(왠지 선생님을 닮았더군요!). 사람들이 자신을 눈여겨본다는 걸 알고 있음. 그녀는 이미 아름다운데도 불구하고, 거기에 호감형으로까지 보이고 싶은지 다정한 미소까지 장착했음. 중학교 3학년 때의 영어 선생님을 떠올리게 함. 아쉽게도 그 선생님과는 한 번도 데이트를 해 보지 못했음. 당시에 난 선생님과 데이트해 보려고 온갖 방법을 다 써 봤지만, 선생님은 내가 너무 어리다는 이유로 번번이 퇴짜를 놓았었음.

20점 만점에 19점. 모든 게 완벽함. 아무것도 바꿀 게 없음.

선생님의 코멘트

무슨 말을 할까요? 부디 내 말이 쇠귀에 경 읽기가 되지 않기를 바람! 이 글을 꼭 남성우월주의라고 단정 지을 순 없지만, 지나치게 남성 과시주의에다 쓸데없는 아첨(비록 괄호 안에 쓰인 거라고 할지라도)까지 들어 있어서 대단히 무례하다고 생각됨. 하지만 이런 모든 결점에도 불구하고, 문장만큼은 순진할 정도로 대담해서 나를 웃게 만들었음. 여성에 대한 개념이 속히 성숙해지길 기대함.

이 스티븐이란 녀석은 정말 못 말리겠다, 이건 너무 심하잖아! 감히 생각나는 대로 모든 걸 다 내뱉는 이런 녀석이 있다니. 그래도 거의 모든 여자애가 그 녀석의 마음에 들기를 꿈꾼다. 심지어 그 녀석과 잘되어도 절대로 오래 가는 법이 없다는 걸 알면서도! 카상드라가 내 귀에 속삭였다.

"어때? 네 느낌은?"

"확실해, 같은 여자가 아니야. 스티븐은 그 여자를 조신한 여자로 묘사했잖아. 다른 애들은 메르세데스의 여자를 조신하게 보지 않았어.

게다가 파코는 '어둡다' 는 표현까지 썼고 말이야."

"그래, 하지만 파코가 스티븐과 다른 취향을 가졌을 수 있잖아. 자, 이제 마레바의 글을 읽고, 네 생각을 말해 줘."

그 시간의 선생님은 학생들을 잘 쳐다보지 않고, 설명에만 집중하시는 스타일이었다. 그래서 카상드라가 그 선생님의 시선을 주시하고 있는 동안, 나는 조용히 글을 읽을 수 있었다.

마레바

갈릴레 길과 잔다르크 길이 만나는 모퉁이에서

<u>예민한 경험</u>

난 내 아이디어가 아주 멋지다고 믿고 있었다. 그러나 그 아이디어가 현실이 되는 그 순간, 등골이 오싹할 정도로 무서움을 느꼈다. 내가 다른 사람에게 휘둘리는 약한 인간이라는 점도 두려웠고, 마스크를 쓴 거짓말쟁이가 되었다는 점도 두려웠다. 스스로를 해명하자면 이렇다. 난 시각장애인 흉내를 내 보고 싶었다. 그래서 눈을 감고 눈꺼풀 위에 화장 솜을 붙인 후, 그 위에 선글라스를 써 보았다. 그랬더니 아무것도 보이지 않고 빛조차 느껴지지 않았다.

나는 잔다르크 길이 시작되는 지점의 벤치에 앉아서 기다렸다. 처음 몇 분 동안엔 너무 긴장되어서 집중이 제대로 되지 않았다. 그러다 시간이 좀 지나면서, 주위에서 들려오는 사람들의 말소리에 주의를 기울이기 시작했다. 그러나 단어만 간간이 들릴 뿐 문장의 뜻은 잘 들어오지 않았다. 마치 라디오의 볼륨을 갑자기 높였다 낮췄다 하는 것 같았다.

얼마 후에 한 남자가 내 곁에 와서 앉았다. 담배 냄새가 심하게 났다. 그리고 주머니를 뒤적거리는 소리가 나더니, 10초쯤 후에 라이터 소리가 났다. 잠시 후에 어떤 사람이 아무 말도 없이 그에게 다가온 것 같았다. 찰칵, 다시 한번 라이터 켜는 소리와 고맙다는 말이 들렸고, 곧이어 담배 연기가 내 쪽으로 훅 날아왔다. 난 옆에 앉은 남자가 내가 앞을 못 본다는 걸 알아차리고 행여 내 가방을 낚아채 가기라도 할까 봐 더럭 겁이 났다. 그래서 본능적으로 가방을 꽉 끌어안았다. 얼마 후에 그가 발로 땅을 긁는 소리가 들렸다. 아마도 담배꽁초를 신발로 문질러 끄는 것 같았다. 그가 말없이 일어났다. 내 옆자리는 다시 비었다.

얼마 지나지 않아서, 누군가가 또 내 옆에 앉았다. 우리 엄마가 쓰는 것과 똑같은 향수 냄새가 나는 거로 봐서, 이번에 다가온 사람은 여자였다. 그녀는 핸드백에서 뭔가를 찾는 것 같았다. 플라스틱 물건들이 달가닥거리는 소리가 들렸는데, 아마도 볼펜들인 듯했다. 그녀는 흔히 사람들이 마음을 진정시킬 때 하는 것처럼, 심호흡을 몇 번 했다. 그녀가 날 보고 있다는 느낌이 들었다. 그러나 증명할 길은 없었다. 그녀는 아마도 내 눈에 붙여 둔 화장 솜을 눈여겨봤을 것이고, 내가 불쌍해 보였을 게 틀림없다. 내가 눈 수술을 한 것처럼 보였을 테니까. 아니나 다를까, 그녀가 다정하고도 동정 어린 말을 건넸다.

"뭐 필요한 것 없어요? 처음엔 익숙해지기가 몹시 어렵죠. 당신을 데리러 올 사람이 있나요?"

난 즉흥적으로 대답했다.

"네, 엄마가 오실 거예요. 감사합니다."

난 그녀의 그런 친절이 부담스러웠다. 그녀를 속이고 조롱하는 기분이 들었기 때문이다. 난 얼른 이 연극을 멈추고, 그저 한번 장난해 본 거라고 말하고 싶은 마음이 굴뚝 같았다. 그녀가 말했다. 목소리가 더 진지해졌다.

"당신에게 내 이야기를 좀 해도 될까요? 누군가에게 내 마음을 털어놓아야만 시원할 거 같아서요."

"해 보세요."

"난 용서하러 왔어요, 절대로…… 용서할 수 없는 일에 대해서요. 용서해야 하는 나 자신이 너무 싫군요. 하지만 내 마음 깊은 곳에선 다른 방법이 없다, 그 일을 꼭 해야만 한다는 음성이 들리는 듯해요."

"왜요?"

그 순간 내가 무엇이라고 생각하며 그런 질문을 했던 걸까? 심리상담가라도 된 기분이었을까?

"언젠가는 미련 없이 과거를 잊어버리기로 결단을 내려야 하잖아요. 비록 그게 나쁜 일이고, 수치스러운 일이긴 해도 말이에요."

"시간이 약이라고 하잖아요. 시간이 해결하게 둬야죠. 너무 성급하게 판단하지 마세요."

나는 대체 어떤 자의 입장에서 그렇게 말했던 걸까? 지혜로운 노인?

"들어 줘서 고마워요, 학생. 아주 참한 학생이군요."

나는 그 칭찬에 얼굴이 붉어졌다. 또 자신이 부끄럽기도 했다. 갑자기 그녀의 휴대전화가 울렸다. 그녀의 손목이 살짝 나를 부드럽게 스쳤다. 그리고 그녀는 전화를 받기 위해 멀어져 갔다.

그녀가 가고 나서, 난 시각장애인 흉내 내기를 멈췄다.

그러곤 그냥 벤치에 앉아서, 내 앞을 분주하게 오가는 사람들을 응시했다.

선생님의 코멘트

매우 창의적인 아이디어입니다. 그 아이디어를 좀 더 적극적으로 풍성하게 활용하지 않은 게 못내 아쉽지만, 과제를 아주 멋지게 수행했습니다.

이 과제는 혼란스러웠다. 뭔가 냄새가 풍겼다. 무거운 비밀의 씨앗이 숨겨져 있는 듯한 냄새가……. 하지만 우리가 추론한 것에서 어느 부분을 재검토해야 하는지 알 수 없었다.

"아무것도 없어. 그녀가 붉은 머리의 여자라는 걸 증명할 단서는 안 보여. 그때 마레바는 시각장애인이었잖아. 게다가 이 여자는 용서라는 이야기를 했어. 복수가 아니었단 말이지. 그런 여자가 살인을 저지르거나 살인 계획을 세웠다는 건 생각할 수가 없어." 내가 말했다.

"이유는 모르지만, 난 이 글을 읽는 순간 이 여자가 스티븐이 묘사했던 그 젊은 여자라는 생각이 금방 들었어. 뒤게스클랭 길은 잔다르크 길이랑 연결되어 있잖아. 스티븐과 마레바는 서로 불과 100미터 정도 떨어진 곳에 있었어. 아, 그러고 보니 이 여자가 가방에서 무엇을 찾을 때 들렸다는 플라스틱 소리가 가방에 선글라스를 집어넣는 소리였을 수도 있겠는걸."

"그럴 수도 있겠다. 아무튼, 우린 지금 셜록 홈즈 놀이를 즐기고 있는 거야, 넌 어때?"

"당연히 나도 즐기지. 추리하는 거 엄청 좋아해."

학교가 끝나자마자, 나는 곧장 할머니 댁으로 갔다. 그리고 카상드라는 줄리와 파투를 만나기 위해 학교에 남았다. 아마도 그 애들이 우리에게 새로운 정보를 전해 줄지도 모른다. 난 지하철역 근처에 있는 낡은 건물의 계단을 한 번에 네 칸씩 뛰어 올라갔다. 할머니가 미소로 맞아 주셨다. 뭔가 음모를 꾸미고 있는 듯한 미소였다.

"널 오라고 한 건, 네가 찾고 있는 그 사건에 관한 새로운 소식이 있어서란다. 이웃집 아줌마가 널 보고 싶어 하셔. 네 아버지에겐 아무 말 안 할 생각이다. 내가 보기에, 네 아버지는 행여 네가 공부를 소홀히 할까 봐 굉장히 신경 쓰고 있는 것 같더구나. 네 아버지가 학교에 다닐 때 그렇게 공부에 신경 썼더라면 좀 좋았을까!"

"그래서 아버지는 절대로 자신처럼 되지 말라고 매일 말씀하세요. 공부 안 했던 걸 엄청 후회하신다고."

"그렇다고 네가 이 할미와 겨우 30분 정도 보내는 시간까지 막으면 안 되지."

"아버지에겐 할머니가 무슨 심부름을 시키셨다고 할까요? 분명히 물어보실 텐데요."

"우리 집 고물 벽시계 좀 고쳐 주려무나. 내 큰아버지가 물려주셨던 시계 말이다. 그 시계를 손 좀 볼 때가 되었거든. 네가 늘 해 줬잖니. 네 아버지는 절대 눈치 채지 못할 거다."

나는 당장 시계부터 손보았다. 그러고 나서 할머니가 간식으로 만들어 주신 오디 잼 파이를 먹는 동안, 할머니께서 옆집 아주머니를 불러오셨다. 기기트 아주머니 손엔 진짜 서류들이 들려 있었다. 아주머니가 건네준 봉투 위에 아주 멋진 옛날 글씨체로, 마리도 사건이라고 쓰여 있었고, 봉투 안에는 독특한 신문 기사 하나가 있었다.

살해된 법무사에 관한 수사는 어떻게 되었나?

사건의 간단한 개요는 이렇다. 6개월 전에 우리 도시로 사무실을 옮겨 온 법무사가 3월 23일 오후 5시에 쉬앵 섬의 공용 주차장에서 시체로 발견되었다. 경찰은 살인 사건으로 결론을 내렸고, 자동차 안에서 DNA를 채취했다.

그러나 경찰은 4월 2일에 증인 요청을 한 이후로 아무런 결과를 내놓지 않고 있다. 언론에서 수사 진전에 관한 정보를 반복해서 요청했으나, 지금까지 그 요청은 계속 거부당하고 있는 상태다. 수사팀 측근이 넌지시 알려 준 바에 의하면, 경찰은 이 사건을 해결할 능력이 없는 것 같다고 한다. 사실 이 사건에 관심을 두고 있는 독자가 아주 많다. 그래서 본 신문사에서는 살해된 법무사의 과거 흔적을 취재할 특파원을 보내기로 했다.

조르주 마리도 씨는 우리 시로 옮겨 오기 전엔 루동에서, 그리고 그 이전엔 샤토로즈 쉬르 루아르, 트뤼페 라가이야르드 등지에서 법무사로 일했다. 그는 매번 더 높은 값에 자신의 법무사 자리를 팔고 새 도시로 옮겼으며, 이전할 때마다 그의 사업은 번창했으며, 이에 그의 동료들도 놀랐다고 한다. 그는 앞의 세 곳에서 법무사로 일하기 전에는 파리의 몇몇 법무사 사무소에서 서기로 일했던 것으로 알려졌다.

동료들이 말하는 그의 모습은 항상 비슷하다. 그와 14개월 동안 함께 일한 옛 비서가 그의 사생활에 대해선 아는 게 하나도 없다고 말할 정도이다. 그는 정중하지만 매우 조심성이 많고, 상냥하고 친절하며, 정확하고 침착하지만, 약간 수수께끼 같은 면이 있었다고 한다. 몹시 서두르듯 법무사 자리를 급히 팔고 가는 것을 보고 모두 놀랐었다고 한다.

루동에서 함께 일했던 서기는 그의 비밀스러운 성격과 그가 루동 출신이 아니라는 사실 때문에 그에 대한 여러 가지 루머와 불신 같은 것이 있었다고 덧붙였다.

그 소도시 주민들이 들려준 여러 가지 말을 종합해 보면, 이렇게 정리할 수 있다. 우선 몇몇 사람들이 그를 호색가에 도박꾼이라고 표현하였는데, 실제로 그는 밤이면 온천장에 있는 카지노에 모습을 자주 드러냈고, 나이 차가 매우 많아 보이는 어린 여자들과 팔짱을 끼고 있는 모습이 여러 번 목격되었다. 한 상인은 심지어 방탕아라는 단어를 입에 올리기도 했다. 그의 옛 고객들 가운데는 그에 대해 주저하지 않고 불법 거래를 일삼는 자라고 말하는 사람들까지 있었다. 치안 유지 헌병대에서 들은 정보에 따르면 마리도 씨를 상대로 한 고소장들과 증언 보고서들도 작성되었던 것으로 나타났다. 그러나 확실한 증거가 없어 기소 유예로 분류된 상태다.

그런데 그가 다른 도시로 옮겨갈 때마다 매번 똑같은 시나리오가 반복되었다. 프랑스 법무사 협회는 옛 동료에 관한 공식적인 표명은 거부했으나, 익명을 요구한 몇몇 회원은 마리도 씨의 비리를 증명할 증거물은 확보하기 어렵지만, 그가 법무사들의 명예를 훼손하는 일들을 꽤 많이 저지른 것은 사실이라고 솔직하게 밝혔다.

마리도 씨에게 원한을 품을 가능성이 있는 사람들과 이 사건의 잠재적 용의자들의 명단은 꽤 긴 것으로 나타났다.

우리 특파원은 경찰이 마리도 씨가 맡았던 사건들의 서류를 자세히 조사하고, 관련된 사람들의 타액을 채취했으나, 그다음 조치는 아직 취하지 않고 있음을 알아냈다.

한 경찰의 고백에 따르면 용의자를 찾는 건 모래사장에서 바늘 찾기라고 한다. 조심스러운 가정이긴 하지만, 이는 아마도 마리도 씨에게 사기를 당한 사람들이 미처 그 시점에 소송을 걸지 못했기 때문이라고 추측된다. 그러니 마리도 씨가 서기로 일했던 시간까지 합쳐서, 지난 30년 동안 단 한 번이라도 마리도 씨의 손을 거쳐 갔던 서류들을 모조리 다 조사해 봐야 할 것이다.

"이 사건엔 분명히 여자가 있어, 내가 전에도 말했었지." 기기트 아줌마가 장담하셨다.

"아마 아주머니 말씀이 맞을 거예요."

난 우리 반 친구들이 쓴 글들 덕분에 추론하게 된 내용을 할머니와 아주머니에게 말씀드렸다.

"브라보, 우리 꼬마 녀석!" 기기트 아줌마가 칭찬하셨다.

"얘야, 이 사건 좀 위험한 거 아니니, 에르완?"

"할머니, 걱정하지 마세요. 조금이라도 위험하다 싶으면, 즉시 경찰에 알리면 돼요. 그런데 추리를 조금 더 진척시키려면 몇 가지 부족한 것들이 있어요. 그래서 말인데요, 기기트 아주머니, 이 신문을 제가 좀 빌려 가도 될까요?"

"새로운 정보가 생겼을 때마다 내게도 알려 준다고 약속하면, 빌려 주마."

돌아오는 길에 카상드라에게 전화해 보기로 했다. 신호음이 네 번쯤 들리고 나서 연결이 되었다.

"안녕, 나야."

"네 목소리를 들으니 기쁘다! 온종일 네 생각만 하고 있었거든. 벌써 보고 싶어."

"나도 그래."

"그리고 우리 사건 말인데…… 줄리와 이야기를 나눠 봤어. 쉬앵 섬에서 범행이 일어나던 그 순간에 줄리가 뭘 하고 있었는지 궁금해서 말이야. 그런데 그날 아침에 줄리는 여자애들이 달마다 겪는 그 문제 때문에 배가 아파서 꼼짝 않고 집에 있었대."

"뭐라고? 그렇다면 그곳의 풍경은 어떻게 묘사했다는 거야?"

"기억으로. 실은 인터넷에서 찾아낸 글을 조금 정리해서 제출한 거였대."

"그럼, 짙은 색 차라는 건? 그리고 낚시꾼은?"

"그냥, 꾸민 이야기야."

"어처구니없네. 선생님이 깜짝 놀랄 정도로 멋진 글이라고 평가했던 걸 생각하면! 선생님이 깜빡 속아 넘어가셨다는 거네. 그럼 파투는?"

"파투에게 영감을 주었던 그 남자는, 그 애의 표현에 따르면, 오렌지빛이 도는 빨간 넥타이를 매고 있었는데, 전문직에 종사하는 사람처럼 보이진 않았대. 파투 말로는, 그가 그런 정장 차림을 몹시 불편해하는 것 같았다는 거야. 왠지 어색하게 남의 옷을 입고 있는 느낌 같은 거 있잖아. 그리고 서류 가방이나 짐 가방은 없었고, 고무 밴드가 달린 얇은 까만색 플라스틱 케이스를 들고 있었대. 한 시간 반 정도 있는 동안, 그 남자를 본 게 언제쯤이었는지도 물어봤는데, 파투가 그 카페에 들어간 건 8시 30분쯤이었대."

"왜 그렇게 일찍 간 거지?"

"시간을 착각했다나 봐. 8시에 거기 갔었는데, 맞은편 성당 근처의 벤치에 앉아 있겠다고 했던 아폴린이 오지 않은 걸 보고, 이상해서 아폴린에게 전화했다가 자기가 시간을 착각했다는 걸 알게 된 거지. 그래서 집으로 돌아가지 않고, 카페에 들어가 뜨거운 차 한 잔을 마셨다는 거야."

난 할머니 댁에서 있었던 일을 이야기해 줬다.

"와, 네 할머니와 그 아주머니 정말 대단하시다. 나도 그분들을 한번 뵙고 싶네. 잠깐, 아빠가 벌써 오셨나 봐. 이따가 다시 전화할게."

난 카상드라가 써 놓은 정보들을 다시 읽으면서 10시 30분까지 자지 않고, 전화가 오기만을 기다렸다. 내게 휴대전화만 있었더라면 상황은 훨씬 더 나았을 텐데……. 그래서 올해 여름엔 아르바이트를 해서 돈을 좀 모아 볼 생각이다. 작년에 함께 자주 배구 게임을 했던 친구가 나더러 일해 볼 생각이 있느냐고 물어봤었다. 그 친구 부모님이 채소를 파시는데, 정직하고 용감한 남자애들을 찾고 있다고 하셨다면서.

사랑에 빠진 지금, 휴대전화는 절대로 없어선 안 될 물건이 된 것 같다.

⑦ 사건의 얼개가 드러나다

아침에 카상드라가 학교 앞에서 날 기다리고 있었다. 그 애의 볼에 입을 맞추며 인사를 하는데, 왠지 걱정이 있는 표정이었다.

"아빠가 내 휴대전화를 해지하셨어. 내가 아직 미성년이기 때문이라는 거야. 이제 아무것도 할 수 없는 애가 되어 버렸어. 그래서 지금 너무 화가 나! 그 일 때문에 지난밤에 한숨도 못 잤어. 너무 속상해서 잠이 안 오는 거야."

"그렇게 심각할 일은 아니야. 우린 옛날 방식대로 살면 되잖아, 그러면 오히려 온종일 서로를 생각하게 될 거야. 그런 게 없었던 중세기에 멋진 사랑 이야기들이 제일 많이 있었다는 거 알잖아."

"와우, 넌 정말 로맨틱해."

학교 안으로 들어가면서, 우린 야스민과 마주쳤다.

"너흰 루디의 행적에 별로 관심이 없는 것 같더라……."

"루디? 뜨거운 모래 냄새를 풍기는 그 용병?"

"맞아. 그런데 그 사람에 대해서 몇 가지를 더 알게 되었어. 그걸 알면, 너희도 생각이 바뀔지 몰라. 살인 사건이 일어난 지 이틀이 지난 후에 났던 신문 기사야."

야스민이 신문 한 장을 꺼내자 내가 물었다.

"네 할머니도 신문을 스크랩하시니?"

"아니, 우리 삼촌이. 삼촌이 기사들을 오려서, 주제별로 모아 두셔. 그리고 그것들을 창고에 보관하시지. 대체 그걸로 뭘 하려고 그러시는지 모르겠어. 우리 아빠는 그런 삼촌이 정말 멍청한 일에 홀딱 빠졌다면서, 성냥개비로 에펠탑을 쌓는 것만큼이나 바보 같은 짓이라고 하셔. 그건 그렇고, 지난 일요일에 삼촌이 우리 집에 오셔서 식사하셨는데, 식사 도중에 하시는 말씀이, 삼촌이 자주 가는 식당의 주인이 용병 한 명을 고소했대. 그가 식당의 집기를 부쉈다는 거야. 그 이야기를 듣자마자, 난 그 용병이 루디라는 걸 금방 알아차렸어. 그래서 삼촌에게 이야기했더니, 어젯밤에 이 귀중한 자료를 갖고 오신 거야. 너희도 읽어 보고 복사해 두면 좋을 거야. 삼촌이 다 보고 돌려 달라고 하셨거든."

그다음 수업 시간에 나는 카상드라와 교대로 망을 보며 기사를 읽었다.

경찰에 끌려가 다시 영창으로 온 탈영병

러시아 출신의 한 젊은 용병이 어제저녁 헌병대에 체포되어 구류되었다. 이름은 루디이고 카스트리유 라포레에 주둔한 용병대 소속이다. 그는 3월 23일과 24일, 이틀에 걸쳐서, 우리 시의 몇몇 카페와 간이주점에서 폭행과 기물 파손 등의 경범죄를 저질렀고, 이로 인해 여러 건의 고소가 접수되었다. 어제저녁에 큰 보리수 광장의 벤치에서 잠을 자다가 경찰에 체포된 그는 당시에 혈중 알코올 농도가 높았으며, 1만 유로가 든 종이봉투를 지니고 있었다. 그는 신분증도 없었을 뿐 아니라, 신분을 밝히길 끝까지 거부했다. 그러나 경찰은 프랑스 외인부대에서 배포한 수배문 덕분에 그를 알아볼 수 있었다.

군 당국은 그가 이틀 간의 휴가를 보낸 후에 부대로 복귀하지 않고, 3월 12일에 탈영했다고 자백했음을 알렸다. 그는 오늘 아침에 부대로 인도되지 않고, 헌병대에 구류된 상태다. 그에 대한 고소들이 사실로 밝혀질 경우, 응당 법적인 절차를 밟게 되겠지만, 그것은 부대에서의 고용 계약이 끝난 후에 일어날 문제다. 따라서 우리 시의 간이주점과 카페들이 손해 배상을 받기 위해선 꽤 긴 시간을 기다려야 할 것이다.

카상드라와 난 그 기사를 읽고 나서 서로 시선을 교환했다. 사실 나는 우리 사건과 연결할 만한 요소는 전혀 찾지 못했다. 하지만 카상드라는 생각이 많은 것 같았다. 긴 침묵 후에 그 애가 속삭였다.

“종이봉투 말이야, 그거, 내가 읽은 글에 있던 거야. 종이봉투를 꼭 끌어안고 있는 남자. 그래, 그렇게 쓴 애가 있었어. 아마 야스민의 말이 맞을 거야. 그 애가 봤던 용병은 분명히 어떤 사건과 얽혀 있어. 하지만 우리 사건과 연결되었다는 단서는 아직 하나도 없지.”

“잠깐! 주민 수가 겨우 3만 명에 불과한 데다, 이제까지 사건이라곤 거의 없다시피 했던 이 작고 평화로운 도시에서 하루 만에 큰 범죄가 두 개씩이나 일어났다고? 그런 일이 가능할까? 그보다는, 내 생각엔 틀림없이 그 두 범죄 사이에 연관성이 있을 것 같아."

카상드라는 확신이 안 서는 것 같았다. 좀 머뭇거리다가 잠시 후에 침묵을 깨뜨리고 말했다.

"그거야 두고 보면 알겠지. 지금으로선, 종이봉투의 행방을 조금 더 알아봐야 할 것 같아. 나의 에르완, 나 대신 이번 수업에 노트 필기 좀 해 줄 수 있니? 지금?"

"좋아." 난 심드렁하게 대답했다.

카상드라는 곧 가방을 뒤적이더니 봉투 하나를 꺼냈다. 그리고 친구들의 과제물을 정성스럽게 재분류하기 시작했다. 나는 수업 시작할 때 꺼냈던 노트를 가만히 내려다보았다. 사실 난 카상드라의 요구에 약간 당황했다. 날짜와 칠판에 적힌 제목과 작은 뱀파이어 낙서를 빼고, 내 노트는 완전히 백지상태였기 때문이다. 이제부터 필기라니! 얼른 수업 내용을 따라가지 않으면 안 되었다. 다행히 나는 글을 매우 빨리 쓰는 편이어서(그 대신 알아보기가 쉽지 않다), 그럭저럭 수업을 따라잡을 수 있었고 덕분에 시간은 훨씬 빨리 지나갔다. 카상드라는 수업이 끝날 때까지 과제물들을 읽느라 정신이 없었다.

다음 시간에 우리는 서로의 종이를 교환했다. 카상드라는 내가 필기한 게 무척 재미있는 것 같았다. 그 애가 내 귀에 속삭였다.

"넌 네 글씨를 다 알아볼 수 있니?"

"당근이지."

모라드

레지스탕스 강변로

레지스탕스 강변로를 걷는 저 남자는 누구일까?

저 삭발한 머릿속엔 뭐가 있을까?

그는 인종차별주의자인 스킨헤드일까?

시인? 군인?

기쁨으로 삐죽거리는 그 웃음은 무엇을 감추고 있는 걸까?

복수? 비열한 짓? 동기 없는 범죄?

가슴에 꼭 끌어안고 있는 갈색 종이봉투 속엔 무엇이 감춰져 있을까?

알 수 없다. 저 남자는 수수께끼다.

선글라스를 끼고 있는 저 여자는 누구일까?

저 여자는 가방 안에 뭘 넣고 다닐까?

국가 기밀? 연인의 편지? 모아둔 돈?

그녀의 선글라스는 무엇을 감추고 있을까?

뇌쇄적인 눈빛? 슬픔의 눈물? 얻어맞은 멍 자국?

알 수 없다. 저 여자는 미스터리다.

선생님의 코멘트

흥미롭습니다. 질문으로 이뤄진 글이군요. 그래서 평범하고 일상적인 상황을 순식간에 묘하고 신비한 기운이 감도는 풍경으로 만들었군요. 이것이 바로 작가들이 하는 일이지요. 훌륭합니다.

"네 말이 맞아. 군인이 끌어안고 있는 갈색 봉투. 아마 그 봉투엔 청부 살인에 대한 대금이 들어있을 거야. 그리고 그 여자가 선글라스를 쓰고 있었다는 것 말이야. 그날 햇빛이 별로 강하지 않았잖아? 그런데도 굳이 선글라스를 끼고 있었단 말이지. 모라드에게 그때 상황에 대해서 좀 더 정확하게 말해 달라고 부탁해 봐야겠어. 그러고 보니 우린 그 여자의 연령대도 모르고, 머리 색깔도 모르고 있어. 어쩌면 그날 모라드가 이 끔찍한 드라마의 두 남녀 주연 배우를 모두 만났던 게 아닐까?"

"그랬을 수도 있지."

내 여자 친구가 다른 과제 하나를 내밀며 분명하게 말했다.

"읽어 보면 알겠지만, 이 글에선 문제의 군인을 만나게 될 거야. 여기 나오는 사건은 모라드가 이야기한 것보다 이전에 일어난 것일 수도 있어."

"그렇게 추측하는 데는 무슨 근거가 있겠지?"

"이땐 아직 봉투를 들고 있지 않았다는 거."

"아마 벌써 어디에 처리해 둔 뒤일 거야. 내가 확인해 볼게."

에스테르

큰 보리수 광장

무성한 관목에 둘러싸여 있는 벤치에서, 나는 한 시간 반 동안 거의 내내 혼자 있었다.

고독의 명상

나도 이 풍경의 일부 같았다. 하지만 지금까지 쭈우욱 나 없이 존재했던 세계 속에 우연히 잠시 끼어든 한 조각, 갑자기 외부로부터 툭 끼어든, 달갑지 않은 요소 같다고 해야 할까…….

자연은 고유한 리듬을 갖고 있다. 자연은 매번 다시 살아나고, 혹은 죽지 않고 지속된다(혹은 너무 오래, 오래 살다가 죽어서, 사람들은 아주 긴 세월 동안 자연이 영원하다고 믿었다). 이 보리수만 해도 그렇다. 몇 살이나 되었을까? 아마도 수 세기를 지나왔을 것이다. 그동안 나처럼 얼마나 많은 사람이 이 나무 밑에서 쉬다 갔을까? 그 사람들은 모두 어떻게 되었을까? 많은 사람이 죽었다. 그들의 죽은 몸은 땅을 비옥하게 했고, 땅은 풀과 관목과 꽃과 나무를 자라게 하며, 그리고 나무는 우리에게 그늘을 제공한다.

나는 미래의 먼지일 뿐이다. 조금 더 완곡하게 말하면, 미래를 위한 퇴비라고 할 수 있겠지.

난 일어나서 두 팔로 보리수를 껴안아 보고 싶어졌다. 대혁명 때도 존재했고,

어쩌면 그 이전에, 중세에도 존재했을지도 모르는 이 거대한 나무. 나는 그 힘을 느껴 보고 싶었다. 혹시 그 힘을 내게 조금 나눠 줄지도 모른다는 생각에서.

난 재빨리 주위를 살펴봤다. 그리고 일어나서 내 안에서 솟구치는 충동을 따랐다. 그리고 꽤 긴 시간 동안 나무에 찰싹 달라붙어 있었다. 처음엔 누가 나를 보고 있으면 어쩌나, 더 나쁘게는 나를 누가 알아보면 어쩌나 하는 생각에 잠시 위축되었지만, 곧 나무의 부름에 나를 맡겼다. 점차 나는 행복감을 느꼈고, 감동받았다. 그 순간 나는 눈물을 펑펑 쏟아서, 나를 사로잡은 내 감정, 내 깊은 사랑으로 나무에 물을 주고 싶을 정도였다.

한참 후에야 마지못해 벤치로 돌아가 앉았다. 시계를 보았다. 돌아가서 내 동료인 인간들을 만나야 할 시간이었다. 나는 이 경험에서 행복을 느꼈다. 이 경험은 내 삶에 강한 인상을 줄 것이다. 이런 경험은 앞으로도 더 있을 것이다. 언젠가 또 그렇게 나무를 껴안게 될 거라는 확신이 들었다. 하지만 조금 더 야생의 분위기가 물씬 나는 곳, 자연 그대로의 장소를 찾아서 나무를 껴안아 보고 싶다.

벤치에서 몸을 일으켰을 때, 50미터쯤 떨어진 곳에서 반갑지 않은 요소를 보았다. 마치 신생아처럼 머리털이 하나도 없는 아담. 내가 그의 이브일까? 그가 돌이킬 수 없는 죄를 범하기 위해 기다리고 있던 그 이브가 바로 나일까? 우린 유혹에 저항할 수 있을 만큼 충분히 강할까?

아니, 내 생각은 틀렸다. 그는 나를 위해 거기 있었던 게 아니었다. 나는 그의 관심을 끌지 못했다. 그의 발걸음은 쓰레기통으로 향하고 있었다. 무엇을 하려는 거지? 혹시 태초에 창조된 과일 중 굳이 썩은 것을 찾아 먹으려는 것일까?

난 본능적으로 고개를 숙였다. 그를 보는 것이 민망했고, 동시에 그의 시선과 마주칠까 봐 두려웠다. 내가 고개를 들었을 때는 그가 벌써 그 작은 에덴을 떠난 후였다. 그게 뭔지는 모르지만, 하여간 그는 쓰레기통에서 찾으려던 걸 찾았음이 분명했다.

나는 잠시 자연이라는 인간의 생각을 뛰어넘는 수준에 있었다가, 현대라는 가혹한 현실의 수준으로 다시 떨어지고 말았다.

선생님의 코멘트

이 글을 어떻게 평가해야 할지 모르겠네요. 당신은 매우 열정적이고 당신의 경험을 매우 중요하게 여기는 것 같군요. 그리고 난 그런 경험에 대해 뭐라고 말하기가 어렵습니다. 글의 형식에 대해서 말하자면, 명상을 아주 잘 이끌어 가고, 또 잘 표현했다고 봅니다. 마지막 부분에 등장한 창세기의 주인공이 가져온 결론이 매우 흥미롭네요.

"야스민과 에스테르와 모라드, 이 세 명을 만나게 해 봐야겠어. 세 사람 모두 똑같은 인물을 이야기하고 있는 건지 확인해 보자고. 아무래도 오늘은 불가능하겠지? 모라드가 결석했으니까. 어떻게 생각해?"

"좋은 생각이야. 그럼 난 점심시간에 식당에서 에스테르와 함께 점심을 먹을게."

"그리고 내가 아직 읽지 못한 과제물들을 모두 받았으면 좋겠어. 나도 네가 알고 있는 만큼 알아야 너랑 이야기가 통할 것 같아서 말이야. 내가 모르는 부분이 많으니까, 네가 하나부터 열까지 다 리드하고, 난 끌려가기만 하는 기분이야."

"그래, 네가 그렇게 말할 줄 알았어. 그래서 에스테르의 글을 찾다가, 나머지 것들을 모두 다시 읽어 봤어. 나로선 아무것도 더 못 찾겠더라. 하지만 네가 읽어 보면 또 다를지도 모르지."

카상드라가 가방에서 남은 과제물들을 꺼내며 덧붙였다.

"너희 아빠에게 들키지 않게 조심해. 이건 우리가 갖고 있는 유일한 사본들이니까."

"알았어, 약속할게."

나는 밀랑과 필레몽을 만나서 학교 식당에서 먹지 않고, 시내로 나가 샌드위치를 먹기로 했다. 필레몽은 내가 별말 하지 않았는데도, 자진해서 자기 과제물에 있었던 정보를 들려주었다.

"어젯밤에 네 생각이 나서 잡동사니 보따리 하나를 뒤져 봤지. 내 걸작은 아직 못 찾았지만, 덕분에 2학년 때 노트에 안에 끼워 두었던 학생증을 우연히 찾았어. 그뿐만 아니라, 설날에 할머니께서 주신 분홍색 봉투 안에서 50유로짜리 지폐 한 장이랑 국어와 수학 노트들을 다 찾았지 뭐야. 완전 땡 잡았지!"

"정말 기적적인 낚시였군!" 밀랑이 감탄했다.

"그런데 네 과제물과 관련된 이야기란 건 무슨 말이야?"

"그거, 어제 생각났는데, 납치에 관한 거였어. 그런데 그건 왜? 혹시 너, 아직도 그 사건에 푹 빠져 있는 거야? 그런 거야?"

나는 필레몽이 한 말을 되풀이해서 물었다.

"납치라고?"

"응. 외계인들의 납치. 인간 모르모트의 고전적인 순간이동. 왜? 그게 네 사건에서 중요할 것 같아서 그래? 하긴, 내 글이 그 미스터리한 사건의 열쇠를 제공한다는 건 조금도 놀라운 일이 아니지. 세상과 세상에서 일어나는 모든 사건의 중심에 서는 게 바로 내 운명이거든."

오후에 복도에서 다시 카상드라를 만났다.

"어디 있었어? 30분 동안이나 널 찾아다녔는데."

"필레몽이랑 밀랑이랑 밖에서 먹었어."

"난 아까 말한 대로 식당에서 에스테르와 함께 줄을 서 있는 동안 문제를 해결했어. 마침 클레아가 우리 테이블에 왔는데, 에스테르가 자기의 아담이 클레아가 묘사한 루디와 완전히 일치한다고 확인해 줬어. 그러고 나서 우린 복수의 권리와 정의에 대해 아주 재미있는 토론을 벌였지."

"넌 뭐라고 했는데?"

카상드라는 시계를 들여다보면서 얼굴을 찌푸렸다.

"나 지금 그리스어 수업을 들으러 가야 해. 강의실이 이 건물 반대쪽 끝이라서 늦지 않으려면 지금 뛰어가야 해. 방과 후에 다시 만나자. 내가 전부 이야기해 줄게."

그 애는 재빨리 내 입술에 입을 맞추고 뛰어가 버렸다. 내 친구들이

다가왔다.

"친구여! 너무 슬퍼하지 말게나. 너의 그녀는 곧 다시 올 걸세." 밀랑이 짐짓 다정하게 꾸민 목소리로 말했다.

"그래, 우린 젖가슴은 없지만, 절대로 널 버리진 않아." 필레몽이 맞장구쳤다.

수업이 끝난 후에 카상드라는 자기 친구들의 이야기를 전해 주려고, 내가 두 녀석과 헤어지길 기다렸다.

"먼저, 에스테르는 우리 반 과제물에서 알아낸 정보들이 경찰에 전달되는 일은 절대로 없어야 한다고 못을 박았어. '너희에겐 우리를 밀고자로 만들 권리가 없다는 걸 반드시 기억해 줘!' 라고 하면서 말이야. 내가 용의자 루디는 틀림없이 살인을 계획했던 거라고 응수하니까, 에스테르의 말이 합법적인 범죄도 있을 수 있다는 거야. 그러니까 클레아가 또 다른 희생자들을 만들 가능성이 있는 사람은 위험하기 때문에 절대로 자유롭게 내버려 둬선 안 된다고 주장했어. 난 유죄인지 무죄인지를 가려내고, 상황 참작을 할지 말지를 정하는 것은 법정에서 할 일이라고 말했어. 그래야 웨스턴 영화에서처럼 개인이 범죄자를 비합법적으로 신속히 처리해 버리는 또 다른 범죄를 막을 수 있으니까 말이야. 그러자 토론에 불이 붙어서, 점차 철학적 주제로까지 나갔어. 예를 들면 정의는 항상 옳은 것인가? 등등. 내 절친인 클레아가 흥분한 에스테르 앞에서 동맹군의 진가를 확실히 발휘해 주더라고. 우리가 열정적으로 의견을 주고받는 걸 보고, 플라비아랑 야스민까지 합세했지 뭐야. 야스민도 내게 루디를 고발하지 않겠다고 맹세하라고 강요하더라. 그 애가 뭐라고 했는지 알아? '루디에게 기회를 줘야 해, 그는 좋은 사람이야. 틀림없어. 그의 눈에서 읽을 수 있었단 말이야. 어쨌든 그는 고해성사를 했잖아' 라고 했다니까! 그랬더니 플라비아가 야스민의 말을 끊고 나섰어. '너희들 대체 무슨 말들을 하는 거야? 아직 그가 범인이라는 게 밝혀지지도 않았는데!' 그래서 모두 웃으며 끝이 났는데, 정말 멋진 토론이었어. 네가 그 자리에 없어서 유감이었어."

우린 오랫동안 말없이 걸었다. 난 카상드라에게, 이따가 집까지 데려다줄 테니 우리 집에서 간식을 먹고 가라고 말했다.

저녁 식사 시간에 아버지는 30분 전에 내 여자 친구의 아버지로부터 전화를 받았었다고 알려 주셨다. 카상드라의 생각이 맞았다. 카상드라의 아버지는 카상드라와 나의 관계가 시험을 앞둔 시점에 서로에게 해가 된다는 사실을 우리 부모님께 상기시키려고 하셨다. 그러나 아버지는 카상드라의 아버지에게, 두 아이는 그런 모든 걸 충분히 고려할 수 있을 만큼 자랐고, 또 책임감도 있으며, 특히 카상드라는 내가 공부하는 데 매우 좋은 영향을 주고 있다고 응수하셨다고 했다. 그러자 카상드라의 아버지는 그건 서로 도움이 되는 게 아니라, 나만 일방적으로 도움을 받는 것이며, 카상드라는 점점 더 집에서 멀어지고 있다고 대답하셨다고 한다. 그러면서 카상드라와 내가 만나서 바칼로레아 시험 준비만 하며 보낸다고 생각하다니, 정말 순진하기 짝이 없다는 식으로 요점을 은근히 암시하셨다고 했다. 또 자신은 딸에게 큰 기대를 갖고 있으며, 그 애가 자신의 잠재력을 망치지 않기 바란다는 말을 덧붙이는 것을 잊지 않으셨다고 했다.

아버지는 카상드라의 아버지가 어떤 부류의 사람인지를 알고 나서는 이야기를 더 끌지 않고 끝내는 게 좋겠다고 생각하셨다고 했다.

"네 여자 친구의 아버지는 내 견해에 매우 불안해하는 것 같더구나. 그건 너희를 잘 몰라서 그러는 거지. 내 생각엔……."

"그 아저씨는 머저리예요." 형이 아빠의 말을 끊었다.

"도노번, 내가 말을 다 마칠 때까지 버릇없이 끼어들지 말려무나. 너희 어머니와 난 항상 너희를 신뢰해 왔고, 우린 너희가 그런 신뢰를 받을 자격이 충분하다고 생각한다."

"우리 아버지, 브라보! 멋진 말씀을 하셨어요!" 형이 다시 말했다.

"아버지, 그렇게 말씀해 주셔서 고마워요." 내가 상냥하게 말했다.

부모님이 나를 신뢰하신 것은 옳았다. 생각해 보면, 난 카상드라와 데이트를 시작한 지금만큼 공부를 많이 한 적이 없었다. 형은 결정적인 한마디로 우리의 토론에 결론을 내렸다.

"부르주아들은 본래 자기들끼리만 교류해. 그게 자연의 법칙이지. 난 네가 왜 예외를 만들려는지, 이유를 모르겠어. 아우야, 그 여자애한테 너무 집착하지 마."

"도노번, 네 일에나 신경 쓰고, 동생 일은 동생이 알아서 하게 놔두

렴." 엄마가 간섭하셨다.

형과는 달리, 난 잠을 이루지 못했다. 난 끊임없이 카상드라를 생각했다. 아마 도노번 형의 말이 맞을 것이다. 아무래도 내 감정을 절제해야 할 것 같다. 이 사랑이 불가능한 것으로 드러났을 때, 너무 괴로워하지 않도록……. 그러자 내 여자 친구의 목소리가 갑자기 못 견디게 듣고 싶었다.

하는 수 없이 난, 마음을 다스리기 위해서 친구들의 과제물에 정신을 쏟기로 했다.

위고

갈릴레 길

나는 성당 옆에 있는 쓰레기통이다.

쓰레기통. 물론 난 내가 그리 영광스러운 존재가 아니라는 걸 알고 있다. 하지만 매우 유용하고, 꼭 필요한 존재가 바로 나다. 9시 10분에 누군가 나를 비우러 왔다. 덕분에 난 새 비닐 봉투를 장착하게 되었고, 지금 나한테선 플라스틱 냄새만 난다. 내 몸엔 '모두의 배려 덕분에 깨끗해진 거리'라는 표어와 우리 도시의 로고가 찍혀 있다. 난 사람들이 주는 모든 것을 언제나 받을 준비가 되어 있다.

문신이 새겨진 근육질의 팔이 내 몸속 가장 밑바닥에 쑤셔 넣은, 붉은 잉크 얼룩의 낡은 흰 셔츠 한 장.

아주 어린 소녀(그 애는 발꿈치를 들어 올리고 겨우 던졌다)가 어렵사리 던져 넣은 먼지 묻은 사탕 종이 하나.

이런 동작이 꽤 몸에 익은 듯한 소녀가 2미터 거리에서 던져 넣은 빈 담뱃갑 하나(담배는 사람을 죽이고, 암을 유발하고, 무력하게 만듭니다!).

몹시 바쁜 여성이 지나가면서 버린 휴대전화 충전 카드를 싸고 있던 찢어진 셀로판 비닐종이(하마터면 바람에 날아갈 뻔했다).

푸르 길 베이커리의 따끈따끈한 초콜릿 빵을 담았던, 약간 기름기가 밴 종이 봉투(그것을 던져 넣었던 예쁜 아가씨를 닮았는지, 좋은 냄새가 난다).

점심 먹을 시간조차 없었던 50대 부인이 넣고 간, 잘 익은 바나나 껍질과 립스틱이 묻은 종이 티슈 한 장.

등교 시간에 늦지 않으려고 급히 서두르는 키 큰 대학생이 던진, 체리 소다가 들었던 플라스틱 컵 하나.

힘 있는 큼지막한 손이 슬며시 집어넣은, 축축한 면 붕대와 찢어진 약봉지 하나와 병원 냄새가 나는 작은 빈 병 한 개.

초강력 슈퍼 젤로 머리를 완전히 콘크리트처럼 만든 소년이 엄지와 검지로(구슬치기를 할 때처럼) 툭 튕겨 넣은 담배꽁초 한 개(채 꺼지지 않은 꽁초의 불은 티슈를 다 갉아 먹고 난 뒤에야 완전히 소멸했다).

구겨진 종이 뭉치: 오후 6시부터 7시 사이에 모든 음료를 할인한다고 광고하는 어느 간이술집의 광고지.

늦은 점심을 먹은 중학생 소녀가 조심스럽게 차례로 집어넣은, 알록달록하고 딱딱한 감자튀김 포장 용기 한 개(눅눅하고 차가운 감자튀김 몇 개가 들어있다), 케첩과 마요네즈가 묻은 냅킨 한 장, 요구르트가 담겼던 작은 플라스틱 병 하나와 뚜껑 달린 종이컵, 그리고 세로줄이 그려진 빨대 하나.

선글라스를 낀 남자가 주머니에서 꺼낸, 오래된 휴지 몇 장과 종이 한 장(두 번 접은 종이엔 장보기 목록이 적혀 있었다. 버터, 초콜릿, 탁구공, 빨간 볼펜, 네 가지 치즈를 넣은 피자, 머릿니 방지용 샴푸).

선생님의 코멘트

우선, 제목부터 너무 과감했다는 말을 하고 싶고, 그다음엔 어떻게 쓰레기통을 다 조사했는지 감히 상상이 안 된다고 말을 하고 싶습니다. 직접 손을 더럽히면서 알아낸 건가요? 도무지 상상이 안 가는, 굉장히 멋진 시도였습니다. 진지하게 임한 이런 접근이 매우 흥미로웠다고 칭찬해 주고 싶습니다.

혹시 위고가 붉은 잉크라고 생각했던 게 실은 사람의 피라면? 또 혹시라도, 정말 우연 중의 우연이겠지만, 루디가 법무사를 질식시킬 때 사용했던 천을 버린 쓰레기통이 바로 내 친구가 눈여겨봤던 그 쓰레기통이었다면? 그런 방식으로 사람을 죽여도 피가 흐르는지, 그건 나도 잘 모른다. 어쨌거나 난 이 외인부대 병사가 그 수수께끼 커플과 협력한 건 아닐까 상상해 봤다. 두 남녀는 냉정하고 침착한 남자를 죽일 힘을 갖고 있을 것 같지가 않다. 하지만 외인부대 병사는 그것이 직업이다. 언젠가 한 장교가 부대원들에게 보초병을 단도로 단번에 찔러 죽이는 방법을 설명하던 다큐멘터리가 기억났다. 그때 장교는 정확하게 이렇게 말했었다. '단번에 힘껏 공격하고, 절대로 주저하면 안 된다. 사람의 복부 근육은 아주 단단하기 때문이다. 그런 다음 한 손으로 입을 꽉 막은 채, 그의 심장이 터질 때까지 칼을 놀려야 한다. 알겠나?' 그런 훈련이 아주 잘 되어 있었을 루디에게 그날의 적은 순식간에 무력화시키기 쉬운 상대였음에 분명하다. 그는 아마도 범죄 후에 곧바로 횡단보도가 있던 그 자리로 돌아가서 시체를 자동차 안에 실었을 것이다.

그때 부모님이 두런거리는 소리가 들렸다. TV를 끄고 침실로 가는 길이었다. 두 분이 과연 내 방 앞에서 멈출 것인가?

"에르완, 이제 노트 치우고, 어서 불 끄고 자라. 너무 늦게 자는 습관을 들이면 안 돼." 엄마가 문 사이로 말했다.

"네, 곧 끌게요, 엄마."

⑧ 완전한 눈속임

난 단둘이 조용히 이야기하고 싶어서 카상드라에게 다가갔다. 그리고 일부러 웃기는 표정을 지어 보였다. 나를 본 순간 기뻐하던 그 애의 얼굴이 점점 어두워지는 걸 보았기 때문이다. 난 카상드라가 물어 올 때까지 기다리지 않고, 두 아버지 사이에 오갔던 대화를 먼저 전해 주었다. 그 애의 반응은 첫 번째로 내게 부드럽게 입을 맞추었고, 그다음은 억지로 미소를 띠며 이렇게 말했다.

"로맨틱한 사랑을 꿈꾸는 넌, 좋은 패를 받아든 사람이야. 휴우, 로미오와 줄리엣이 따로 없네. 네 형까지 몬터규 집안과 캐플렛 집안 사이의 갈등에 불을 붙이고 있잖아. 세상이 우리를 반대하고 있어. 하지만 난 꿈꿔, 지금은 21세기야. 누구든 자기가 사랑하고 싶은 사람을 선택할 수 있는 시대라고."

"난 진심으로 우리가 베로나의 두 연인보다 더 좋은 결말을 맞았으면 해."

우린 바보처럼 서로를 바라보며 웃었다.

"나의 로미오!" 카상드라가 마치 셰익스피어 극의 대사를 읊는 것처럼 말했다.

“나의 줄리엣!” 나도 같은 어조로 말했다.

카상드라는 수업 시간에 위고의 글을 다시 읽었다.

“네 말이 맞아. 모든 게 들어맞잖아. 루디는 그 커플과 공모한 거야. 그들이 루디에게 그 더러운 일을 시키려고 1만 유로를 주었던 게 분명해. 그런 다음 루디는 고해 성사를 하러 성당에 갔고, 이어서 큰 보리수 광장의 쓰레기통에 감춰져 있던 봉투를 찾으러 갔던 거야.”

우리의 대화는 카상드라의 노트 위에 뭔가가 툭 놓이는 바람에 중단되었다. 여러 번 접힌 작은 종이었다. 카상드라가 작은 반응조차 보이지 않은 채 그 쪽지를 읽고 나서, 몰래 내게 건넸다.

나는?

– 클레아가

“이게 무슨 뜻이야?”

“클레아가 요즘 나 때문에 쓸쓸하대. 전엔 내가 항상 그 애와 붙어 다녔으니까.”

“지금은 내가 네 옆에 있지.”

“넌 내가 사랑하는 사람이고 그앤 나와 가장 친한 친구니까 너랑 그 애는 다르지.”

난 쉬는 시간에 카상드라가 클레아와 만나는 동안 내 친구들을 찾아갔다.

"이런, 나의 에르완, 또 버림받았구나! 쓸쓸할 텐데, 안아 줄까?" 필레몽이 말했다.

그러면서 그는 놀랍게도 바지 뒷주머니에서 두 번 접은 종이 한 장을 꺼내 주며 말했다.

"충격 받지 않게 조심해! 내가 이 걸작품을 일찍 건네지 않았던 건, 다 그만한 이유가 있어서였어. 잃어버렸다고 한 건 사실 핑계였지. 사실은 이 글을 밖으로 나돌게 해도 될지 망설였던 거야. 이게 좀 심각한 이야기거든. 어떤 사람들에겐 독이 될 수도 있단 말이야. 뛰어난 창작 능력 때문에 벼락을 맞을 수도 있는 게 작가의 운명이니 어쩔 수 있나. 우선 여기 좀 앉아 봐. 그리고 마음을 진정시킨 후에 읽도록 해. 진정한 재능이란 때로 폭력적이니까."

"고마워, 최대한 감정을 절제해 볼게, 그리고 마음이 튼튼한 사람들에게만 읽게 할 거야."

"그러길 바란다, 친구! 지금 나, 농담 아니거든."

쉬는 시간이 끝나서 돌아오자, 카상드라가 자기는 클레아 옆에 앉겠다고 내게 사인을 보내며 한쪽 눈을 찡긋했다. 나는 아폴린 옆자리에 앉았다. 그 애가 내 귀에 속삭였다.

"미스터 에르완, 같이 앉게 된 거, 무척 오랜만입니다."

"실은 요즘 사건 수사에 푹 빠져 있어서 말입니다, 미스 아폴린."

"호오, 카상드라의 별명을 사건 수사라고 지으신 겁니까? 그거 참 독창적이군요, 미스터!"

수업에만 완전히 몰두하고 있는 아폴린 옆에 있으니, 나도 선생님의 말씀에 열중하게 되었고, 심지어 노트 필기까지 열심히 하고 있었다! 카상드라를 위한 게 아닌, 순전히 나를 위한 필기. 슬쩍 고개를 돌리고 보니, 내 여자 친구는 클레아와 소리 없이 진지하게 이야기를 나누고 있었다. 서로의 이야기를 실어 나르는 종이 한 장이 둘 사이에 끊임없이 오고 갔다. 입술에 미소를 띠고 있는 두 여자애는 아주 즐거워 보였다. 어쩌면 내 이야기를 하고 있는 건 아닐까? 난 얼른 필레몽의 글을 읽고 싶었지만, 선생님이 날 주목하고 계실까 봐 겁이 나서 원고를 가방 안에 집어넣었다. 그것을 부스럭거리지 않고 다시 꺼내기는 너무 어려울 것 같아서 아쉬웠다.

학교를 나오면서 카상드라에게 물었다.

"오늘 오후에 함께 시간을 보낼 방법이 없을까? 아무래도 너희 집에 가는 건 피하는 게 좋을 것 같은데?"

"괜찮아, 괜찮아. 내 방에 있으면 돼. 보통 우리 부모님은 오후 내내 파리에 계셔. 미술 갤러리를 돌아보고, 미술가들을 만나시거든. 파리에 가시면서 두 분이 동생을 친구 생일 파티에 데려다주시면, 내가 5시 30분쯤에 데리러 가기로 했어. 부모님이 늦게 돌아오신다고 해서. 그러니까 우리에겐 아주 잘된 거지. 하지만 우리 아빠는 워낙 머리를 잘 굴리시기 때문에, 신중하게 굴지 않으면 안 돼. 그러니까 우선, 넌 우리 집 근처에 있는 작은 공원에 가 있어. 거기서 내 방 창문을 주시하고 있는 거야. 동화 속에 나오는 이야기를 재현해 보는 거지. 내가 창문에 하얀 리본을 걸어 놓으면 네가 들어올 수 있는 거고, 빨간 리본을 보면 좀 더 기다려야 해."

"호오, 멋진데!"

넌 벤치에 앉아서 옆에 있는 가방을 열어 둔 채, 노트 필기한 것을 읽으며 이따금 고개를 들어 창문을 쳐다보았다. 거기서 족히 45분은 기다렸던 것 같다. 마침내 내 여자 친구의 창문에 리본이 걸렸다. 빨간색. 아마도 수영복인 것 같았다. 난 카상드라가 어떤 기분으로 있을지 상상해 봤다. 자기 부모님이 빨리 집을 나서지 않는다고 짜증을 내지 않길 바랐다. 라파예트 부인에 관한 노트 필기를 다 읽고 나서 창문을 올려다보다가, 손에 흰 티셔츠를 들고 흔들며 깡총거리는 카상드라를 보니 기쁘고 웃음이 나왔다.

카상드라가 거리로 나와서 나를 맞이하며 입을 맞추었다.

"아빠와 엄마가 계속 날 붙잡아 두려고 하잖아. 점심을 먹는 내내, 아빠는 마치 할 일이 너무 많아서 정신 못 차리는 사장처럼 보였어. 예정된 갤러리 방문도 하지 않고, 엄청 급한 서류를 보지 않으면 안 될 것처럼 그러시더라고. 그러다 아빠가 거실 한가운데서 입술에 희미한 미소를 띠고 노트북으로 일하는 걸 봤어. 그 미소가 어찌나 짜증나던지, 그냥 내 방으로 들어와 버렸어. 그 자리에 그냥 있다간 내가 초조해하는 걸 들켜 버릴까 봐. 드디어 아빠와 엄마가 집을 나섰는데, 어떻게 했는지 알아? 글쎄, 라디오와 TV를 일부러 켜 놓고 나가셨어. 아직 당신들이 거실에 있는 것처럼 보이게 하고 슬며시 나가신 거지. 하지만 난 창문으로 우리 현관을 다 내려다보고 있었거든. 자동차가 출발하는 걸 보고, 조심스럽게 내 방에서 나와서 방마다 문을 열고 확인해 봤어. 엄마 혼자 내 동생을 생일 파티에 데려다주고, 정작 아빠는 집 어딘가에 남아서 날 깜짝 놀라게 할지도 모르거든. 엄마와 아빠, 두 분이 모두 떠난 건 확실했지만, 내가 아빠를 못 미더워했던 건, 괜한 우려가 아니었어. 아빠의 노트북에 웹캠이 켜져 있더라니까! 아빠가 내 움직임이 감지될 때만 영상을 녹화하려고 했는지, 아니면 실시간으로 계속 감시하려고 했는지 그건 모르겠어. 근데, 어떤 기사에서 본 건데, 미국에선 부모들이 사무실에서 자기 집에 있는 베이비시터들의 일상을 CCTV로 지켜본대."

"그럼 난 어떻게 해야 해?"

"내가 테스트해 봤는데, 소리 내지 말고 기어서 거실을 통과하면 돼. 그러면 카메라에 걸리지 않을 거야."

"멋지군! 그런데 말이야, 우리가 출발부터 좀 잘못되는 거 같아서 두렵지 않니?"

"아, 불행에 대해선 말하지 마!"

2층에 있는 카상드라의 방은 아주 넓고, 정리가 잘 되어 있었다. 커다란 모니터가 책상 한가운데 놓여 있었다.

"이틀 전부터 내 컴퓨터가 자꾸만 끊겨. 내 생각엔 아빠가 어떻게 하신 거 같아. 그래서 다시 책을 읽고, 생각하기 시작했어. 물론 네 생각."

"걱정 마, 넌 곧 21세기에서 살게 될 거야!"

그러곤 우린 꼭 껴안았다. 우린 둘 다 서로를 위로해 줄 시간이 너무 필요했다. 아무도 우리에게 떨어지라고 강요할 수 없었다.

"그리고 그들은 끝까지 이렇게 하고 있었습니다." 카상드라가 내 귀에 속삭였다.

"자, 일하자." 내가 말했다.

"오케이. 오늘 손에 들어온 것부터 시작해야지……."

필레몽

갈릴레 길, 프라테르니테 건물이 보이는 곳

(우주 공간으로 나가는 첫 번째 기압조절실)

아래로는 지구, 위로는 은하계, 난 그 사이에 있는 전략적인 교차로에 자리 잡았다. 관측소라 할 수 있는 그 위치에서, 나는 은하계의 우주선이 인간을 흡입하는 통로 바로 앞에 눈에 보이지 않는 기압조절실이 설치되어 있음을 간파했다. 자신도 모르게 그 안에 들어선 인간은 자동 증폭 장치와 무한 능력의 두뇌를 지닌 미래 우주의 주인들에게 실험용 쥐로 이용될 것이다.

이제 곧 대 순간 이동이 일어날 시간이다. 현재 시각은 켄타우로스 알파 은하계 수도 행성 XUW114의 지방 시각으로 0시 0분 0초.

이제 곧 한 인간이, 원한 적도 없는데 자신도 모르게 육체와 영혼을 우주의 초일류 학자들에게 실험용으로 제공하게 될 것이다. 그리하여 그는 말할 수 없이 끔찍한 수많은 실험을 당하고, 면밀하고 꼼꼼한 관찰의 대상이 될 것이다.

내가 본 인간이 바로 그랬다. 그는 커다란 서류 가방을 손에 들고 나타났다. 빨간 넥타이! 그가 선택된 건 아마도 눈에 띄는 그 넥타이 때문이었을 것이다. 그 남자는 방금 보이지 않는 경계선을 넘었다. 나는 25부터 카운트다운을 시작했다.

3, 2, 1, 0, 슉! 끝났다. 그의 몸은 온건한 지구 주민들이 입는 옷으로부터 분리된 후에, 분자로 분해되어 초광속으로 지구 위 높은 궤도의 외계인 기지로 가버렸다. 이것이 그의 마지막 여행의 첫 번째 단계다.

나는 굳이 그 신성한 장소에 접근하는 모험을 시도하지 않았다. 사실 그때 시각이 0시 000001초라서 통로로 흡수될 위험은 이미 사라졌지만……. 그래도 나는 충분히 시간을 갖고 기다리다가, 5분이 지난 것을 확인하고서야 그곳으로 다가갔다. 예상대로 남자는 사라지고 없었다. 창문 없는 벽으로 이루어진 컴컴한 통로만 있을 뿐이었다. 통로는 자동차들로 꽉 막힌 큰길 쪽으로 이어져 있었다. 난 그 좁은 통로를 향해 한 발 한 발 앞으로 나아갔다. 아무런 흔적도 없었다. 땅바닥을 만져 봤다. 우주 방사선 때문에 아직 따뜻한 온기가 남아 있었다.

나는 저쪽 세계로 가는 문, 1세기에 단 한 번, 켄타우로스 알파 은하계 수도 행성 XUW114의 지방 시각으로 0시 0분 0초에 열리는 그 문을 건너가 버린 그 남자에 대해 생각해 봤다. 그의 유일한 실수는 그 시간에 자신도 모르게 기압조절실로 들어가 버린 것이다. 난 그의 생명이 실험용 흰쥐로 끝나더라도, 너무 큰 고통을 받지 않고 끝나길 그를 위해 간절히 바랐다.

선생님의 코멘트

시작이 훌륭합니다. 초조하게 다음 편을 기다리게 되는군요.

"이 글을 번역해 보자면," 카상드라가 흥분한 목소리로 말했다.

"필레몽은 그 법무사를 본 거야. 틀림없어. 커다란 서류 가방에 빨간 넥타이를 맨 남자가 프라테르니테 건물의 통로로 들어가는 걸 봤다잖아. 필레몽이 그 통로로 갔을 땐, 이미 피해자가 사라지고 없었던 거야. 그애가 2분만 더 빠르게 움직였어도, 법무사가 자동차에 실려 가는 걸 봤을 텐데! 에르완, 우리에게 부족했던 증거를 이제 찾은 거야, 와, 신난다! 너무 멋져!"

카상드라가 내게 달려들어 뺨에 코에 마구 뽀뽀를 했다. 우린 부둥켜안고 펄쩍펄쩍 뛰다가 침대 위로 벌렁 넘어졌다. 우린 마치 경기 종료 1분 전에 승리의 골을 넣고 서로 축하해 주는 축구 선수처럼 보였을 것이다. 다시 숨을 고른 후에, 마지막 남은 과제들을 마저 읽기로 했다.

소피

유럽 다리와 클레망소 다리 사이의 드라페 강변로

드라페 강변로를 따라가는 길은 모든 게 평화롭고 조용했다. 아무도 나타나지 않았기 때문에, 난 우리 가까이 사는 작은 동물들에게 관심이 갔다.

우선 개미들의 매혹적인 노동을 관찰했다. 개미들은 난간을 따라 잔가지 조각들을 잔뜩 지고, 집으로 가는 중이었다. 구멍 주변에 작은 모래더미가 둥그렇게 쌓여 있었는데, 그 원의 형태가 마치 컴퍼스로 그려 놓은 것 같았다. 화산처럼 보이는 모래더미도, 분화구처럼 보이는 구멍도 완벽한 원을 이루고 있었다. 나는 개미들의 열정적인 활동에 참여하고 싶어서 풀잎 하나를 주워서, 구멍 속에 집어넣고 작은 친구들의 반응을 기다렸다. 보이지 않는 곳에서 개미들의 움직임이 더한층 분주해진 것 같았다. 내가 집어넣은 풀이 구멍 위로 살살 올라오더니 모래더미 옆으로 풀썩 쓰러졌다. 그리고 곧 바람에 날려 난간에서 떨어졌다.

잠시 후에 붉고 까만 갑옷을 입고 나타난 경찰 커플이 내 주의를 끌었다. 두 녀석은 서로 꼭 붙어 있었다. 짝짓기가 분명했다. 그것이 녀석들의 첫 번째 짝짓기인지 어떤지는 모르겠지만, 몹시 서툴고 거북하게 보였다. 애송이 커플은 어디로 가서 숨어야 할지 몰라 허둥대는 것 같았다.

그것을 보고 있는 사이에 파리 한 마리가 초대하지도 않았는데, 내 손등 위에 올라앉았다. 올해 들어서 처음 보는 파리였다. 4월치고는 희한하게 따뜻한 날씨

로구먼! (이런, 나도 모르게 우리 할머니처럼 말했다!) 파리가 자리를 옮겨 날아갔다. 아니면 앞다리 비비기를 끝냈다고 해야 하나……. 어쨌든 파리는 이제 막 긴 겨울잠에서 깨어난 상태여서, 정상적인 삶을 시작하기가 쉽지 않은 것이다.

선생님의 코멘트

이번 과제에서 자연에 대한 묘사를 보게 되리라곤 기대하지 않았지만, 어쨌든 작은 벌레들도 이 도시 안에 살고 있는 것은 사실이니……. 그래도 이 과제의 의도는 사람의 왕래가 조금 더 빈번한 장소에서 일어나는 일을 관찰하는 것이었습니다. 게다가 이 글에는 곤충들을 의인화한 부분이 너무 길다는 말도 언급하지 않을 수 없군요.

"정말이지 이 글에선 건져 낼 게 하나도 없는 것 같아. 아주 잠깐이지만, 난 소피가 밀랑 같은 아이디어를 갖고 줄 알았어. 그래서 그 애가 말한 경찰 커플이 진짜 경찰인 줄 알았지 뭐야."

"뭐? 엉덩이를 붙인 채 앉아 있었다는 커플? 농담이지?"

"맞아, 농담이야."

쥘르

드라페 강변로, 클레망소 다리가 시작되는 지점

앉아서 글을 쓸 만한 벤치가 하나 있었다. 다리 중앙 쪽으로 50미터 정도 떨어진 곳에는 한 여자가 난간 위에 걸터앉아 있었다. 그 여자가 하는 말은 전혀 들리지 않았다. 내게 등을 돌리고 있었기에, 그녀의 몸이 움직이는 것만 보였다. 내 생각엔…….

한 여자가 전화를 한다

한 여자,
야수 같은 차림의 여자가
잔인한 즐거움으로
찡그린 표정, 뒤틀린 입술로
한 통화의 전화,
불길한 전화 통화를 하며
증오에 찬 욕설과
증오로 가득한 숨을 내뱉는다.

한 여자,
증오에 굶주린 목소리의 여자가
말한다, 복수는 끝났다고
운명의 시간이 다가왔다고.

한 여자,

말 못 할 비밀을 지닌 여자가

두 눈을 내리감고 입을 꾹 다문다.

숨소리조차 내지 않는다.

한 여자가 전화를 한다.

선생님의 코멘트

단순한 한 문장에서 출발하여 절마다 말재주 놀이하는 걸 즐기는 것 같군요. 같은 단어로 시작하는 말놀이가 흥미로우며, 절이 이어지면서 점차 하나의 이야기가 드러나는 방식이 훌륭합니다. 멋진 시입니다.

"여기서 확인할 수 있어." 내가 말했다.

"운 좋게도, 이 여자가 우리가 찾는 그 여자라면 말이야. 쥘르가 증오, 복수라는 말을 썼잖아. 이것이 연결점이 될 수 있을 거야."

"나는 좀 의심스러운걸. 쥘르는 그 여자와 50미터쯤 떨어져 있어서 등만 보였을 뿐, 말소리는 전혀 듣지 못했다고 분명히 말했어. 이 글이 사실이라면, 쥘르는 멀리 떨어져 있는 사람의 생각을 상상했거나, 아니면 생각을 읽는 마법을 부렸거나, 둘 중 하나일 수밖에 없어."

"하지만 그 애는 드라페 강변로에 있었어. 거긴 그 여자가 쉬앵 섬에 파란색 메르세데스를 버려두고 나서 지나갔을 가능성이 아주 크잖아."

"확인해 보면 알겠지. 쥘르랑 가끔 어울리니?"

"쥘르와 난 2학년 때만 해도 아주 친한 사이였어. 그 녀석이 동양 식물에 너무 관심을 갖기 전까지는."

"응? 어디에 관심을 가졌다고?"

"레바논, 모로코, 혹은 아프가니스탄에서 온 식물. 말려서 피우는 잎들 말이야."

"아, 무슨 말 하는지 알겠어. 아닌 게 아니라, 난 그 애가 약간 딴 세상 사람처럼 느껴지곤 했었어. 정신을 어디 먼 데 놓고 온 사람 같은 느낌. 자, 이제 쥘르를 빼고 나면 누가 남는 거지?"

"남성 종족 중에서 별종에 속하는 두 녀석. 우선 알데릭, 아주 예쁜 그림을 그린 친구지."

알데릭

드라페 강변로, 발미 다리의 서쪽

내 창작력을 표현하는 매체는 그림이다. 나는 도심 속에서 나 자신에게 멋진 즐거움을 선사하는 시간을 가졌다. 한 장의 작은 그림이 긴 연설보다 낫다는 말이 있지 않은가!

선생님의
코멘트

물론 형식은 자유라고 했습니다. 하지만 우리 수업은 글쓰기 공부를 하는 시간이지, 미술 시간이 아니라는 것을 몰랐을까요?

"왠지 꽤 중요한 그림 같아. 안 그러니?"

"내 생각도 그래. 그럼, 이제 남은 별종은 누구지?"

"사랑스러운 블라디미르."

"그 애는 속임수를 쓰고, 비열한 짓을 했어. 선생님도 상디의 글에 쓴 코멘트에서 그 점을 말씀하셨잖아. 난 그 애가 부끄러움도 없이 자기 과제물을 네게 선뜻 내줬다는 게 너무 놀라워."

"음, 그게…… 꼭 그렇진 않아……."

"그럼 혹시, 네가 훔친 거야?"

"내가 훔친 건 아냐. 하지만 오늘 아침에 과제물이 내 가방 안에 있더라고. 아마 어떤 친구가 좋은 일을 하고 싶었던 거 같아. 자, 읽을 시간 있지?"

"시작하자."

블라디미르

잔다르크 길

잔다르크 길에서 오전 10시쯤에 경험했던 일을 성실하게 써 보려고 한다.

내가 잔다르크 길 한 가운데 서 있을 때, 키가 큰 남자가 다가와 갑자기 내 팔을 잡았다; 마침 맞은편 인도에서 한 경찰이 서성거리고 있었다.

"이보게 청년, 너무 배가 고파서 그런데, 뭐 좀 먹을 수 있게 도와주게나."

그 남자는 두 눈 사이가 좁고, 입술이 두꺼웠으며, 술 냄새를 풀풀 풍기고 있었다.

"배가 고픈 게 아니라, 목이 마르신 거 아녜요?" 내가 물었다.

"절대 아니야, 맹세해. 맹세한다고, 친구." 그 작자가 힘겹게 말했다.

나는 주머니에서 1유로짜리 동전 하나를 찾았다.

"뭐, 상관없어요. 그냥 해 본 소리예요." 나는 그렇게 말하면서 동전을 주었다.

"자네, 참 좋은 일을 한 거야. 자, 나도 뭔가 보답을 해야지; 자네게 멋진 일이 일어나길 기도해 주지. 무슨 기도를 해 줄까?"

우린 둘 다 한참을 생각하다가, 내가 말했다.

"아저씨 마음대로 하세요."

"그럼, 자네의 행복을 빌어 주지." 그 남자가 의기양양한 표정으로 말했다.

그때 우릴 향해 다가오는 경찰을 보았다. 나는 경찰이 그 남자에게 뭐라고 할까 봐 겁이 났다; 그래서 얼른 남자에게 말했다.

"좋아요, 그럼 안녕히 가세요, 아저씨." 내가 말했다.

나는 그 남자가 재빨리 그 자리를 떠나길 바랐다; 그러나 눈치 없는 그 남자는 나를 잡고 말했다.

"아냐, 아냐. 생각해 보니, 행복을 빌어 주는 것만으론 부족한 것 같네." 그는 촉촉한 목소리로 되풀이했다;

"그걸론 부족해."

"그럼, 어쩌겠다는 건데요?"

"자네에게 뭔가를 주고 싶네……."

"그럼 난 구걸 행위를 이유로 당신을 구금하겠습니다." 경찰이 말했다.

두 볼이 발그스레한 경찰은 젊다 못해 어려 보였다; 그는 근엄한 표정을 지으려고 애쓰면서 말했다.

"내가 지켜봤는데, 당신은 30분 동안이나 사람들을 귀찮게 하더군요." 그가 침착하게 덧붙였다; 그때 내가 나서서 강력하게 말했다.

"그는 구걸하지 않았어요. 우린 그냥 이야기를 나누고 있던 것뿐이에요."

내 말에 경찰이 어깨를 한 번 으쓱하고 지나갔다. 그 남자는 불안한 표정으로 비틀거렸다; 그는 어쩐 일인지 경찰도 제대로 보지 못한 것 같았다.

"아, 자네에게 줄 것을 찾았네. 마드리드 우표 한 장일세."

선생님의
코멘트

처음 읽을 때부터, 당신이 이 묘한 대화 속에서 계속 세미콜론을 사용하고 있는 것에 놀랐습니다. 어휘는 빈곤한데도 불구하고, 세미콜론은 매우 문학적으로 보입니다. 더욱이 "그는 어쩐 일인지 경찰도 제대로 보지 못한 것 같았다"라든지, "우린 둘 다 한참을 생각하다가" 같은 문장들이 이상하게도 내 귀에 꽂히더군요. 그래서 이 구절이 어떤 책에서 나온 건지 찾아내려고, 교무실에서 퀴즈 대회를 열었답니다. 승자는 철학과 교사이자, 사르트르의 팬인 베넬 선생님이었지요. 그는 장 폴 사르트르의『이성의 시대』의 첫 페이지에 나오는 문장이라는 것을 금방 기억해 내더군요. 어쨌든 당신은 마티유라는 인물에 자신을 대입시켜서 사르트르의 문장을 그대로 사용했다는 것이 드러났습니다. 왜 자꾸 남을 속이는 일을 하는 건가요? 자신의 행동을 진지하게 생각해 보고 반성하기를 바랍니다. 이런 행동은 당신에게 골치 아픈 문제들만 가져올 뿐이에요. 다른 학생들처럼 당신의 에너지를 합당한 일에 사용하기 바랍니다.

"와, 정말 못 말리겠다! 완전히 서커스 광대 같아."

"그거 누구에게 하는 소리야? 나의 에르완, 여기 꼼짝 말고 그대로 있어. 내가 머핀을 가져올게. 아, 나도 서커스 광대처럼 가만히 서서 회전할 수 있어."

몇 분 후에 머핀을 갖고 들어온 카상드라가 말했다.

"웹캠 앞을 지날 때마다 카메라에 대고 막 찡그리는 표정을 지었어.

그냥 지날 수가 없더라니까!"

"네 부모님이 의심하시지 않을까?"

"제발 날 좀 의심해 줬으면 해. 하지만 심증만 있을 뿐 물증이 없어서 애가 좀 타실걸?"

20분 후에 우린 손을 맞잡고 사람들 가운데 섞여 시내를 걷고 있었다. 우린 생일 파티가 열린 카상드라의 동생 친구의 집 쪽으로 향했다. 어느 순간 카상드라의 손가락이 내 손을 꽉 움켜쥐는 것을 느꼈다. 그러곤 곧 나와 떨어져 앞으로 가더니 40대 여성에게 살짝 인사를 했다. 아마도 어머니의 친구이거나, 우릴 봤다고 폭로할 수 있는 이웃집 여자일 것이다. 그러고 나서 몇 분 후에 그 애가 다시 내 팔을 잡았다. 카상드라는 헤어지기 직전에 다음 날 오전에 전화하겠다고 약속했다.

⑨ 드디어 우체통에 넣다

난 거실 전화기 옆에서 공부했다. 거실엔 나 혼자였다. 형이 꼬박 밤을 새우고 아침에 잠이 들어서 정오까지는 일어나지 않을 터였다. 그리고 부모님은 시장에 가셨다. 10시 35분에 울린 전화벨 소리가 구스타브 플로베르의 『감정 교육』에서 나를 현실로 돌아오게 했다.

"여보세요, 카상드라?"

"응, 나의 에르완. 내 계산에 따르면 적어도 30분 동안은 나 혼자 조용히 있을 수 있어. 내가 방해한 건 아니니?"

"물론 방해했지. 네 예쁜 글씨체를 보면서 널 생각하는 중이었으니까. 오후에 뭐 할 거야?"

"클레아가 간식 먹자고 초대했어. 클레아가 지금 우리 반 남자애 한 명에게 꽂혀 있거든. 그래서 우린 큐피드의 화살을 날릴 계획을 짜야 해."

"누군데?"

"나도 아직 몰라. 가 보면 알게 되겠지. 넌?"

"우리 사건 때문에 오후에 쥘르를 만나 보려고."

"어, 벌써! 아빠가 벌써 산책에서 돌아오시나 봐. 에휴, 또 나에 대해 무슨 꿍꿍이를 계획하고 계신 걸까? 그럼 안녕, 사랑해."

"나도 사랑해."

쥘르는 우리가 같이 다녔던 초등학교 근처의 작은 주택에 살고 있다. 그 애의 집에 가면, 집 안 구석구석에 그 애 아버지의 사진들이 걸려 있다. 전부 동료들과 군복을 입고 찍은 사진이다. 쥘르의 아버지는 차갑고 무뚝뚝해서 사람들에게 곁을 잘 주시지 않는 사람이다. 얼굴에도 고집 세고 완고한 성격이 그대로 나타나는 데다가, 무엇 하나 그냥 지나치는 법이 없는 깐깐한 사람이다. 그런 아버지 밑에 있다 보니, 아들은 아버지의 눈을 속이는 법을 배우게 되었다. 그들 부자는 자주 갈등을 일으키는 사이였다. 언제나처럼 쥘르의 어머니가 나를 다정하게 맞이해 주셨다.

"어머나, 이게 누구야! 오랜만에 널 다시 보니 정말 기쁘구나. 이게 얼마 만인 줄 모르겠다! 정말 오랜만이야. 어서 들어오렴. 쥘르는 지금 자고 있는데, 내가 가서 깨울게."

"안녕하세요, 아저씨!"

내가 인사를 하자, 쥘르의 아버지는 고갯짓을 까딱하고는 다시 전투기 조립에 빠져들었다.

난 아무 말 없이 가만히 있다가, 분위기가 조금 어색한 듯해서 예의상 인사말을 건넸다.

"멋진 전투기를 만들고 계시네요."

"넌 전투기에 대해 하나도 모를 거다. 우리 아들과 다름없을 테니까." 쥘르의 아버지가 건조하게 대답했다.

드디어 친구가 평소의 표정으로 나타났다. 방금 잠에서 깨어나 멍한 사람의 표정……. 여기가 틀림없이 현실이라는 것만 빼고는 아무 생각도 나지 않는 듯한 표정. 우린 그 애의 아지트인 차고로 내려가서, 아주 오래된 낡고 편안한 소파 위로 쓰러지듯 앉았다.

"별일 없어? 맥주 하나 마실래? 시원한 거 있어." 쥘르가 말했다.

"아니, 생각 없어. 난 맥주 잘 안 마셔."

"아, 맞아, 그렇지."

쥘르는 검은 폭탄 그림이 낙서처럼 그려진 작은 냉장고 안에서 맥주 한 캔을 꺼내 들었다.

"널 위해!"

녀석이 그 말을 던지고는, 캔에 입을 대고 벌컥벌컥 마셨다. 그러곤 옷소매로 입을 스윽 닦으며 말했다.

"그런데 웬 바람이 불어서 날 찾아왔어?"

"내가 법무사의 죽음에 관해서 카상드라와 함께 뭘 좀 조사하고 있거든. 그런데 친구들 과제들을 보다가 중요한 단서들을 발견했어. 그래서 네가 말한 그 여자에 대해 몇 가지 물어보고 싶은 게 있어서 말이야. 네가 그 여자에 관해 자세히 쓰진 않았지만, 그래도 모습은 기억하고 있지?"

내 친구는 캔 하나를 다 비우고 나서 오랫동안 나를 쳐다보더니 입을 열었다.

"물론이야. 하지만 그 전에, 정신부터 차려야겠다. 맞아, 그 여자에 대해 꽤 정확하게 말해 줄 수 있어."

그러고는 두 번째 캔을 천천히 따서 마시고 나서 말했다.

"30대로 보였어. 전화하면서 굉장히 흥분하더라고. 멀리 떨어져 있긴 했지만, 조금만 신경 썼으면 그 여자가 하는 말을 알아들을 수 있었을 거야. 과제를 하려고 자리를 잡고 주위를 둘러봤는데, 영감이 떠오르는 게 없어서 처음엔 눈에 보이는 것들만 대충 썼어. 그리고 집으로 돌아가는 길에 조금 손질해 봤지. 딱히 그 여자를 관찰했던 건 아니지만, 그래도 기억을 더듬어 볼 순 있어. 우선 녹색 톤의 원피스에, 짧은 갈색 머리를 한 여자였어."

"그래? 그렇다면 내가 찾고 있는 여자가 아니네."

"네가 찾는 여자는 어떻게 생겼는데?"

"빨간 머리에 선글라스를 꼈어."

"아, 그렇게 생긴 여자를 봤어. 하지만 그 여자는 더 젊고 굉장히 세련된 여자였어. 내가 갈색 머리 여자를 보기 직전에 바로 내 앞을 지나갔거든. 쉬앵 섬 쪽으로 가던걸."

"이상하네. 그럼 선글라스를 낀 여자가 셋이나 된다는 건가? 그건 말이 안 돼. 그 여자들이 그날 아침 한자리에 모이기로 약속한 것도 아닐 테고! 좋아, 그 이야기는 접어 두고 다른 이야기 좀 하자. 어때,

잘 지내고 있는 거야?"

"그저 그래. 요즘 난 혼자여서 외로워. 이제 더는 친구도 없어……."

"너도 그렇고, 나도 그렇고, 우리가 예전처럼 자주 만나지 않는 건, 너도 알고 있는 그 문제 때문이잖아."

"나 말하자면, 끊었어……. 거의 완전히. 강제적인 개입으로……. 물론 우리 아빠지. 이제 난 아주 강도 높은 감시를 받고 있어. 내 방과 내 물건들을 정기적으로, 아주 꼼꼼하게 수색하고 계시지. 게다가 이젠 그런 것들을 살 용돈도 없어. 처음엔 친구들이 조금씩 도와줬지만, 언제까지 계속 그 애들에게 짐이 될 수도 없는 일이잖아. 실제로 지금 그 애들 대부분이 날 피하고 있어. 지금 난 컨디션이 썩 좋은 편은 아니야. 그래서 좀 힘들어. 과거 습관을 완전히 버리고 새로 시작하는 게 쉽지 않더라, 육체적으로 말이야. 옛 친구들은 내가 아픈 걸 보고, 일주일 한 번씩 담배도 한 박스씩 사 주고, 주말엔 맥주도 사 주고 했었어. 그런데 이러다 보면, 나도 우리 아빠와 똑같이 못된 습관이 들겠더라고.

지금 내가 느끼는 부담감 말도 못 해. 나도 좋은 성적을 받을 수 있다는 걸 증명하면, 아빠, 엄마는 날 내년에 군사 학교에 등록시키려고 나서실 거야. 난 예술적인 직업을 갖고 싶은데……. 웹툰이나 건축이나 그런 거. 아직은 더 노력해야겠지. 그런데, 넌 어때? 괜찮니? 우리가 함께 어울려 다니던 그 시절이 정말 그리워. 난 네 아빠랑 엄마도 참 좋아했는데! 두 분 모두 짱이셨지! 특히 너네 엄마는 아주 솔직하시고,

직설적이지만 정말 친절하셔, 최고지. 언젠가 너희 집에 들렀었는데, 네가 없더라. 그래서 네 형이랑 같이 밥 먹고, 네 침대에서 낮잠까지 자고 왔었어. 그런데도 네 엄마가 내게 아무것도 묻지 않으셨어. 그날이 우리 아빠가 처음으로 날 집에서 내쫓았던 날이거든. 새벽 5시에 나를 내쫓으시면서, 밤이 되기 전엔 집에 발 들여놓을 생각하지 말라고 하셨었지. '넌 부랑자의 삶이 어떤 건지 한 번 겪어 봐야 해', 하시면서."

"너 지금, 공부는 하고 있어?"

"주로 국어. 다시 고전 문학을 꺼내 읽고 있는데, 인터넷에서 고전을 해석해 둔 사이트들을 찾았어. 그래서 밤엔 그걸 보면서 시간을 보내. 그 책들이 꽤 재미있더라고. 고전을 자기 식으로 해석해서 인터넷에 올려놓은 사람들은 말하자면 그 구절과 관련된 자신의 추억을 남겨 놓은 거라 할 수 있지. 수많은 고전 문학 독자들이 수백 년 지난 지금에도 각자가 감동한 구절들을 놓고 서로 이야기하는 모습이 도전 의식을 불러일으키더라."

"네가 예전 모습을 다시 찾은 걸 보니 기쁘다."

"실은 난 지금보다 더 잘할 수 있어. 문제는 다른 사람, 저 위층에 있는 남자를 기쁘게 해 주고 싶은 마음이 조금도 없다는 거야. 난 그가 자기의 엄한 교육이 먹혀들고 있다고 생각할까 봐, 그게 싫어. 절대로 그런 생각이 들게 하고 싶지 않거든."

"그러지 말고, 너를 위해서 하면 되잖아……. 그리고 너의 어머니를 위해서. 이건 네 아버지의 인생이 아니라, 네 인생이라고."

"맞아, 넌 정말 내 친구야. 이젠 멀어지지 말자."

새로운 한 주가 시작되었다. 나는 클레망스와 이야기해 보려고 일찍 도착했다.

"혹시 납치범 커플의 옷차림에 대해 메모해 둔 것 있니?"

"아니. 하지만 기억력엔 자신이 있지. 자, 생각해 보자……. 그러니까…… 운전자는 캡을 쓰고 가죽점퍼를 입었었어. 내가 그의 상체만 봤다고 했던 거 기억하지?"

"체격은?"

"꽤 마른 편이야. 그리고 여자는 무릎까지 오는 녹색 원피스에다 납작한 까만 구두를 신었어. 네가 생각하던 것과 일치하니?"

"늘 그렇듯이 아주 정확해. 고마워."

첫 수업이 끝나고 쉬는 시간에 복도에서 카상드라를 다시 만났다.

"어때, 일요일은 네 단짝 친구와 잘 보냈어?"

"멋졌어! 서로의 비밀 이야기를 많이 나눴지. 우리가 그렇게 깊은 속내 이야기를 하지 못한 지 꽤 오래되었잖아. 왜? 왜 날 그렇게 쳐다봐? 핏! 아무리 그래도 네겐 이야기 안 할 거야. 여자들끼리의 비밀 이야기라니까! 너도 남자애들하고 케이크 모임에서 했던 이야기는 한 번도 내게 해 준 적이 없잖아."

"누가 뭐래? 난 아무 말 안 했어. 비밀 이야기 해 달란 말 안 했다고."

"좋아, 그렇다고 치고. 우리 사건 말이야. 이젠 우리도 결정을 내려야 할 것 같아. 모든 과제물을 다 훑었잖아. 거기서 우리에게 필요한 건 최대한 끌어냈다고 생각해. 이제 더 추적할 수 있는 다른 수단이 없어. 자, 어떤 결정을 내려야 할까? 경찰을 도울까, 아니면 우리의 추리가 맞았다는 걸 확인하기 위해 경찰들이 찾아낼 때까지 기다릴까?"

"글쎄, 어떻게 하지? 경찰에 알려야 하나?"

"미쳤니? 네가 계속 수사를 하고 있었다는 걸 네 부모님이 아셨다고 생각해 봐. 얼마나 배신감을 느끼시겠니? 넌 시험 준비에만 집중하겠다고 약속했잖아. 우리 부모님도 내가 거의 모든 시간을 너랑 함께 보냈다는 걸 알게 되실 거야. 생각해 봤는데, 유일한 해결책은 익명의 편지를 쓰는 거야. 우리가 확신한 것만 쓰는 거지. 그 정보들을 어떻게 얻었는지는 설명하지 않고 말이야. 우리 반 애들이 이 일에 연루되게 해선 안 돼. 그 애들 가운데는 경찰을 돕는 것에 절대 반대하는 애들도 있으니까."

"그럼 언제 할까?"

"이틀 후부터 바칼로레아 모의고사가 시작되잖아. 무엇보다 그게 우선이지. 그리고 주말이면 일주일 방학이 시작돼. 그러니까 열흘 정도 생각할 시간이 있는 셈이야. 결정은 그때 가서 하자."

"좋아, 나의 줄리엣."

오늘은 국어 구술시험 첫날이었고, 하루가 평범하게 흘러갔다. 학교 수업은 없이, 저마다 다른 시간대에 시험이 배정되었다. 내 차례는 오전 시간 거의 마지막이었고, 2학년 문학 선생님 앞에서 시험을 보게 되었다. 선생님은 내게 19세기 문학을 대표한다고 생각하는 구절을 소개하고, 19세기 상징주의 운동에 관해 이야기해 보라고 하셨다. 내가 카상드라의 노트에 있던 내용을 암송하고 나자, 선생님이 미소를 지으며 말씀하셨다.

"아직 시간이 남았으니까, 노트에 필기했던 내용은 좀 내려놓고, 텍스트 속으로 들어가 보세요."

나는 선생님의 말씀에 완전히 안정감을 잃고 말았다. 그리고 처음에 발표한 이야기를 약간 다른 방식으로 반복하는 것 외엔 다른 답을 찾지 못했다. 선생님은 내가 답을 끝내기도 전에 중단시켰다.

"새로운 답이 없다면, 여기서 마치도록 하죠. 수고했어요. 만일 오늘이 시험 날이었다면, 오늘 답으로는 20점 만점에 간신히 10점 정도 받았을 거예요."

"감사합니다, 선생님. 안녕히 계세요."

복도로 나와서는, 차례를 기다리고 있던 알데릭과 몇 마디를 주고받았다. 그는 시험에 관한 건 뭐라도 좋으니 이야기해 달라고 부탁했는데, 몇 마디 후에 스스로 짧은 결론을 내렸다.

"하긴 뭐, 상관없어, 어쨌든 모의고사일 뿐이잖아."

나는 학교에서 나오다가, 나무 아래 앉아 있는 모라드를 보았다. 나는 그 애 옆에 가서 앉으면서 물었다.

"벌써 시험 봤니?"

"응, 소피를 기다리는 중이야. 잘 봤니? 난 못 봤어."

난 이 참에 살해 사건이 있었던 날 아침에 대해서 자세히 물어보기로 했다.

"그 군인? 응, 정말 그를 보고 썼어. 하지만 여자에 관한 이야기는 완전히 내가 만들어 낸 거야. 군인 이야기만 쓰자니, 글이 너무 짧은 것 같더라. 그런데 그 아이디어를 내는 데 소피가 도와줬어. 덕분에 이야기를 만드는 데 5분도 안 걸렸지."

"그럼 그날 아침에 선글라스 낀 여자는 못 봤다는 거네?"

"응, 못 봤어. 하지만 선생님이 상상해서 써도 된다셨잖아."

"그랬구나, 그럼 난 간다. 소피에게 안부 전해 줘. 다음에 보자."

카상드라가 학교에 가기 전에 우리 집 근처로 들렀다. 나는 모라드의 이야기를 해 주었고, 구술시험 점수도 알려 줬다. 그러고 나서 물었다.

"넌 몇 시에 시험이야?"

"난 끝에서 두 번째야, 오후 5시 45분. 선생님이 너무 피곤해서 내 대답을 건성으로 들으시고, 점수도 아무렇게나 주실까 봐 걱정이야. 그러지 않기만을 바랄 뿐이지."

"그럼 시험 전까지는 우리 둘이 조용한 시간을 보낼 수 있겠네."

"오, 내 사랑. 난 3시 30분에 시험이 끝나는 클레아랑 만나서, 내가 시험 볼 때까지 함께 있기로 했어."

"그래? 알았어."

아쉽지만 하는 수 없었다.

"나한테 화났어?" 그녀가 미소를 지으며 물었다.

"아냐, 아냐. 그럴 리가."

그 후 한 시간 동안은 시험관 선생님의 쌀쌀맞고 거만한 어조를 흉내 내고 또 카상드라가 자기 아버지와 다툰 이야기를 들으면서, 유쾌한 모습을 보여 주려고 애썼다. 그 애 아버지는 그 애가 나랑 만나지 않는다는 말을 믿지 않으셨다. 그래서 어쩌면 새로운 사업 프로젝트 때문에, 외국이나 남프랑스로 이사 가게 될지도 모른다는 이야기를 저녁마다 하신다고 했다. 내 여자 친구는 자기가 이제 곧 성인이 될 나이인데도, 아버지가 딸의 인생을 쥐고 있다는 걸 보여 주기 위해 일부러 그런 말씀을 하는 거라고 믿고 있었다. 그래서 그런 아버지의 도발에 반응을 보이지 않으려고 애쓴다고 했다. 그러나 아무 대꾸도 없이 가만히 미소만 짓고 있는 딸의 모습이 아버지의 심기를 더욱 불편하게 했던 것 같다.

카상드라와 헤어지고 다시 혼자가 되자, 나는 1년 동안 수업 시간에 제출했던 과제물을 모두 꺼내 놓고, 선생님이 수정해 주신 부분과 코멘트들을 다시 읽어 보면서 다음 날 치를 필기시험 공부에 열중했다. 그러면서 카상드라를 생각하지 않으려고 애썼다. 나의 그녀는 로미오보다 자기 친구를 더 좋아하는 것 같았다. 내가 공부에 취미를 붙일 수 있게 카상드라가 도와줬다는 우리 아버지의 생각은 옳았다.

카상드라가 시험이 끝나고 나서 우리 집 근처에 들렀는데, 그야말로 아주 잠깐이었다. 자기가 14점을 받았다는 걸 알려 주고, 겨우 몇 분 동안 나랑 껴안은 게 전부였다. 나는 늦었다면서 급히 발길을 돌리는 카상드라의 뒷모습을 보면서, 거리 모퉁이에서 기다리고 있을 클레아를 오래 기다리게 할까 봐 그랬다는 걸 알아차렸다.

다음 날 우리는 오전 내내 국어 필기시험을 치렀다. 나는 첫 번째, 두 번째 주제를 건너뛰고 세 번째 주제를 택했다. 그리고 교실을 나오면서 창의적인 내 답변에 매우 자랑스러웠다. 그러나 친구들이 모여서 각자가 쓴 답을 이야기할 때, 나만 빼고 모두가 동의했던 순간, 기분이 싹 망가졌다. 나는 우스운 꼴이 될까 봐 말을 많이 하지 않고 아꼈다. 십여 명의 모범생들이 틀렸고, 오히려 나 혼자 맞았을 수도 있다고 오랫동안 그렇게 믿었는데, 주제에서 벗어났다는 말의 의미를 잘 알고 있는 지금은 그런 내 생각에 확신을 가질 수 없게 되었다. 이런 나의 기분을 카상드라가 알아차렸다. 왜냐하면, 그 애가 내 손을 잡고 친구들에게서 조금 떨어진 곳으로 가서 부드러운 목소리로 속삭였기 때문이다.

"실망한 표정이네? 6월에 있는 본시험보다 차라리 지금 시험을 망치는 게 낫다고 생각하자. 자, 너희 집에 가서 마음의 평정을 되찾아 볼까? 너만 좋다면, 함께 식사해도 돼. 어제저녁에 생각한 건데, 시험이 끝나면 패스트푸드점에 가서 식사하면 어떨까? 난 이제 엄마한테 어디 있다고 확인 전화를 하지 않아도 돼. 지금 내겐 휴대전화가 없으니까."

"좋지. 네가 햄 파스타를 좋아하고, 우리 형이랑 함께 먹는 걸 참을 수 있다면."

"날 부르주아 취급하는 그 형?"

"다행히도 내겐 형이 하나뿐이야."

식사 시간의 분위기는 좋았다. 형은 이제 자기는 다 해 봐서 안다는 듯 약간 심드렁한 꼰대처럼 굴었다(흠, 바칼로레아, 그래, 벌써 옛날 일이지. 실은 겨우 2년 전인데!). 마치 아빠로부터 젊었을 때, 친구들과 함께 자전거를 타고 영웅적인 탈주를 했다는 이야기를 듣고 있는 기분이었다. 난 카상드라를 슬쩍 쳐다봤다. 파스타를 먹고 있는 모습이 너무 예뻤다.

모의고사가 있던 그 주는 시작보다 끝날 때가 훨씬 더 괜찮았다. 과학 시험을 아주 잘 봤다는 확신이 들었기 때문이다. 드디어 짧은 방학! 그 한 주는 왠지 권태로운 휴가를 보낼 것 같다는 느낌으로 시작되었다. 사랑하는 여자 친구가 사촌들과 알프스로 스키를 타러 갔기 때문이다.

며칠을 그렇게 맥 빠지게 보내다가, 드디어 어느 비 오는 날 오후, 카상드라가 우리 집으로 날 찾아왔다. 우린 다시 보게 된 것을 서로 다정하게 축하한 뒤에, 거실 한구석에 나란히 앉았다. 이제 어떻게 경찰을 도울지 결정을 내려야 할 시간이었다. 내가 먼저 물었다.

"그 일에 대해서 생각해 봤니?"

"넌?"

"난 경찰 수사팀에 편지를 보내는 게 좋을 것 같아."

"네가 원한다면. 하지만 우리 반 애들이 했던 말을 기억해야 해. 반드시 사건만 말하고, 우리가 추론한 방식에 대해선 일절 말하지 말 것."

"물론이지, 나도 동의해."

나는 종이 묶음과 편지봉투, 그리고 부모님이 페인트칠할 때만 사용하는 비닐장갑을 준비했다.

"아무래도 글은 내가 써야 할 것 같아." 카상드라가 비닐장갑을 끼면서 말했다.

"네 글씨는 다른 사람들이 알아보기 힘드니까."

"중간에 있는 종이를 쓰는 게 좋겠어. 편지봉투도 그렇고. 우리 엄마 지문이 찍힌 종이를 사용했다간, 골치 아픈 일이 생길 테니까."

카상드라가 펜을 들었다. 우린 서로를 바라보며 미소를 지었다. 마치 둘이 짜고 누군가에게 장난칠 준비를 하는 기분이었다. 카상드라가 편지를 쓰기 시작했다.

1. 푸르 길에서 법무사가 전화기에 대고 큰 소리로 말했다. "바스 (혹은 베스)가 나를 죽이려 들 거야."

2. 법무사는 몇 분 후에 프라테르니테 건물 통로 안으로 들어갔다.

3. 그런 다음 그는 발미 다리가 시작되는 곳 근처에서 파란색 메르세데스 뒷좌석에 누워 있는 모습으로 발견되었다. 메르세데스를 운전한 사

람은 콧수염을 기르고, 가죽 모자를 쓴 50대의 남자였다. 그 옆에는 붉은 머리의 여인이 타고 있었고, 운전자보다 훨씬 젊었다.
4. 발미 다리에서 발견되기 몇 분 전에, 두 사람은 레지스탕스 강변로와 유럽 다리가 교차하는 지점의 신호등 앞에서, 나이 든 사람이 운전하던 트윙고와 충돌하는 사고를 일으켰다.

카상드라가 고개를 들고 물었다.

"이게 전부야? 루디 이야기는 안 해?"

"아냐, 그에 대해선 경찰도 우리가 알고 있는 만큼 알고 있어. 그러니 그들이 루디에 대한 정보를 전부 찾고 나면, 틀림없이 법무사 살해 사건과 연결해 볼 거야. 우리에겐 경찰에게 제공할 만한 새로운 정보가 없잖아."

카상드라가 편지를 봉투에 넣은 뒤, 시계를 들여다봤다.

"왜? 조금 더 있으면 안 돼?"

"클레아와 약속했어. 3시쯤 그 애 집에 가겠다고 했거든. 지금 일어나지 않으면 늦을 거야. 내가 가는 길에 그 편지를 우체통에 넣을까?"

"아니, 내가 장갑 끼고 가서 부칠게."

"그럼, 우리 저 길 끝까지 함께 갈 수 있겠네?"

우리 집에서 100미터도 채 못 되는 곳에 우체통이 있었다. 일단 거기까지 가고 보니, 우릴 보는 사람이 없는지 확인하기 위해 자꾸 주변을 둘러보게 되었다. 나는 우체통에 편지를 넣기 직전에 말했다.

"10부터 카운트다운을 하고 나서 편지를 집어넣을게. 지금이라도 반대하고 싶으면, 말해. 자, 그럼 센다. 10, 9, 8, 7, 6, 5, 4, 3, 2, 1 …… 0."

"우리가 바보짓을 한 게 아니어야 할 텐데! 나랑 조금 더 걸을래?"

"그러지 뭐."

걸으면서 우린 거의 말이 없었다. 각자 생각에 빠져 있었던 것 같다. 나는 우리 편지로 인해 일어날 일들을 상상해 보았다. 경찰 수사팀의 회의, 컴퓨터를 통한 수색, 수차례에 걸친 검사와의 통화, 혐의를 벗기 위해 사라진 자동차들, 심문, 경찰의 보호 조치……. 이 모든 게 우리 덕분이다. 난 어느새 클레아의 집까지 와 있었고, 우린 아파트 입구에서 작별의 입맞춤을 했다. 카상드라가 말했다.

"너도 잠깐 올라가지 않을래? 클레아도 좋아할 거야."

"아니, 여자들끼리 재미있는 시간 보낼 수 있게 난 빠질래."

"너 혹시, 나중에 내가 남자애들 케이크 모임에 초대해 달라고 할까 봐 겁내는 거니?"

나는 미소를 지으며 그 말이 맞다고 생각했다.

오랜만에 내가 제시간에 도착하자, 친구들이 깜짝 놀랐다. 우린 곧장 진지한 주제로 들어갔다, 시식! 밀랑은 확실한 방법을 택한 것 같았다. 실망할 확률을 줄이기 위해서 미리 케이크들을 주문해 놓은 것이다. 우리의 시식 프로그램과 각자를 위한 케이크는 다음과 같았다. 파리브레스트 한 개, 밀푀유 한 개, 초콜릿 를리지외즈 한 개. 우린 열렬한 박수로 성스러운 의식을 축하한 후에, 우리 클럽이 정의한, 결코 바꿀 수 없는 순서와 원칙에 따라 시식에 들어갔다. 제일 먼저, 밀푀유는 지체하지 않고 단번에 삼켰다. 그런 다음 파리브레스트(링 모양의 둥근 페이스트리 사이에 크림과 버터를 섞은 크림 무스를 넣은 프랑스 디저트)는 조금 더 시간을 들인다! 우리에겐 케이크에 접근하기 위한 우리만의 다양한 기술과 원칙이 있다. 우선 밀랑이 파리브레스트의 뚜껑 부분을 떼어낸 다음, 뚜껑에 묻은 헤이즐넛 크림 무스를 검지로 긁어낸다. 그리고 오랫동안 손가락을 쪽쪽 빤 뒤에 링 모양의 위쪽 페이스트리를 두 번 접어서 한입에 삼킨다. 필레몽은 남은 케이크를 조심스럽게 자기 접시로 옮긴 다음, 작은 스푼으로 크림을 떠먹는다. 내 차례는 마지막이다. 나는 제일 밑에 있는 링 모양의 페이스트리를 아주 조금씩 베어 음미하며 먹는다. 파리브레스트, 그것은 단연코 우리 입맛에 꼭 맞는 케이크였다. 우린 헤이즐넛이 들어간 초콜릿 향과 크림 무스의 부드러운 맛을 너무 좋아하기 때문이다.

드디어 마지막 코스에 이르렀다. 초콜릿 를리지외즈의 풍만함을 본 필레몽의 입에서 감동적인 찬사가 터져 나왔다.

“오! 이 포동포동한 여신의 모습이라니! 우리가 뻔뻔하게도 당신의 머리를 한입에 삼키는 무례함을 허락해 주소서.” 그가 그 말에 걸맞게 기도하듯 두 손을 모았다.

그러고 나서 입에 케이크 조각을 담은 채 말을 이어갔다.

"그리고 우리를 살찌우는 당신의 몸통도. 그 전에 먼저 당신의 몸에 걸친 초콜릿 설탕을 핥아 먹도록 허락해 주소서. 그리고……."

우린 그 모습을 보며 미친 듯이 웃었고, 어찌나 웃었던지 숨이 멎을 정도였다. 달콤한 케이크가 선사한 감동의 침묵이 잠시 흐른 후, 우리는 며칠 전에 있었던 모의고사를 떠올렸다. 우리 중에 시험에서 쾌거를 이뤘다고 생각하는 사람은 아무도 없었다. 갑자기 나 혼자라는 생각이 쑥 덜어지는 기분이었다. 밀랑은 7월 한 달 동안 롤러스케이트를 타고 슈퍼마켓에서 일하게 되었다고 했다. 그 녀석이 롤러스케이트를 타고 일한다는 말에 우리가 싱글거리며 재미있어하니까, 녀석이 말했다.

"내 사촌이 롤러스케이트를 빌려주고, 훈련도 시켜 준댔어. 요번 주 일요일부터 시작할 거야."

"너 롤러스케이트는 탈 줄 알아?" 필레몽이 걱정스럽게 물었다.

"아니. 하지만 그리 어렵진 않을 거야. 멍청이 같은 놈들도 다 타는데, 나라고 못 탈 이유가 없잖아?"

"우리가 널 격려하러 가야겠구나. 필요할 땐 119 구급대를 불러 줘야 하니까!"

"말도 안 돼. 필레몽, 넌? 너도 일하냐?"

"응, 우리 아빠가 다니시는 돼지고기 가공 공장에 가서 일할 거야. 소시지 통조림들을 상자 안에 담는 일이야. 소시지도 원하는 만큼 공짜로 먹을 수 있을 거야. 물론 날것으로 먹는 거지. 자, 그럼 요즘 사랑하는 여인을 스키장에 보내고 한껏 주눅이 든, 사랑에 빠진 우리 친구는 어때? 여름 내내 아름다운 그녀만 바라보고 있을 건가?"

"토마조랑 이야기했는데, 그 애 부모님 가게에서 채소 파는 일을 하게 될지도 몰라. 주말 전까지 답을 준다고 해서 기다리는 중이야."

⑩ 되돌아온 사건

며칠 전부터 카상드라는 온통 자기 친구 클레아에 대한 이야기뿐이었다. 클레아에게 도무지 연락이 되지 않는다면서.

"마치 그 집 식구들이 모두 바캉스를 떠난 것 같아. 하지만 난 클레아네 가족이 아직 이곳에 있다는 것도 알고, 내 연락을 피하는 것도 알고 있단 말이야. 어제 클레아 집 앞에서 그 애 부모님을 만났거든. 그런데 그분들이 나를 보고도 못 본 척하고 고개를 돌리시는 거야. 오늘 저녁에 다시 클레아 집에 가 봐야겠어. 어쩌면 그 애를 보게 될지도 모르니까. 네가 함께 가 준다면 훨씬 마음이 놓일 텐데……."

"알았어."

우리가 엘리베이터에서 나왔을 때, 클레아의 집의 현관문이 열리는가 싶더니, 클레아가 우릴 계단 쪽으로 데리고 가서 속삭였다.

"엄마가 주무시고 계셔. 엄마를 깨우면 안 돼."

"너 때문에 얼마나 걱정했는지 몰라." 카상드라가 말했다.

"고마워."

"그런데 대체 무슨 일이 있는 거니?"

클레아는 카상드라를 바짝 끌어당기더니 귀에 대고 오랫동안 이야기했다. 난 갑자기 소외된 기분이었다. 클레아는 우리에게 입을 맞추고 재빨리 자기 집으로 미끄러지듯 들어갔다. 카상드라의 얼굴이 어두워지고, 시선에 걱정이 가득 묻어나는 걸 보고, 난 상황이 매우 심각하다는 걸 알아차렸다.

"이 이야기는, 너 자신을 위해서라도 누구에게도 절대로 해선 안 돼. 어떤 경우에도 이 소식은 학교 안에서 퍼지면 안 돼."

"알았어."

카상드라는 심호흡을 하고 나서 말을 시작했다.

"그게, 이렇게 된 거야. 클레아의 삼촌과 사촌 언니가 수요일에 체포되었어. 놀라지 마. 그 두 사람이 법무사 사건에 연루되었대. 익명의 편지에 의해 고발당했다는 거야."

난 그 소식에 너무나 충격을 받아서, 몇 분 동안 아무 말도 할 수 없었다. 정신을 집중하기가 어려웠다. 카상드라가 우리 집까지 나를 따라왔다. 내가 간식을 내왔지만, 그 애는 손도 대지 않았다. 나를 똑바로 바라보는 두 눈에 눈물이 그렁그렁했다. 그 애가 겨우 알아들을 수 있을 목소리로 물었다.

"에르완, 대체 우리가 무슨 일을 한 거지?"

"후회하기엔 너무 늦었어."

"이제 우린 어떻게 해야 하지?"

"우리가 무슨 일을 할 수 있겠어?"

"에르완! 우린 클레아를 도와야 해. 우리 친구잖아. 클레아는 우릴 필요로 한단 말이야. 모르겠어?" 카상드라가 어조를 높이며 말했다. "우리가 한 바보짓을 돌려놔야 한단 말이야!"

내가 할 말을 찾지 못하자, 그 애는 벌떡 일어나더니 가방을 챙겨서 문 쪽으로 향했다.

"카상드라!"

그 애는 대답도 하지 않고 문을 열고 나갔다. 계단에서 우는 소리가 들렸다. 나는 문을 열고, 그 애를 두 팔로 안았다. 우린 다시 내 방으로 돌아왔다. 그리고 15분 동안 말없이 앉아 있었다. 그사이에 흐느낌이 어느 정도 지나갔고, 나는 그 애를 위로할 말을 찾으려고 애썼다.

"우선 이 상황을 제대로 파악해야겠어. 먼저 신문에서 어떤 이야기를 하고 있는지 보자. 할머니 댁에 가 보는 게 좋겠어. 클레아의 삼촌과 사촌 언니가 감옥에 간 게 단지 우리 편지의 내용 때문만은 아니었을 거야. 틀림없어. 경찰 수사팀에서도 뭔가 다른 단서들을 갖고 있었을 게 분명해. 내가 약속할 수 있는 건, 두 사람을 감옥에서 빼내기 위해 우리가 할 수 있는 건 모두 해 볼 거라는 거야. 물론 그들이 무죄라면 말이지."

"그들은 무죄야." 카상드라가 확신에 찬 목소리로 말했다.

"클레아가 그렇게 확신하고 있어."

그리고 우린 오랫동안 껴안았다. 카상드라는 눈물 자국이 있는 얼굴을, 그 애 표현에 따르면 좀 매만지기 위해서 화장실로 향했다.

할머니는 카상드라를 보고 몹시 기뻐하셨다. 그리고 우리에게 맛있는 간식을 만들어 주기 위해 부엌으로 가서 분주하게 움직이셨다.

"네가 여기까지 오리라곤 생각도 못 했구나. 오늘 아침에도 기기트 아줌마랑 그 이야기를 하고 있었는데! 그렇지 않아도 그 사건과 관련된 기사 두 개를 따로 놔뒀단다."

5월 5일

마리도 사건에 대해 마침내 들려온 새로운 소식

마침내 경찰은 익명의 제보자가 보낸 편지 덕분에 3월 23일, 쉬앵 섬에서 시신으로 발견된 마리도 씨 살해 사건 수사에 박차를 가할 수 있게 되었다. 수사팀이 아직 출처를 밝히고 있지 않은 정보에는 두 용의자에 대한 꽤 정확한 신체적 묘사와 이름까지 있었던 것으로 알려졌다. 두 사람은 법무사가 제르 지방의 루동 시에 근무했을 시절에 고객이었던 것으로 드러났는데, 당시 문서 위조와 협박에 의한 재물 강탈죄 명목으로 용의자의 어머니가 법무사를 상대로 소송을 제기했으나, 물증이 없어서 불기소 처분되었던 기록이 남아 있다. 당시 법무사의 비서가 증언한 바에 의하면, 그 사건 이후로 법무사가 용의자로부터 계속해서 살해 협박을 받아 왔다고 한다. 현재 유력한 용의자로 지목된 두 사람은 심문을 받기 위해 경찰서로 인도된 상태이다.

5월 7일

마리도 사건 : 자백은 없었으나, 증거물은 쌓여 가는 중

3월 23일에 일어났던 법무사 마리도 씨 살해 사건의 유력한 용의자로 꼽히고 있는 두 사람, 뤼도비크 베스와 안나벨 베스 부녀가 장시간에 걸쳐 심문을 받았다. 마리도 씨가 자신들의 가정을 파괴하고, 뤼도비크 베스의 어머니를 죽음으로 몰아간 가증스러운 사기꾼이라고 주장한 두 사람은 마리도 씨에게 복수할 계획을 세운 적이 있었다는 점은 인정했으나, 이 사건과는 무관하다며 범행을 부인했고, 자신들은 오히려 함정에 빠졌다고 주장했다.

그러나 경찰은 두 사람 모두 그날 이 도시에 있었다고 결론을 내렸다. 이는 그날 오전에 마리도 씨 소유의 파란색 메르세데스 앞 좌석에 앉아 있었던 두 사람을 목격했다는 사람들의 증언이 여러 차례 있었기 때문으로 보인다. 파란색 메르세데스는 사건이 일어나기 이틀 전에 마리도 씨가 도난 신고를 했던 차로서, 피해자는 그 차 안에서 사망한 채 발견되었으며, 그 차의 앞 좌석과 양쪽 문에서 채취한 지문은 두 용의자의 것과 일치하는 것으로 나타났다. 믈룅의 검사는 이런 정황을 들어 두 사람을 기소하기로 했다.

우린 할머니가 오디 잼으로 만든 파이를 맛보면서, 마음은 전혀 그렇지 못하지만 즐거운 표정을 유지하려고 애썼다. 할머니는 카상드라에게 꼭 다시 놀러 오라고 당부하셨고, 우린 할머니에게 입맞춤 인사를 하고 집을 나왔다.

"카상드라, 어떻게 생각해?"

"쉽지 않을 것 같아. 어디서부터 시작된 건지 알 수 없네."

"친구들 과제를 다시 회수해서, 애들에게 물어보고 또 물어봐야 해. 진실은 어딘가에 분명히 있을 거야."

"난 그 낙관적인 면 때문에라도 너를 더 사랑하는 것 같아. 아, 이제 서둘러야겠다. 시간이 정말 많이 지났네. 우리 부모님에게까지 이 일을 알게 하고 싶지 않아. 이걸 아시게 되면, 우리 아빠는 클레아랑도 만나지 못하게 하실지 몰라."

"내일은 시간 있니?"

"교외에서 가족 모임이 있어. 원치도 않는 일 때문에 너를 만나지 못하다니! 월요일에 봐."

나는 일요일을 공부 시간과 은밀한 외출 시간, 둘로 공평하게 나누었다. 그동안 공부를 꽤 했던 덕분인지, 이제는 공부 내용을 제대로 숙지하고 있다는 기분이 들었다. 필레몽과의 외출은 롤러스케이트를 타고 일하는 밀랑을 몰래 구경하기 위해서였다. 처음엔 정말 웃음을 참기 힘들 정도였다. 밀랑이 보호 장비의 효율성을 너무도 확실하게 수도 없이 증명해 주었기 때문이다. 하지만 엉덩이 쪽에도 보호 장비가 있었어야 했다! 그래도 오후로 넘어가면서 밀랑의 스케이트 기술이 엄청 빠르게 늘고 있음을 인정하지 않을 수 없었다. 우리 친구는 지지대를 이용하고, 균형을 잡고, 심지어 제동 거는 것까지 금방 마스터했다. 우리는 밀랑이 롤러스케이트를 벗을 때에야, 숨어 있던 자리에서 나왔다.

"그럴 줄 알았어! 내가 말했었잖아, 짐. 분명히 내 빌어먹을 두 친구 놈들이 내가 넘어지는 꼴을 보러 왔을 거라고!"

"좀 실망했던 건 사실이야." 필레몽이 선언했다.

"왜냐하면, 한 시간 전부터는 네가 더 이상 우리를 웃기지 못했거든. 자, 그럼 우리의 흥분을 가라앉히기 위해 내가 너희 모두에게 진정한 슈크림의 맛을 볼 수 있게 해 주지. 오늘 널 보러 간다는 걸 알고, 우리 엄마가 친절하게도 오늘 꼭두새벽부터 일어나서 만들어 주신 거야."

"성모 마리아 같은 분이셔! 얼마나 큰 축복인가!" 밀랑이 외쳤다.

"아멘." 케이크에 걸신 들린 놈들이 한목소리로 대답했다.

"짐, 환영해." 필레몽이 말했다.

난 밀랑의 사촌인 짐의 당황한 눈길을 보면서, 그가 거절할 거라는 걸 알았다. 그리고 실제로 그랬다.

"내일 할 일이 좀 있어. 그리고 난 케이크나 과자를 열광적으로 좋아하진 않아서……."

"오! 불쌍한 친구." 필레몽이 측은히 여기는 눈빛과 목소리로 말했다.

"네 삶이 얼마나 우울할지! 자, 신사분들, 이제 우리가 마땅히 해야 할 의무가 기다리고 있습니다. 짐, 그럼 다음에 또 보자, 안녕."

"네 사촌은 정말 괜찮은 애다. 덕분에 우리 몫이 더 많아졌잖아." 내가 말했다.

"사실 난 짐이 우리 초대를 받아들일까 봐 조금 걱정했어." 필레몽이 내 말을 받아쳤다.

“내 사촌 갖고 장난치지 마. 그 앤 정말 착한 애야.” 밀랑이 다정하게 끼어들었다.

“우린 그 애가 착하지 않다고 말한 적이 없다네, 친구.”

다시 수업이 시작된 월요일, 클레아는 온종일 카상드라를 독점해 버렸다. 난 나대로 그게 당연하다는 듯이 받아들였다. 수업이 끝나고 교문을 나설 때, 내 여자 친구가 다가와 따뜻하게 말했다.

“보고 싶었어, 에르완.”

“나도.”

“너한테 해 줄 이야기가 너무 많아. 클레아가 모두 설명해 줬어. 우리가 신문에서 읽은 게 전부 사실이야. 10년 전쯤에 클레아의 할머니가 그 법무사의 사기극에 말려들어 큰 피해를 입으셨어. 그때 파산하셔서, 완전히 낙심에 빠진 나머지 자살까지 하셨대. 어쨌든 클레아 삼촌의 말에 따르면 그렇다는 거야. 그들이 소송을 걸었던 재판이 기각된 이후에도 클레아의 삼촌 뤼도비크 베스와 사촌 언니 안나벨 베스는 그 법무사를 그냥 놔주지 않았어. 그가 이사 가는 곳마다 주소를 알아내서 그에게 편지를 쓰거나 전화를 해서 그 사건을 상기시켜 줬다고 해. 그런데 몇 달 전에 재혼한 클레아 삼촌이 새 아내의 영향을 받았는지, 법무사가 제안한 합의금을 받아들이기로 마음먹으셨대. 그것이 할머니의 죽음을 되돌리진 못하지만, 할머니가 손해 보신 게 어느 정도 보상이 될 만한 금액이었던가 봐. 법무사도 암묵적으론 자기 잘못을 인정하고 있었으니까, 일부라도 배상하려고 했던 거겠지. 그런데 클레아 삼촌과 사촌 언니에겐 그런 합의가 왠지 할머니를 배신하는 것처럼 느껴져서 꺼림칙했었나 봐. 그래도 그 방법 외에는 이 문제를 끝낼 다른 해결책은 찾을 수 없다고 판단했지. 남은 인생 동안 계속 그 문제에 매달려 있을 수 없었으니까. 그런데 한 여자가 그 사건이 있기 며칠 전에 법무사의 이름을 대면서 클레아 삼촌과 사촌 언니에게 전화를 했대. 그 사건이 있었던 바로 그날 아침에 만나자고 말이야. 그런데 이상한 건, 클레아의 사촌 언니에게는 시내에 있는 한 카페에서 만나자고 하고, 삼촌에게는 슈퍼마켓 주차장에서 만나자고 했다는 거야. 그리고 당일 아침에 수수께끼의 여자가 그들에게 다시 전화를 걸어서, 몇 시에 어느 길로 어떻게 올 것인지 지시를 했대. 그러곤 쉬앵 섬에서 만난 거지. 법무사의 파란색 메르세데스 앞에서. 그러면서 여자는 두 사람에게 그 파란 차 안에 돈 봉투를 놓아두었다고 말했대. 그래서 클레아 삼촌과 사촌 언니가 돈 봉투를 꺼내려고 차 문을 열었다가, 뒷좌석에 있는 시체를 발견한 거야. 그때 두 사람은 자신들이 함정에 빠졌다는 걸 알고, 다시 루동으로 떠났어. 아무도 자기들을 보지 못했을 거로 확신하면서 말이야. 그때 두 사람의 지문이 차 안에 남게 되었던 거야. 그런데 클레아는 삼촌과 사촌 언니가 차 안에 들어가지도 않았는데, 어떻게 그 아침에 두 사람이 차에 타고 있는 걸 봤다는 사람들이 있는지, 그걸 알 수 없다는 거지. 그들은 정말 차 문만 열어 보고 놀라서 그곳을 빠져나왔다고 하거든.”

“누군가가 계획적으로 그들에게 살인죄를 뒤집어씌우려고 한 걸까? 그렇다면 누가 그랬을까? 법무사는 절대 아니지. 그는 죽었으니까. 혹시 마리도 씨의 계좌에서 큰돈이 나가는 걸 원치 않았던 자가 있었던 건가? 아, 정말 어렵다! 점점 더 복잡해지네.”

“그러게 말이야.”

“그럼 루디는? 그도 연루되어 있을 텐데. 루디도 클레아 가족을 도울 수 있는 정보를 갖고 있을 게 분명해.”

“안나벨의 변호사에 의하면, 루디는 어떤 여자가 전화로 고용한 사람이래. 그 여자가 루디에게 공원에 있는 한 쓰레기통에 선불로 2000유로를 보냈다고 했대. 그리고 일이 끝나면, 나머지 보수도 그런 방식으로 주기로 했대. 그래서 루디는 약속 장소에 미리 도착해 있었고, 그 여자가 어딘가에서 자기를 보고 있을 거로 생각했겠지. 하지만 그 여자를 직접 보진 못했으니까, 클레아의 언니의 무죄를 밝혀 줄 수 없는 거지. 루디 이야기로는, 밝은 양복을 입은 한 남자를 목 졸라 죽인 뒤에 그 시체를 메르세데스 뒷좌석으로 옮겨 놓는 게 그의 임무였대. 그는 8시 45분쯤에 범행을 저질렀어. 그런데 죽은 남자는 크게 반항하지 않았다나 봐. 게다가 차의 뒷문도 열려 있어서, 루디는 별 어려움 없이 범행을 저질렀다는 거야. 단 몇 분도 채 걸리지 않았대.”

“그럼 그가 그렇게 쉽게 잡힌 이유는 뭐지?”

“그는 남아메리카로 도망치려고 가짜 여권이랑 문서를 받기로 되어 있었대. 그래서 자기를 고용한 사람과 접선할 생각에 도시에 남아 있었던 거야. 이제 우린 어떻게 해야 하지?"

"우선 과제물을 나눠 갖자. 그리고 다시 자세하게 읽어 보고, 조금이라도 단서가 될 만한 건 모조리 다 메모를 해야겠어. 그리고 의심스러운 게 있으면 아이들에게도 다시 물어봐야지."

"아휴, 난 이제 친구들 과제물을 몽땅 암기할 수 있을 정도야." 낙심한 카상드라가 한숨을 쉬며 말했다.

"거기서 더 찾을 수 있는 게 있을지 모르겠네."

"우릴 위해서라도 다시 새로운 관점으로 찾아보자. 무엇보다도 클레아가 있잖아. 그 애가 삼촌과 사촌 언니를 알고 있으니까. 그리고 클레아는 지금 아무에게도 속내 이야기를 하고 싶어 하지 않아. 그 애 어머니는 결혼 후에도 계속 결혼 전에 쓰던 성을 그대로 쓰셨는데, 지금은 그 이름 때문에 친정 식구들과 연결되는 걸 두려워하고 계셔."

"지금 우리에겐 이 사건을 새로운 시각으로 봐 줄 수 있는 누군가가 필요해. 그러니 우리가 신뢰할 만한 사람들을 찾아보자. 며칠 전에 네가 말했었지? 우리 반 남자애들 중에서 클레아가 관심을 둔 애가 있다고. 그게 누구니?"

"네 친구 쥘르. 하지만 그 애는 마약을 한다면서? 게다가 술도 마신다고 했잖아."

"지금은 끊었어. 클레아가 쥘르를 택한 건 탁월한 선택이야. 내가 그 애를 잘 아니까 하는 말인데, 쥘르는 우리 부탁을 절대로 거절하지 않을 거야. 그리고 난 아폴린도 염두에 두고 있어. 그 앤 정말 머리가 좋아, 교양도 있고 냉철하고…….”

“그만해! 질투 나려고 하잖아. 그럼 난 클레아에게 말해 볼게. 내일이면 상황을 좀 더 확실히 알게 되겠지. 으악, 이제 곧 바칼로레아가 다가오잖아, 그딴 건 정말 필요 없는데!”

카상드라가 자기 가방을 챙겨 들고 일어났다. 그리고 문턱을 넘는 순간에 날 향해 몸을 돌렸다.

“난 클레아의 삼촌과 사촌 언니가 결백하다고 확신해. 왜냐하면…….”

“네가 네 친구를 믿으니까.”

“아니. 어제, 우리 토론 후에 논리적으로 추리를 좀 해 봤어. 그리고 클레아의 말이 옳다는 걸 확인시켜 주는 중요한 점을 찾았어. 우리가 메르세데스의 커플과 뒷좌석에 누워 있는 법무사를 연결할 수 있었던 건 누구의 과제물 덕분이었지?”

“클레아의 과제…….”

“맞아. 파란 승용차 / 붉은 머리, 검은색 선글라스 / 모자와 콧수염 / 잿빛 머리의 잠자는 사람, 빨간 넥타이. 그러니까 메르세데스에 타고 있는 커플은 클레아의 가족이 아니었다는 소리야. 그 애가 자기 친척을 못 알아봤을 리 없잖아. 게다가 자기 친척이었다면, 그들이 소송에 휘말릴지도 모르는 모험 같은 건 절대 하지 않았을 거야. 이게 내 추리야.”

“그렇군, 말이 되네. 아무튼, 내일 보자.”

다음 날 아침, 난 우리 아파트 밑에서 기다리고 있는 카상드라를 발견하고 깜짝 놀랐다.

"네가 벌써 가 버린 건 아닌가 하고 걱정하고 있었어. 네가 너무 늦게 나오는 바람에."

"아냐, 난 시계처럼 정확해. 하지만 오늘은 5분마다 멈춰 서서 키스할 시간은 없겠어. 부지런히 가야 할 것 같아."

"미안한데, 난 오늘도 클레아랑 하루를 보내야 해. 그 애를 좀 안심시켜 줘야 하니까. 어쩌면 오늘은 사건과 관계된 세세한 정보를 털어놓을지도 몰라. 그러면 우리가 사건에 접근하는 데 확실히 도움이 될 텐데. 그리고 내가 클레아에게 전화해 봤는데, 네가 쥘르에게 도움을 청하는 것에 동의했어. 하지만 아폴린에 대해선 믿음이 덜 가나 봐. 아폴린이 가끔 거만하게 굴 때가 있잖아. 그래도 네 판단을 신뢰하는지, 네가 아폴린을 만나는 것에 반대는 안 하더라."

"잘됐다. 내가 공부에 집중할 수 있을지 모르겠네."

난 수학 시간에 아폴린과의 대화를 시도해 봤다. 그 애가 졸업반이 되고는 수학을 포기했다는 걸 알고 있었기 때문이다. 그래서 일단은 접근하기가 어렵지 않았다. 아니나 다를까 난 아폴린이 무릎 위에 철학서를 펴 놓고 있는 걸 발견했다. 어쨌든 그 책 읽는 걸 중단시키기로 마음먹었다. 그 애는 내 눈을 들여다보더니, 수첩 한 장을 뜯어서 내게 글을 썼다.

친애하는 친구.

나는 잡담하는 모습을 선생님께 들키는 게 너무 싫다네.

게다가 난 지금 너무 바쁘다는 걸 이해해 주었으면 좋겠네.

그러니까 미안하네만, 좀 얌전히 있어 주길 바라네.

신사 분. 차라리 편지를 쓰는 게 어떻겠나.

from 아.

사랑하는 친구여,

무지하게 급한 일일세.

자네의 명석한 두뇌가 절실하게 필요하다네.

짐작하겠지만, 법무사 사건 때문일세.

클레아의 가족 중 한 명이

부당하게도 이 사건의 용의자로 지목받고 있다네.

from 에.

사랑하는 친구,

10분을 허락하겠네.

체육관 옆의 버드나무 아래서

속성으로 점심 먹는 시간을 이용해 주게.

12시 5분 ~ 12시 15분.

from 아.

만일 내가 아폴린이랑 주고받은 이 쪽지를 여자애들에게 보여 주면, 다들 그렇게 건방지고 오만한 여자애와 당장 관계를 끊으라고 목소리를 높일 것이다. 그래서 난 그 쪽지를 아무도 보지 못하게 감추기로 했다. 그리고 점심시간이 되면, 조언을 받으러 그 나무 밑으로 갈 것이다. 그 애의 조언에서 부디 영감을 받을 수 있길 바랐다.

3교시 수업 시간엔 쥘르 옆에 앉았다. 쥘르는 내가 옆에 앉아서 기분이 좋은 것 같았다. 그리고 내가 클레아의 상황을 설명하는 이야기에 주의 깊게, 은밀하게 귀를 기울였다. 심지어 내게 질문할 것들을 노트에 적기까지 했다. 내 이야기가 끝나자, 그는 내게 노트를 건네면서 거기에 답을 써 달라고 했다. 수업이 끝나고는 자기에게도 친구들의 과제물을 보여 달라고 요구했다. 그리고 되도록 빨리 일을 시작하자고 했다.

"쉬는 시간과 점심시간에, 가능해?"

"문제없어."

"그런데 내가 너희를 돕는 걸, 클레아도 바란다는 게 정말이야? 그 이유가 뭔지 넌 아니?"

"그 앤 네 안에 감춰진 잠재력을 볼 수 있는 눈을 가진 거지. 그리고 이건 내 생각인데, 클레아가 너를 좋아하는 것 같아. 그래서 그 애가 그런 선택을 하게끔 내가 좀 용기를 줬지."

"이 자식, 넌 정말 좋은 친구야! 사실 난 클레아를 감동시키고 싶은 마음이 있긴 해! 그 애에게 연민 같은 걸 느끼고 있었나 봐. 그리고 그 애가 정말 예뻐 보여."

"그럼 서로 사랑하는 거잖아! 이거 동화 같은 이야기네."

버드나무 아래에서 책상다리를 하고 앉은 아폴린은 토마토와 불구르(중동 요리에 많이 쓰이는, 밀을 쪄서 빻아 만든 곡류)를 섞은 새싹 샐러드를 음미하며 먹고 있었다. 그 애는 날 보더니 먹기를 멈추고, 내게 사건을 요약해 보라고 했다. 나는 세세한 요소들을 빠뜨리지 않고 정확하게 이야기하려고 애썼다.

"그래서 지금 너희들이 세운 가설은 뭐야?" 아폴린이 물었다.

"범인들이 그 법무사를 제거하고, 그 범행을 클레아네 가족들에게 뒤집어씌우려 한다고 생각해."

"스톱! 그 추리는 너무 복잡한 것 같네. 네 말은 살인자들이 돌멩이 하나로 두 마리 새를 잡으려 한다는 거지? 그 이야기는 좀…… 너무 궤변적인 수사물 같아. 범죄를 저지르는 사람들의 대부분이 얼간이들이라는 걸 기억해야지. 범죄는 합리적인 행동 방식이 아니니까 말이야. 난 해결책이 훨씬 더 단순해야 한다고 생각해."

그러면서 아폴린은 자기 책을 펼쳐 들고, 책갈피를 풀밭 위에 내려놓았다. 그리고 날 보며 미소를 짓더니 다시 독서에 빠져들었다. 난 아폴린의 말이 과연 사건 해결에 도움이 될지 알 수 없었다.

오후가 끝날 무렵, 큰 보리수 광장의 벤치에서 카상드라를 만났다. 나는 쥘르와 나눈 이야기를 정리해서 들려주었다.

"쥘르가 합류하기로 했다는 거, 알고 있었어. 그리스어 수업이 끝났을 때, 그 애가 클레아를 찾아왔더라. 클레아와 쥘르는 오늘 저녁부터 시내를 돌아다녀 볼 계획이래. 범죄가 있었던 날 우리 반 애들이 서 있던 모든 장소를 찾아다니며 조사해 보려는 거지. 쥘르는 이 사건에 철저하게 임할 각오가 대단하더라! 그런데 그 능력 있는 아폴린을 만난 건 어떻게 됐어?"

"약간 당황스러웠어, 네게 솔직히 고백하자면."

"그럴 거라 짐작했어."

"내일 오후에 우리 집에 모이는 게 어떨까? 우리 아버지가 3개월 계약직 일자리를 찾으셔서 갑자기 집에 들어오실 일은 없을 거야. 내일 모여서, 그날 아침 우리 도시에 똑같은 커플이 둘이 있었다는 걸 증명해야 해. 진짜 커플과 가짜 커플. 지금 과제물은 모두 쥘르에게 있어. 그러니 오늘 저녁엔 우리가 할 일이 하나도 없는 셈이야."

"클레아 엄마가 내일 아침에 그 과제물들을 모두 복사해 주신대."

"멋진 아이디어야! 그런데 그 익명의 편지를 보낸 게 우리였다고 클레아에게 말했니?"

"응, 처음엔 그 애가 아무 반응도 못 하더라, 도무지 믿기지 않는 것 같았어. 그러다 한참 만에 이렇게 말했지. '너희도 몰랐잖아. 나도 전혀 몰랐는데 뭐.'"

⑪ 사건의 재구성

주방 식탁에 둘러앉은 우리는 저마다 서류 한 뭉치씩을 앞에 놓고 있었다. 마치 회사에서 간부 회의를 하는 것처럼. 내가 시작했다.

"우린 클레아의 삼촌과 사촌 언니의 결백을 입증하기 위해 여기 모인 거야. 다른 관점의 의견이 넷이면, 중요한 단서들을 빠뜨릴 일이 아무래도 줄어들겠지? 카상드라, 네가 글씨를 예쁘게 쓰니까 네가 기록을 좀 해 줄래?"

"물론 우연이겠지만, 비서 역할을 하는 건 항상 여자고, 회의를 이끌어가는 건 항상 남자라는 기분이 살짝 드네." 내 여자 친구가 말했다.

"오케이. 그럼 지금부터 난 입 다물고 있을게." 난 약간 기분이 상해서 그렇게 말했다.

"나의 에르완, 농담이야. 얼른 계속해." 카상드라는 내가 도저히 저항할 수 없는 미소를 지으며 말했다.

"우리 도시에서 안나벨이 지나갔던 코스를 반드시 알아내야 해. 그래야만 메르세데스에 타고 있던 여자와 안나벨이 동일 인물이 아니라는 걸 증명할 수 있을 거야. 클레아, 사촌 언니의 모습을 표현해 줄래?

우리가 아는 거라곤 연령대와 머리 색깔밖엔 없거든……."

"인나벨 언니는 뛰어난 미모를 가졌어. 지나가던 사람들이 거의 모두 한 번씩은 뒤돌아볼 정도야. 몸매도 날씬하지만, 무엇보다도 우아함이 돋보이는 여성이지. 걸음걸이도 모델처럼 멋있어서 사람들의 시선을 끄는 매력이 있어. 친척들이 모두 모여 단체 사진을 찍으면, 그 언니밖엔 보이지 않아. 그런데 언니는 성품이 소박해서, 자연스러운 옷차림을 좋아해."

"나도 쉬앵 섬으로 가는 길에 그분과 마주친 적이 있는데, 정말 뛰어나게 아름다운 여성이었어. 스티븐이 눈부신 30대 여성이라고 표현했던 여자가 틀림없이 안나벨이었을 거야." 쥘르가 거들었다.

"마침 여기 스티븐이 쓴 글이 있어. 뒤게스클랭 길에서 봤다는 여자."

눈부신 30대의 여성. 너무 아름다워서 차마 세상에 드러낼 수 없었던, 그래서 선글라스를 낄 수밖에 없었던, 불타는 빨간 머리의 여인. 날씬한 다리와 모델 같은 걸음걸이. 약간 뻣뻣해 보이긴 하지만, 하여간에 끝내주는 몸매! 푸른 바다색 원피스는 내 눈엔 지나치게 정숙하다는 느낌이 없진 않았으나, 무릎까지 올라오는 검은 색 롱부츠는 마음에 쏙 들었음. 우아함의 실체. 세상 끝까지 그녀를 쫓아가고 싶게 만들었음. 초등학교 5학년 때 사귀었던 상드라를 떠올리게 함. 뾰로통한 입술과 비단이나 벨벳처럼 부드러운 머리카락이 꼭 그 애를 닮았음.

20점 만점에 17점. 얼굴과 몸매, 모든 게 탁월한 조화를 이룸.

"그래, 맞아, 그 여자야. 설사 스티븐이 빨간 머리라는 표현을 빼먹었다고 해도, 나는 그 여자를 말하는 건 줄 금방 알았을 거야."

그러자 카상드라가 한 발 더 나아간 의견을 말했다.

"내 생각엔 그녀가 내가 있던 잔다르크 길 쪽으로 오고 있었던 것 같아. 하지만 기억을 더듬어 보면, 난 특별히 기억날 만한 사람과 마주친 적이 없었어. 우선, 마레바의 글을 읽어 본 다음에 다시 스티븐의 글을 살펴보자. 자, 내가 읽을게."

"난 용서하러 왔어요, 절대로…… 용서할 수 없는 일에 대해서요. 용서해야 하는 나 자신이 너무 싫군요. 하지만 내 마음 깊은 곳에선 다른 방법이 없다, 그 일을 꼭 해야만 한다는 음성이 들리는 듯해요."

"왜요?"

그 순간 내가 무엇이라고 생각하며 그런 질문을 했던 걸까? 심리상담가라도 된 기분이었을까?

"언젠가는 미련 없이 과거를 잊어버리기로 결단을 내려야 하잖아요. 비록 그게 나쁜 일이고, 수치스러운 일이긴 해도 말이에요."

"마레바는 그 여자의 모습을 묘사할 수 없었어. 그때 마레바는 시각장애인 연기를 하고 있었잖아. 하지만 그녀의 향수에 관해서 말했어. 자기 엄마가 쓰던 향수와 똑같은 거라고 했지. '밤의 전율'이라는 이름의 향수였어. 내가 마레바에게 물어봤거든. 그러니까 네 사촌 언니에게 그걸 꼭 확인해 봐. 네 언니가 정말 그날 아침에 그 향수를 썼는지 말이야. 이런 상세한 요소들을 모아 놓는 게 중요해. 이런 소소한 정보들이 아마도 다음에 찾게 될 물증들과 연결하는 데 중요한 역할을 할 거야. 클레아, 안나벨이 카페에서 그 여자가 전화로 내릴 지시를 기다리고 있었다고 했지? 법무사를 대신해서 전화했다는 그 여자 말이야. 혹시 그 카페가 밀랑이 초콜릿 비엔나와 사과 스트루델(길게 늘인 반죽으로 과일을 돌돌 말아서 구운 파이)을 푸짐하게 먹었다는 그 카페일까? 말이 나왔으니 하는 말인데 그 집의 초콜릿 비엔나는 정말 끝내줘. 불타고 있는 액체 위에 차가운 휘핑 크림을 얹어서 나오거든. 그건 정말…….”

“에르완!” 카상드라가 내 말을 끊었다.

“우리 모두 사건에 집중하고 있잖아. 이건 정말 중요한 일이라고!”

“맞아, 미안해.”

“밀랑이라면, 샘 주변에 모인 동물들 이야기 말이지?” 쥘르가 물었다.

“맞아. 다시 한번 읽어 보고 판단해 보자.”

우아한 젊은 암사자 한 마리가 긴 갈기를 움직인다. 암사자는 더 이상 목이 마르지 않지만, 그래도 샘을 떠날 생각은 없는 듯하다. 그러다 어느 순간, 암사자가 날카로운 비명에 소스라치게 놀라더니, 아주 먼 데서 들려오는 소리를 들으려는 듯 귀를 쫑긋거리다가, 그 큰 몸을 쭉 펴고 급히 사라진다.

"오, 가능성이 있어." 클레아가 말했다.

"밀랑이 말한 날카로운 비명은 휴대전화 벨소리일 수도 있어. 언니는 멀리서 들려오는 소리를 잘 들으려고 휴대전화를 귀에 바짝 갖다 댔을 거야."

"언니 사진 좀 우리에게 줄 수 있니? 우리 반 애들에게 보여 주는 게 좋을 것 같아서 그래."

"물론이지."

줄르가 또 입을 열었다.

"모라드의 글도 읽어 봐야 할 것 같아. 안경 뒤에 숨어 있던 그 여자 말이야."

<u>선글라스를 끼고 있는 저 여자는 누구일까?</u>

(…)

그녀의 선글라스는 무엇을 감추고 있을까?

뇌쇄적인 눈빛? 슬픔의 눈물? 얻어맞은 멍 자국?

알 수 없다. 저 여자는 미스터리다.

"이 글은 무시해도 돼." 내가 말했다.

"모라드에게 직접 들었는데, 이 여자 이야기는 시의 분량을 늘리기 위해서 자기가 꾸민 거라고 했어."

"오케이. 클레아, 혹시 네 언니가 그날 굳이 선글라스를 끼고 있었던 이유를 들은 적 있니? 사실 그날은 선글라스를 낄 만한 날씨가 아니었잖아." 카상드라가 물었다.

"그게 말이야, 법무사가 꼭 선글라스를 끼고 나오라고 했었대."

"왜 그런 걸 요구했을까?" 이번엔 쥘르가 물었다.

그 말에 곧 카상드라가 대답했다.

"내 생각엔, 사람들 눈에 금방 띄는 특징을 만들려고 그랬던 것 같아. 햇빛 없는 날씨에 사람들 눈에 띄고 싶으면, 선글라스를 끼는 게 제일 효과적일 거야. 그럴 때 선글라스는 자신을 숨기기 위한 도구가 아니라, 오히려 드러나게 하는 도구인 셈이지. 대중에게 잊힌 스타들은 여전히 건재함을 느끼고 싶어서 어딜 가나 꼭 선글라스를 쓰잖아. 그러니까 범인들이 노렸던 건, 행인들이 '날씬한 몸매에 선글라스를 낀 빨간 머리의 여자를 봤어요' 라고 말하게 만드는 거였을 거라고. 아무래도 선글라스에 먼저 시선이 가게 되니까, 아무도 그 외의 다른 것들까지 상세하게 관찰할 시간은 없었겠지. 우리도 그랬을 테니까. 그리고 스티븐의 말에 의하면, 안나벨은 푸른 바다색 원피스에 검은 롱부츠를 신고 있었다고 했어."

"나도 기억나." 쥘르가 말했다.

"그럼 다른 여자는? 그 여자의 특징은 뭐였지?" 카상드라가 물었다.

"클레망스는 그 여자가 녹색 원피스에 납작한 검정색 발레리나 슈즈를 신었다고 했어. 다른 증인들은 그녀가 자동차 안에 있는 것만 봤을 뿐이야. 그리고 그녀에 대한 묘사는 모두 선글라스와 빨간 머리에만 집중되어 있어. 다행히 파코가 그 여자의 차림새를 눈여겨봤던 것 같아. 레지스탕스 강변로 교차로에서 접촉 사고가 났을 때, 그녀가 차를 살펴 보려고 메르세데스에서 내렸을 때 말이야. 내일 파코를 만나면 그 부분을 확인해 봐야겠어."

"난 말이야." 클레아가 말했다.

"플라비아의 글을 다시 읽어 봤으면 해. 거기 이런 구절이 있어. '한 중년 커플이 70년대를 테마로 하는 광란의 의상 파티에서 돌아오고 있는 모습이 보입니다. 뒷좌석에 남자 친구 한 명을 태운 것 같은데, 이 커플은 소소한 일상에도 매우 즐거워하는 것 같습니다.' 여기 보면, 플라비아는 누가 봐도 변장을 떠올리게 하는 표현을 했어. 혹시 그 여자가 가발을 고쳐 쓰거나 남자가 콧수염을 달고 있는 장면을 본 건 아닐까? 최근 몇 년 동안 콧수염이 유행이었잖아, 안 그래?"

"잘 봤어! 이 증언은, 단지 기분을 표현한 게 아니라면, 아주 중요한 걸 나타내는 것일 수 있어." 쥘르가 감동 받은 듯이 말했다.

"어라? 뒷좌석에 잔뜩 취한 채 있던 친구라니! 이것 봐, 술에 취한 친구가 뒷좌석에 앉아 있다고 했어!" 카상드라가 반복했다.

"이건 말할 것도 없이 뒷좌석에 누워 있던 법무사야! 처음 읽었을 때는 그냥 별생각 없이 지나쳤던 구절인데 말이야."

"나도 그래." 나도 그것을 인정해야 했다.

"일리 있는 이야기야. 어쨌든 흥분하기 전에 좀 더 기다려 보자. 여기서 인물들은 완전히 묘사되지 않았어. 나이에 관한 언급 빼고는, 이 글에서는 콧수염도 빨간 머리 여자도 나타나 있지 않아. 누가 내일 플라비아에게 가서 정보를 좀 더 얻어 올래?"

"내가 할게." 카상드라가 생각에 잠긴 얼굴로 말했다. 그리고 이렇게 덧붙였다.

"두 악당이 시체를 확실하게 보여 줬다는 게 분명해지네. 그 남자는 자기 차에 공범인 여자를 태우자마자, 시체가 사람들 눈에 띄도록 자동차 지붕을 벗겼어. 말하자면 연출을 한 셈이지."

"그럼 이젠 일단 쉬앵 섬에서 메르세데스를 주차한 후에 무슨 일이 일어났는지에 초점을 맞춰 보자. 범인들은 걸어서 그 자리를 떠났어."

"그날 줄리가 정해진 자리에 있기만 했다면, 모든 게 다 설명될 수 있었을 텐데!" 클레아가 말했다.

"좋아, 그건 넘어가자. 만일 범인들이 계획에 따라 드라페 강변로를 타고 서쪽으로 가려고 했다면, 분명히 알데릭을 만났어야 해. 그런데 알데릭의 그림에선 알려 주는 게 별로 없어……. 알려 준다는 표현이 맞는 건가?"

"네가 하려는 말, 우린 이해했어." 쥘르가 안심시켰다.

"자, 내가 한번 설명해 볼게. 옆 모습의 두 남자가, 아마도 똑같은 남자를 두 번 그린 것 같아. 아무튼 두 남자가 이상한 낙서가 그려진 문 밑에 있어. 음…… 아, 정말 무슨 뜻인지 모르겠다."

"나도 이야기해 볼게." 클레아가 나섰다.

"범인들이 반대편 방향으로 갔다면, 그들이 지나가는 걸 소피가 봤을 거야. 그 애가 작은 곤충들에게 정신을 빼앗기지만 않았더라면 말이야. 그래서 내일 소피를 만나서 물어보려고 해. 그리고 만일 두 사람이 발미 다리를 걸어서 되돌아왔다면, 내가 그들을 봤어야 했겠지."

잠시 침묵 후에 내가 물었다.

"되돌아갔다면? 그럼 클레아에게 질문 하나 할게. 혹시 네 삼촌이 그날 아침에 가죽 캡을 쓰고 계셨는지 알고 있니? 네 삼촌인 것처럼 꾸몄던 그 범인처럼 말이야."

"우리 삼촌은 대머리야. 그래서 항상 모자를 쓰셔. 요즘은 주로 바스크 지방의 베레모를 쓰고 다니셔. 하지만 가죽 캡도 갖고 계셔. 그걸 쓰시지 않은 지 꽤 오래되긴 했지만, 경찰은 삼촌 집에서 그 가죽 캡을 어렵지 않게 찾아낼 거야."

"그럼, 네 삼촌과 언니를 그렇게 범인으로 몰아갈 만큼 두 사람에게 원한을 품을 수 있는 사람이 누굴까?" 쥘르가 물었다.

"뤼도비크 삼촌이 일주일 전부터 머리를 짜 봤는데도 떠오르는 사람이 전혀 없으셨대. 법무사 빼곤. 하지만 법무사는 죽었잖아."

"오늘은 여기서 끝낼까?" 카상드라가 제안했다.

"내가 초콜릿 케이크 만들어 왔는데, 그거 먹으면서 좀 쉬자. 에르완, 주방으로 갈까?"

"소파와 안락의자에 그냥 앉아도 돼. 하지만 부스러기는 흘리면 안 돼. 안 그러면 엄마한테 한참 잔소리를 들을 거야."

나는 쥘르와 클레아가 나란히 앉아 있는 모습을 보았다. 내 친구의 팔이 클레아의 머리 뒤로 가 있었다. 그들은 좀 더 일찍 만나지 못했던 시간을 만회라도 하려는 것 같았다. 내가 중간에서 커플을 소개한 건 이번이 처음인데, 이렇게 다정한 두 사람의 모습을 보니 아주 흐뭇했다. 카상드라가 내 귀에 속삭였다.

"쟤네 둘, 정말 귀엽다!"

다음 날 우리는 각자의 임무에 매달렸고, 각자의 결과물을 보고하기 위해 큰 보리수 광장에서 만났다. 나는 벤치의 등받이 위에 올라앉아서, 파코의 이야기로 포문을 열었다. 그의 이야기는 지난번보다 덜 정확했다.

"사실 난 그녀의 옷차림에 별로 주의를 기울이지 않았어. 그녀는 평범하게 옷을 입고 있었어. 원피스하고 구두? 솔직히 생각이 잘 나지 않아. 너도 알잖아, 워낙 빨리 지나가서……. 대신 확실하게 기억나는 건, 남자가 장갑을 끼고 있었다는 거야."

카상드라가 전해 준 플라비아의 설명에 따르면, 그 여자는 가발을 쓰고 있었다. 플라비아가 그렇게 확신하는 건, 그 여자가 선글라스를 고쳐 쓸 때, 마치 진짜 머리와 가발 사이에서 뭔가 걸린 듯이 어색한 행동을 했기 때문이다. 남자는, 콧수염의 선이 너무 뚜렷해서 인조 수염처럼 보였다고 하는데, 플라비아는 인조 콧수염을 자주 보았기에 금방 알아볼 수 있었다. 그 애의 집에선 주기적으로 변장 파티를 열어서,

어린 사촌 동생들이 다양한 가발이나 가짜 수염 같은 걸 붙이고 어른 흉내 내는 걸 좋아한다고 했다. 그리고 카상드라가 안나벨의 사진을 보여 주자, 플라비아는 자기가 봤던 여자는 사진 속의 여자가 아니고, 나이가 더 많아서 족히 40대는 되어 보인다고 했다.

쥘르는 알데릭을 만나 그의 그림에 대한 기나긴 설명을 듣고, 메모까지 해 왔다. 우리는 그 애가 메모까지 해야 했던 이유를 금방 이해할 수 있었다.

"내가 써 온 걸 읽어 볼게." 그가 말했다.

"서로 마주친 중년의 두 남자가 마치 한 사람인 것처럼 바짝 붙어서 마주 보며 서로를 관찰하고 있다. 원래 한 사람이었던 좌우가 드디어 반쪽을 만나서, 제대로 합쳐진 것이다. 비록 가운데 있는 단절 부분은 여전히 존재하겠지만, 아무튼 그 둘은 합쳐진 반쪽들이다. 여기까지 듣고 내가 물어봤어. 그날 아침, 그림 속에 보이는 이 콧수염 남자를 만난 게 확실하냐고. 그를 보고 영감을 받아서 그린 그림이냐고. 물론 난 뤼도비크 삼촌이나, 그를 흉내 낸 범인을 염두에 두고 말한 거지. 알데릭이 쉬앵 섬 가까이에 있었으니까, 그를 당연히 봤거나 혹은 봤을 가능성이 컸으니까. 그랬더니 그 녀석은 내가 굉장한 농담이라도 한 것처럼 웃어대더니, 이렇게 말했어. '어이, 친구. 이건 절대로 사실주의 그림이 아니야. 상징주의 그림이란 말이야.' 난 그림 속 인물을 둘러싸고 있는 털, 그러니까 콧수염 같기도 하고, 모피 같기도 한 이상한 문에 대해서도 물어봤어. 내 생각을 더 확인해 보고 싶어서. 그런데 그

대목에서 난 또 급하게 메모를 해야 했어. 들어 봐. '이건 수염 아치다. 영혼의 진실에 이르기 위해 건너가야 할 단계를 구체화한 것이다. 그리고 그 문을 털로 형상화한 까닭은, 그 문이 살아 있어서, 자꾸 자라고, 갈수록 확장되길 바라기 때문이다. 내게 콧수염은 역설적이고 강력한 상징이다. 시대에 뒤졌으면서도 첨단적이고, 부드러우면서도 날카로운 이 패러독스! 사람들은 내가 예술이라는 이름으로 아무거나 표현하지 않는다는 걸 알아야 한다.' 그러면서 그 녀석이 이렇게 결론을 내리더라고. '여기에 비하면 다를렌 선생님의 작업은 내 작품과 비교될 수가 없지. 그 여자는 너무 현실에 매어 있어, 완전 가정주부 시선이라니까!' "

"나는 알데릭이 하는 말의 요점이 뭔지 도무지 모르겠어. 그냥 삭제하자." 카상드라가 웃으면서 말했다.

"내 말이 그 말이야!" 쥘르가 덧붙였다.

"난 웃음이 터져 나오려는 걸 참고, 진지한 표정을 유지하느라고 너무 힘들었어. 정말이야."

"그래, 너무 이해가 된다." 클레아는 너무 웃느라 눈물까지 흘렸다. 그러고 나서 자신이 찾은 정보를 발표했다.

"난 소피를 만났는데, 그날 아침에 개미들 말고, 눈에 띈 사람이 없었느냐고 물었더니, 즉시 대머리 여자를 떠올리더라. 개미 떼 앞에 쭈그리고 앉아서 곤충들의 분주한 활동을 정신없이 쳐다보느라 누가 다가오는 소리를 미처 듣지 못했대. 그런데 뒤에서 누가 상냥한 목소리로 물었다는 거야. '학생, 뭘 잃어버렸나요?' 소피는 깜짝 놀랐는데, 일어서지 않고 앉은 채로 고개만 돌렸대. 마침 시선의 위치가 딱 그 여자의 가방 높이여서, 가방 밖으로 빨간 머리카락 뭉텅이가 비죽 나와 있는 걸 봤대. 소피가 깜짝 놀라서 '아뇨, 아뇨, 고맙습니다, 부인' 하고 얼버무리듯이 말했다는 거야. 그랬더니 그 여자가 그냥 돌아서서 자기 길로 갔대. 갈색 머리에 40대쯤 되는 여자였다고 했어."

"그럼, 내가 봤던 여자가 분명해. 좀 떨어진 곳에서 전화하던 여자!" 쥘르가 외쳤다.

"그래! 기억나." 카상드라가 말했다.

한 여자,

야수 같은 차림의 여자가

잔인한 즐거움으로

찡그린 표정, 뒤틀린 입술로

한 통화의 전화,

불길한 전화 통화를 하며

증오에 찬 욕설과

증오로 가득한 숨을 내뱉는다.

한 여자,

증오에 굶주린 목소리의 여자가

말한다, 복수는 끝났다고

운명의 시간이 다가왔다고.

"누가 내 글을 큰 소리로 낭독하니까 기분이 되게 이상하다."

"넌 어디서 영감을 받고 이 시를 쓴 거야? 이 여자는 아주 소름 끼치는데?" 클레아가 물었다.

"그게…… 어떻게 말해야 할지 모르겠는데…… 그 여자 얼굴에선 증오가 뿜어져 나왔어."

"좋아." 내가 결론을 내리려고 입을 열었다.

"우리가 얻은 이 모든 정보는 문제의 장소마다 클레아의 삼촌과 사촌 언니처럼 보이려고 일을 꾸민 범인들이 있었다는 걸 증명하고 있어. 이것들을 한눈에 볼 수 있게 정리해 둬야겠어. 이것을 보면, 경찰에서도 다시 조사해 봐야겠다는 생각이 들 거야. 그러면 용의자로 잡혀간 두 사람도 풀려날 수 있겠지. 우리가 지난번에 보낸 편지가 수사에 영향을 끼쳤던 걸 확인했으니까."

"글쎄, 난 그렇게 생각하지 않아." 클레아가 이의를 제기했다.

"경찰은 이미 범인들을 찾았다고 믿고 있어. 그래서 우리가 보낸 편지에 관심을 둘 것 같지 않아. 하지만 이 결과물을 뤼도비크 삼촌과 안나벨 언니의 변호사들에게 전하면 좀 다를 거야. 아무래도 우리 같은 학생들이 말하는 것보다는 변호사들이 말하는 게 훨씬 더 무게감 있고 신빙성을 주지 않겠니?"

"어쨌든," 쥘르가 힘을 주어 강조했다.

"그 수수께끼가 완전히 밝혀질 때까지, 우리도 이 사건을 손에서 놓지 않을 거야."

그러자 클레아가 대답 대신에 쥘르를 다정하게 껴안았다.

난 오늘 아침, 역사 시간에 카상드라가 정리한 내용을 다시 읽어 봤다. 이제 클레아가 그것을 변호사들에게 전해 주기만 하면 될 터였다.

* 마레샬 르클레르크 큰길과 뒤게스클랭 길이 직각으로 만나는 모퉁이 카페에서 안나벨 베스를 본 사람들이 있다. 그녀는 그곳에서 전화 한 통을 받은 후에 그 카페를 나와서(증인 1), 뒤게스클랭 길 쪽으로 걸어갔다(증인 2).

* 그녀는 잔다르크 길에 있는 벤치에 앉아서 옆에 앉은 여학생과 짧은 이야기를 나눴다(증인 3). 그리고 쉬앵 섬 쪽으로 가는 길에 클레망소 다리 위에 있는 모습이 목격되었다(증인 4).

* 증인 2와 증인 4가 그녀의 복장을 설명했는데, 그녀는 푸른 바다색 원피스를 입고 검은색의 롱부츠를 신었다.

* 뤼도비크 베스의 말에 따르면, 그는 그날 가죽 캡이 아닌, 베레모를 썼다.

* 두 명의 용의자는 같은 시간에 다음과 같은 곳에 발견되었다.

남자는 50대로 보이고, 회색 머리에 가죽 캡을 쓰고, 인조 콧수염을 붙였으며, 운전용 장갑을 끼고 있었다(증인 6, 7).

* 여자는 40대이며, 붉은색 가발을 썼다(증인 6, 7, 9).

이 두 용의자는 법무사의 자동차에 타고 사람들 눈에 띄도록 고의적으로 접촉 사고를 일으켰다(증인 7).

여자가 쉬앵 섬을 떠날 때, 가방 안에 가발을 넣고 있는 것을 목격한 증인이 있다(증인 8). 짧은 갈색 머리의 그녀는(증인 4, 8) 검정색의 발레리나 슈즈를 신고, 녹색 원피스를 입고 있었다(증인 7, 9).

1. 안나벨과 뤼도비크 베스에게 누명을 씌우려고 이 모든 걸 연출했던 두 사람의 태도는 어떻게 설명할 것인가?

2. 뤼도비크의 지문이 자동차 내부와 차 문에서만 발견되고, 핸들에선 발견되지 않았다는 사실은 어떻게 설명할 것인가?

"카상드라, 넌 정말 천재야! 더할 수 없이 정확하고 간결하고 논리적이야. 완전히 프로의 솜씨인걸!"

"모두 클레아와 그 애의 가족을 위해서야."

나는 체육관에서 돌아오는 길에, 우리가 최근에 발견하고 추리한 새로운 생각들을 아폴린에게 알려 주었다. 아폴린은 눈을 반쯤 감은 채, 거의 1분 동안 말이 없었다. 이럴 땐 둘 중 하나다. 내 말을 듣지 않고 있든지, 깊은 생각에 완전히 빠져 있든지. 드디어 그 애가 얼굴을 찌푸

리며 단호한 어조로 말했다.

"그 퍼즐은 완전하지 않아. 우리를 설득할 수 있는 요소 하나가 빠져 있는 것 같아. 범행 외부에 있을 듯한 사실, 예를 들면 그 사건을 다룬 일간지들 속에서 볼 수 있을 법무사의 상황 같은 것들."

내 친구 두 녀석이 우리 곁으로 다가왔다. 이번만은 녀석들 농담의 표적이 내가 아니었다. 밀랑이 시작했다.

"아폴린도 우리 클럽인 거야? 이거 정말 놀라운 일인데!"

"이 영광이 과연 우리에게 무엇을 가져다줄 것인가!" 필레몽이 한술 더 떴다.

"아폴린, 너 오늘 체육 수업에 참여할 거니? 대체 이게 웬일이람! 너, 이게 이론 수업이 아니라는 건 알고 온 거야? 심지어 땀도 좀 흘려야 한다는 것도 알고 있어?"

아폴린은 녀석들의 짓궂은 장난에 조금도 거북해하지 않고 미소를 지었다. 그 애는 내 친구들의 농담을 받아 주었다.

"그러게 말이야. 우리 집 주치의가 날 배신했다는 사실을 믿을 수 있겠나? 내가 체육 수업 면제 증명서를 연장해 달라고 주치의에게 부탁했는데, 아, 글쎄 이분이 몇 개월 전부터 내 부탁을 거부하고 계시네. 어떻게 이런 이상하고 말도 안 되는 아이디어가 이분의 머리에서 튀어나왔는지 도무지 알 수가 없다네, 친구들. 어쨌든 이분은 내가 지금보다 더 움직이고, 에너지를 소비해야 한다고 결론을 내리셨네. 내 주치의가 앞으로 얼마나 더 많은 바보 같은 표현을 하며 주문을 내릴지 알

수가 없네. 내가 오늘 여기 온 건, 불필요하게 움직여야 한다는 생각에 조금이라도 익숙해져야 할 것 같아서, 오늘은 그냥 사전 탐색만 하러 온 걸세. 너희에게 털어놓자면, 이제부터 선생님께 가서 그 설명을 해야 하네."

"체육이 정 싫으면 수업을 빼먹으면 되잖아. 왜 억지로 하려고 해?"

"그랑제콜(우수한 인재를 양성하기 위해 세워진 프랑스의 고등교육기관) 입시 준비반에 등록하기 위해선 나무랄 데 없는 내신 성적이 필요하거든."

"그럼 오늘은 네 반바지 차림을 못 본다는 소리네? 다음 시간까지 더 기다려야 하는 거야?" 밀랑이 물었다.

"그렇지."

"참! 내 에르완. 내일 케이크 파티 당번은 너라는 거 기억하지?"

"그걸 어떻게 잊어버릴 수 있어?"

일요일 오후에 강가에서 카상드라와 클레아와 쥘르를 만났다. 우린 늘 하던 대로 서로 가벼운 포옹과 뺨 인사를 마친 후에 커플끼리 짝을 지어, 자전거 전용 도로를 따라 동쪽으로 걷기 시작했다.

"변호사들과 이야기가 잘되지 않았대." 카상드라가 알려 줬다.

"클레아는 변호사들이 우리 메시지를 경찰에 전해 줬는지도 잘 모르겠대."

"왜?"

"그 증언이 피고인들의 친척 관계에서 나온 것이어서, 신용할 수 없기 때문이래. 그리고 그 증언들도 반론의 여지가 없지 않다는 거지. 클레아의 부모님은 그래도 자신들이 직접 경찰에 이야기하겠다고 강력하게 주장하셨대. 우리로선 뭘 더 할 수 있을지 모르겠어. 과제물로 해 볼 수 있는 건 다 해 봤는데 말이야."

난 몸을 돌려서 몹시 낙담해 있는 클레아를 바라보았다. 죌르도 뭐라고 말해야 할지 몰라서, 그저 그 애를 꼬옥 안아 주는 것밖엔 할 수 없었다. 난 카상드라에게 아폴린이 한 말을 전해 주었다.

"그래? 그럼 당연히 해 봐야지. 우리가 그건 해 볼 수 있잖아. 야스민에게 부탁해 보자. 그 애의 삼촌이 모아 두신 신문들을 좀 보여 달라고 말이야."

⑫ 맞춰지는 퍼즐

며칠 후에 우리는 네온등으로 밝힌 야스민의 삼촌네 거실에 모였다. 범죄가 일어난 날부터 보름 동안 지역 신문에 실린 다양한 기사들을 한 장 한 장 주의 깊게 훑었다. 야스민은 삼촌이 카페에서 친구들과 카드놀이를 하는 동안, 삼촌의 표현을 빌리자면, 우리를 감시하는 역할을 맡았다. 그러나 야스민은 실은 소파에서 공부하고 있었다. 우린 정확도를 높이기 위해서, 더 많은 신문 기사들을 서로 돌려 보며 확인하고, 각자 메모를 했다. 약 한 시간 반 동안 샅샅이 조사 한 후에, 각자가 발견한 정보들을 교환했다. 먼저 클레아가 메모한 것을 읽었다.

- 3월 24일, 시내 곳곳의 레스토랑 쓰레기통에서 화재 발생함(방화).
- 3월 27일, 도시 북쪽 출구에 설치해 둔 레이더가 고의적인 기물파손으로 고장남.
- 3월 31일, 미성년자 두 명이 마약 밀매로 체포됨.
- 4월 2일, 한 카페 주인이 노숙자의 인상착의를 설명하며 실종 신고를 함.

– 4월 7일, 개인과 기업의 은행 계좌에서 인터넷 해킹 사건 발생함.

– 4월 9일, 글리신 지구에서 운전면허증이 없는 운전자가 만취 상태로 체포됨.

“이런 수고가 과연 의미가 있을까? 난 아무리 생각해도 우리와 야스민의 시간만 빼앗고 있는 것 같아.” 클레아가 메모를 읽고 나서 말했다.

“내 걱정은 안 해도 돼. 난 여기 삼촌 집에서 공부하나 우리 집에서 공부하나 마찬가지니까.” 야스민이 말했다.

“클레아, 나도 너와 똑같은 정보들을 메모했어.” 쥘르가 말했다.

“거기에다 하나 더 추가한다면, 3월 28일에 리베라시옹 큰길에 있는 자동차 정비소 건물에 온통 누군가가 낙서를 해 놨다는 것. 사건과 직접적인 관계는 없지만, 여기가 범행 장소 옆이거든.”

“오케이. 그럼, 이 정보들 가운데서 어떤 걸 남겨 둘까?” 카상드라가 말했다.

“난 일반적인 경범죄나 마약, 그리고 교외에서 일어난 일들은 일단 미뤄 놨으면 해. 그리고 우선 두 가지 정보를 집중해서 조사해 보자. 첫째, 쓰레기통에서 난 화재. 왜냐하면, 단서나 증거들을 불태우기 위해 일어난 화재일 수 있으니까 말이야. 둘째, 인터넷 해킹. 기사에 의하면 막대한 액수의 돈이 사라졌다고 했어.”

“그래서?” 쥘르가 물었다.

"법무사 사무실도 해킹을 당했는지 확인해 볼 수 있을 거야."

"직접 찾아가서 물어볼 수 있는 게 아닐 텐데?" 쥘르가 지적했다.

"그건 법무사 사무실 고객들이 알게 될까 봐 쉬쉬할 정보야. 그런 정보를 아무에게나 알려 주겠어?"

"그래도 어떻게든 시도해 보자."

"쓸데없는 짓일 수도 있겠지만, 난 왠지 노숙자에게 관심을 가져야 할 것 같아." 카상드라의 말이었다.

"실종되었다는 그 남자를 다시 찾았는지 알아보고 싶어."

난 의자 위에서 몸을 좀 움직이면서 말했다.

"그럼, 주제들을 나눠서 조사하기로 하고, 떠나기 전에 기사 전체를 복사하자."

"난 해킹을 맡을게. 법무사와 관계된 곳들을 한 바퀴 돌아봐야겠어. 클레아, 나랑 같이 갈래?" 쥘르가 말했다.

"좋아, 큰길에 있는 정비소 건물의 낙서들도 보러 가자."

"오케이, 그럼 카상드라와 나는 쓰레기통 화재에 대해 알아볼게."

"그리고 노숙자에 관한 것도." 카상드라가 덧붙였다.

"와우, 너희 정말 진지하구나! 믿을 수 없을 정도야." 야스민이 미소 띤 표정으로 말했다.

"이건 정말 심각한 일이잖아." 쥘르가 분명하게 말했다.

"네 말이 맞아, 사실이야. 미안해, 클레아!"

클레아는 괜찮다는 표시로 야스민을 향해 활짝 웃어 보였다.

나는 카상드라와 동행했다. 길을 걸으면서 자꾸 마음속으로 부담이 느껴졌다. 과연 클레아의 삼촌과 사촌 언니의 무죄를 입증할 수 있을지 진지하게 의심이 들기 시작했다. 게다가 한 달 후에 시험이 있는데……. 법무사 살해 사건을 대체 어떻게 해결해야 할까? 무고한 사람들이 감옥에 들어가 있고, 그 책임의 일부가 우리에게 있는데! 나는 같은 감정을 느끼고 있을 카상드라에게 그 이야기를 했다.

"그래도 이 일은 계속해야 해. 앞으로 2주 동안은 오후에 한가해질 거야. 선생님들이 새 학기 개편 준비 때문에 바빠지실 때니까. 그러니 내일부터 이 사건을 좀 내려놓았다가, 바칼로레아 시험이 끝난 후에 다시 집중하기로 하자. 인생은 계속되어야 하니까."

"혹시 우리가 좋은 결과를 만들어내지 못하면 어쩌지?"

"그런 생각은 하지 마. 생각을 안 한다고 해서 안 할 수 있는 건 아니지만, 그래도 그 생각은 피하는 게 좋아."

오늘 아침엔 잠을 잘 잔 덕분인지, 기분이 좀 나아졌다. 난 여름방학에 대해서 생각하고 싶었고, 신문 기사로부터 좀 떠나고 싶었다. 카상드라와 함께 산으로 야외 캠핑을 떠난다든지 하면서. 꿈을 갖는다는 건 아름다운 일이지. 우리 엄마라면 그렇게 말씀하셨을 것이다.

나는 쉬는 시간에 직업반 3학년인 토마조를 찾아갔다. 그 애는 자기 아버지 가게에서 일손을 도와줄 사람이 필요하다고 말했었다. 일주일에 여섯 번, 오전 5시부터 6시까지 트럭에서 채소와 과일을 내리고,

오후 12시부터 2시까지 상품을 포장하는 일이었다. 7월 1일부터 8월 15일까지만. 딱 내가 원하는 조건이었다.

"하루에 25유로. 네가 일만 잘하면, 팁도 주신댔어."

나는 점심시간에 카상드라를 만나서, 내 여름 방학 계획을 알려 줬다.

"그렇구나. 우리 아빠 말씀이, 우리 가족은 7월 첫 주를 뉴욕에서 보내기로 했대. 나도 어제 알게 된 사실이야. 몇 년 전부터 뉴욕에 가는 걸 꿈꿔 오긴 했지만, 일주일 내내 온종일 아빠와 함께 시간을 보낼 생각을 하니까, 숨이 턱턱 막히고 두려운 생각도 들어. 아빠가 세워 놓으신 프로그램을 봤는데, 아니나 다를까 박물관, 갤러리, 박물관, 갤러리, 그리고 저녁마다 우리가 본 것들을 확인하기 위한 대화 시간, 그게 전부야. 난 열일곱 살이라고! 이젠 내 여름방학 스케줄은 내가 알아서 결정할 때도 되었단 말이야."

"네 생각에 완전히 동의해, 카상드라. 그래서 나도 생각해 본 건데, 8월 15일 이후에 우리 둘이 산으로 캠핑을 떠나는 건 어때?"

"그건 우리 아빠와 엄마가 나를 놔줘야만 가능한 일이지. 그런 건 우리 아빠 프로그램 속엔 절대 들어갈 수 없는 거야. 하지만 산속 캠핑은 아니더라도, 비슷한 캠핑은 가능할지도 몰라. 실은 클레아가 내게 준 선물 같은 건데, 너도 흥미로울 거야. 공식적으론 우리 할머니의 보호 아래, 클레아와 나, 둘이서만 지내는 건데, 비공식적으로는 너도 올 수 있다는 거지. 우리 정원에 둘만의 작은 사랑의 텐트도 세울 수 있을 거야."

"우와! 완전 파라다이스네!"

"그런데 그게 클레아의 삼촌과 사촌 언니가 감옥에 들어가기 전에 세운 계획이었다는 게 문제지. 클레아가 이 일 이후로는 그 이야기가 쏙 들어갔어. 상황이 이런데, 내가 그 이야기를 꺼낼 수도 없잖아. 클레아는 지금 방학 계획을 세우는 것보다 우선적으로 해야 할 일들이 너무 많으니까. 다행히도 그 전에 모든 문제가 정리된다면 모를까……."

"좋아, 그건 나중에 다시 이야기하자. 자, 다시 현실로 돌아와서, 시내 중심가에 있는 피자집으로 먼저 가자. 그곳 웨이터인 베르나르 아저씨가 우리 아버지 친구분이셔. 그 아저씨에게 여쭤보면, 쓰레기통 화재가 어디에서 났었는지 알 수 있을 거야."

하지만 우리가 도착한 때는 썩 좋은 시간이 아니었다. 아직도 테이블을 차지하고 있는 고객들이 꽤 많았기 때문이다. 베르나르 아저씨는 날 알아보자마자, 곧장 우리에게 다가오셨다.

"웬일이니? 네 아버지에게 무슨 문제가 생겼니?" 아저씨가 염려스러운 얼굴로 물어보셨다.

"아뇨, 아뇨! 아무 문제 없어요. 오히려 아버지는 새 일자리를 얻어서 몇 개월간 규칙적으로 근무하실 수 있게 되었어요. 컨디션도 아주 좋으시고요. 저희가 온 건……."

"에르완, 빨리 이야기하렴. 보다시피 손님이 아주 많아서, 자세히 들을 시간이 없단다."

"아저씨도 3월에 있었던 레스토랑 쓰레기통 화재 이야기 들으셨죠?"

"그래, 시청 부근이었지. 제대로 알고 있는 건진 나도 모르겠다만, 전직 웨이터가 전 사장들에게 복수할 생각으로 벌인 일이라고 하더구나. 하지만 소방대원들이 도착했을 땐, 이미 불이 모두 꺼진 후였어. 아, 사장이 나를 부르는구나, 그만 가 봐야겠다."

"고마워요, 아저씨. 그런데 부탁이 있어요, 제가 여기 와서 그 화재에 대해 여쭤봤다는 건, 우리 아버지한테 비밀이에요! 지켜주실 거죠?"

베르나르 아저씨는 대답도 하지 않고 급히 자리를 뜨셔서, 내 말을 들으신 건지 확신할 수 없었다. 다시 거리로 나왔을 때 카상드라가 말했다.

"흐음, 매우 신속히 해결된 사건이네. 이 사건은 우리가 미련 없이 버려도 될 것 같지?"

"맞아, 이젠 노숙자 사건을 알아봐야지. 그곳에서 우릴 쫓아내지 않고, 잘 받아 주었으면 좋겠는데."

우린 프레 길에 있는 불리스트 카페 안으로 들어갔다. 그리고 바 가까이 있는 테이블에 자리를 잡았다. 손님은 모두 일곱 명이었고, 두 명은 계산대 옆 바에 서서 사장처럼 보이는 사람과 이야기를 나누고 있었다. 사장이 우리를 보고, 다정하게 물었다.

"다정한 새끼 비둘기 한 쌍에겐 뭘 드리면 될까?"

"밀크 커피 하나랑 사과 주스 하나요."

우린 미소를 지으며 서로를 바라 봤다. 이번엔 카상드라가 말을 걸어 볼 차례였다. 사장처럼 보이는 남자가 우리가 주문한 음료를 갖고 조용히 다가왔다. 그의 따뜻한 태도가 우리를 안심시켰다.

"자," 그가 음료들을 내려놓으면서 말했다.

"다른 건 더 필요한 게 없고?"

"사장님이 실종 신고하셨다는 그 노숙자 말이에요. 그분에 대해서 여쭤보고 싶은 게 있어서 찾아왔어요. 아니면 사장님 말고 다른 종업원이 신고했었나요?"

"아니, 그건 나였어. 난 종업원 없이 혼자 일하거든. 너희가 노숙자라고 한 사람은 크리스토프라는 사람이야."

"그 후로 그분에 대해 새로운 소식을 들으셨어요?"

"아니, 요즘 세상에 노숙자에게 관심을 두는 사람이 어디 있겠니? 아무도 관심을 두지 않지. 이렇게 관심을 가진 사람은 학생들이 처음이네. 그런데 왜 그에 대해 궁금해하는지, 이유를 알 수 있을까?"

"신문에서 그분 이야기를 읽었는데요." 카상드라가 나긋한 목소리로 말했다.

"그 기사 이후로는 다른 이야기가 없어서 궁금했거든요. 노숙자를 위해 실종 신고를 했다는 게 감동적이어서요."

그 남자는 텅 빈 테이블 위에 쟁반을 내려놓더니, 옆에 있는 의자를 잡아당겨다가 내 옆에 앉았다. 카상드라하고만 이야기하려는 것 같았다.

"내가 알고 있는 걸 다 이야기해 주지. 그 후에 그 사람에게 무슨 일이 일어났는지 알아낼 좋은 아이디어가 있다면, 내게도 꼭 알려 주면 좋겠어. 크리스토프는 하루에 두 번, 아침과 저녁에 어김없이 이곳에 와서 커피 한 잔씩 마시고 갔지. 사람이 참 소탈하고 상냥했어. 우리 집에 온 지 얼마 되지 않아서, 자기 이야기를 먼저 스스럼없이 하더라고. 실직한 지 꽤 오래되었다는 것부터, 동거하던 여자와 헤어졌다는 것, 그리고 아이가 있는 동거녀에게 아파트를 내주고 집을 나왔는데 자기에게 남은 거라곤 자동차밖에 없다는 것, 그래서 밤엔 자동차 안에서 잔다는 것 등등. 그 친구가 먼저 그런 이야기를 하지 않았다면, 난 그가 집도 없이 사는 노숙자에 실직자라는 걸 전혀 눈치채지 못했을 거야. 항상 면도까지 깔끔하게 하고, 단정한 차림이었으니까. 그는 거의 매일 시에서 운영하는 목욕탕엘 다녔어. 그리고 아침마다 구인 광고를 샅샅이 훑어보고, 카페에 오면 전화를 몇 통 하거나 누군가 약속한 사람을 만나곤 했었지. 좀 친해졌을 때, 내가 우리 카페 뒤뜰에 주차해도 된다고 했어. 비나 눈 때문에 차가 부식되거나 도난당할 위험도 있으니까 말이야. 우리 둘은 이야기가 잘 통했지, 서로 위로와 격려도 해 주고. 나도 몇 년 전부터 혼자 사는 처지라, 그 친구 사정이 남일 같지 않더라고. 그런데 어느 날 갑자기 그 친구가 사라진 거야. 그래서 실종 신고를 하러 갔더니, 경찰이 내 이야기를 진지하게 받아 주지 않았어. 내가 그의 가족도 아닌데다가, 그 친구가 미성년자도 아닌 성인이기 때문이라는 거야. 사람이라면 누구나 가족 앨범처럼 중요한 추억들은 쉽게 내팽개치지 못하는 법인데, 경찰은 그걸 이해하지 못하더란 말이야! 내가 그의 자동차 안에 있는 옷가지들 사이에서 앨범 하나를 찾았거든. 제기랄! 그가 어떻게 그런 걸 포기하고 생을 마감할 수 있겠어? 그가 스스로 세상을 떠날 생각을 했다면, 틀림없이 그 전에 나랑 무슨 이야기든 하고 싶었을 거야."

"최근에 그분이 좀 이상하다고 느낀 적은 없었나요?"

"빌어먹을! 그게 바로 경찰이 내게 해야 했던 질문이었어. 맞아, 사라지기 며칠 전부터 그는 훨씬 행복해 보였지. 한 여자를 만났는데, 그 여자가 죽은 남편의 옷가지와 돈을 주었다는 거야. 그래서 그는 약간 흥분해 있었어. 그러면서 곧 시작할 새로운 삶에 관해 말하더라고. 그 여자가 크리스토프에게 일자리까지 약속했다더군. 두 사람은 몇 번 데이트도 한 거 같았어. 그런데 난 왠지 께름칙한 기분이 들더라고. 그래서 그를 보호하려고 애썼어. 갑자기 나타난 여자가 무슨 꿍꿍이속이 있는지 어찌 알겠어? 그건 절대 모르는 법이거든. 그런데 내가 그런 이야기를 하면, 크리스토프는 마구 화를 냈어. 내가 질투하는 거로 생각했던 거 같아. 그러다 그를 마지막으로 본 날 저녁엔 둘이 싸우기까지 했어. 그랬던 터라, 그 친구가 실종되고 나서 며칠 동안은 그저 그가 화가 나서 얼굴을 안 보이는 거라고만 생각했어. 하지만 시간이 지나면서 점차 불안해졌지."

"어떻게 생겼는지 아세요, 그 여자?"

"난 얼굴은 보지 못했고, 크리스토프에게 말만 들었어. 40대에, 스포티한 차림을 좋아하고, 갈색 머리에다……."

카상드라가 얼굴을 찡그리자, 그 남자가 곧 반응을 보이며 물었다.

"왜? 뭔가 짚이는 게 있어, 학생?"

"어쩌면……. 아직 확실하진 않아요. 하지만 찾아봐야죠. 뭔가 알게 되면 사장님께도 꼭 알려 드릴게요. 약속해요. 감사합니다."

"꼭 약속한 거지? 학생들, 다시 들를 거지?" 그는 새로 들어온 손님이 바에 다가오는 것을 보고 몸을 일으키며 말했다.

우린 마시던 음료를 다 마시고, 밖으로 나왔다. 내가 먼저 물었다.

"너, 그 여자의 인상착의를 듣고 좀 놀랐던 거지? 하지만 갈색 머리의 40대 여성은 우리 도시에 차고 넘친다는 거 잊지 마."

"물론이지. 하지만 또 모르는 일이잖아."

"자, 자. 카상드라, 우리가 아까 말했던 대로 하자. 우선 그 사건은 잠시 잊고 일단은 공부에 전념한다! 공부하러 우리 집에 갈까?"

"기꺼이."

남은 오후 동안 우리는 국어 구술시험 연습을 해 봤다. 처음엔 제법 진지했지만, 조금 시간이 지나자 진지함은 금세 사라지고, 시험 감독으로 들어오실 학교 선생님들의 목소리와 습관을 흉내 내며 장난을 치다가 간식을 찾아 먹었다. 그리고 카상드라가 클레아랑 약속이 있다고 해서, 그 애를 클레아의 집까지 데려다주었다. 가는 길에 카상드라가 갑자기 자책하기 시작했다.

"아! 난 카페 사장님에게 진짜 쓸데없는 것들만 물어봤어. 진짜 물어봐야 할 질문들이 틀림없이 있었는데!"

"그랬을 수도 있지. 하지만 우린 프로가 아니잖아. 즉석에서 질문한 거였으니까, 중요한 걸 놓칠 수도 있는 게 당연해."

그날 저녁, 난 부모님께 여름방학 계획을 알려 드렸다.

"한 시간에 5유로? 그건 완전히 노동 착취야!" 형이 퓌레를 한입 가득 삼키고 나서 외쳤다.

"그래도 그보다 더 나은 아르바이트를 또 찾을 수 있을지 모르겠구나." 아빠가 끼어드셨다.

"경험 없는 열일곱 살이 할 수 있는 일은 많지 않지. 좀 염려스러운 건, 네가 일하다가 혹시라도 다치는 일이 생겨도 보호받을 길이 없다는 거다."

"토마조 부모님은 성실하신 분들이에요. 아버지가 원하시면, 이번 일요일에 시장에 가서 그분들을 만나 보셔도 돼요. 그리고 저도 다치지 않게 조심할게요."

"알았다. 어떤 의미에선 너희가 스스로 일을 알아서 하는 것도 좋은 일이지. 지금 내가 일하는 곳의 임시 계약 기간이 9월 중반까지니까. 마침 말이 나왔으니 하는 말인데, 어쩌면 지금 있는 곳에서 정직원이 될 수 있을지도 모른단다. 사장이 오늘 내게 지금처럼만 일하면 계약 기간이 끝난 후에 정규직으로 옮겨 주겠다는 뜻을 넌지시 내비치더구나."

"오, 듣던 중 반가운 소식이네요." 엄마가 기뻐하며 말했다.

"지난번처럼 아버지를 속이는 게 아니었으면 좋겠네요. 그때 아버지가 몹시 실망하셨었잖아요. 우리도 실망했고……." 형이 상냥하게 덧붙였다.

"두고 보면 알겠지. 김칫국부터 마시는 건 아닌지 모르겠다만, 그래도 희망을 가져 보자."

식사가 끝나고 한 시간 후에, 아버지가 내게 전화기를 갖다 주셨다. 속삭이는 카상드라의 목소리가 들려 왔다.

"아빠랑 엄마는 지금 영화 보러 가셨고, 동생은 드디어 방금 잠이 들었어. 그래도 좀 더 기다리는 편이 나을 거야. 우리 집 꼬마는 남의 대화 엿듣길 좋아하고, 특히 그걸 제멋대로 꾸며서 퍼뜨리는 게 취미거든. 내가 전화한 건, 네게 급히 알려 줄 소식이 있어서야. 두 가지인데, 우선 사건 소식부터 말할게. 클레아랑 쥘르가 법무사의 사무소에 갔었는데, 사법 재판에 대해 조사하는 학생들인 척하고 갔대. 접수대에 있던 금발의 여직원이 아주 쌀쌀맞게 대하면서, 여기 직원들은 일이 너무 많아서 고등학생들의 호기심을 채워 주는 일에 할애할 시간이 없다고 하더래. 그래서 쥘르가 그럼 이 사무실에서 은행 계좌를 해킹당한 사람이 없느냐고 단도직입적으로 물었더니, 젊은 여자의 얼굴이 마치 아픈 데를 찔린 것처럼 금방 당황하는 표정으로 바뀌더라는 거야. 그러면서 목소리를 바꾸고 상냥하게 그런 일 없다고 잡아떼더래. 쥘르는 그 모습을 보고 다시 한번 와서 조사해 볼 필요가 있다고 확신했대."

"그래? 그거 흥미로운걸. 하지만 그게 우리 사건과 연관성이 있을지 확신이 안 서네. 그럼 두 번째 소식은?"

"우리 관계에 관한 건데, 우리 아빠와 엄마의 생각이 조금 달라진 것 같아. 어제 엄마가 나더러 성인 대 성인으로 이야기하자면서 주방으로 날 부르셨어. 난 혹시 엄마가 날 꾸짖거나 잔소리를 하려는 건 줄 알고 좀 움찔했었지. 특히 이웃집 아줌마가 지난 일요일에 너랑 나랑 손잡고 강변을 거니는 걸 봤다는 소리를 들었다고 하시기에 더 쫄았지 뭐. 그런데 엄마가 화를 내시거나 야단치시지 않았어. 전혀. 그러면서 '네 거짓말을 들었을 때, 내 학생 시절이 생각났단다', 이러시는 거야. 그러면서 이러셨어. '그런 거짓말은 나도 네 나이 때 부모님께 많이 해 봐서 네가 거짓말을 하고 있는지 아닌지 정도는 나도 안단다. 오늘 옆집 아줌마 이야기를 듣고 문득 이런 생각이 들더구나. 우리 부모님도 나를 잘되게 하려고 야단치셨던 거고, 그분들도 내 미래 때문에 많이 두려워하셨겠구나, 하는 생각 말이야. 하지만 그때 나는 그런 부모님의 마음을 헤아릴 수 없었지. 그래서 무조건 야단치고 윽박지르시는 게 싫어서, 아직 어린 나이에 부모님 곁을 떠났었어. 그리고 오랫동안 마치 부모님이 존재하지 않는 것처럼 살았었지. 내가 네 할아버지, 할머니와 다시 보게 된 건, 네가 태어나고 나서였단다. 부모님과 떨어져 연락도 하지 않고 사는 동안은 정말 끔찍했었어. 모든 이로부터 버려진 느낌이었지. 그래서 당시에 그분들이 날 이해해 주지 않은 것에 대해 지금까지도 원망하고 있단다. 난 너랑 나 사이에도 그런 일이 일어나길 원치 않아. 물론 네 아빠도 나랑 같은 생각인지는 모르겠구나. 하지만 네 아빠 생각도 때가 되면 변할 거야.' 이러셨다니까!"

나는 그 애에게 하듯이, 전화기에 대고 입을 맞췄다. 내 여자 친구가 자랑스럽게 느껴졌다. 카상드라는 화제를 바꿔서 바칼로레아 시험에 자신 있느냐고 물었다. 난 그 애를 안심시켰고, 그 애는 만족스러운 말투로 이렇게 말했다.

"네가 보름 동안 얼마나 말이 없어졌는지, 두 마디 이상은 하지 않았다는 거, 알고 있니?"

"알아. 최소한의 서비스만 적용했지." 내가 말했다. 그리고 농담 섞인 어조로 덧붙였다.

"그래서 이제 네 부모님이 곧 나를 식사에 초대하시는 건가?"

"흥분하지마, 에르완. 당장은 아니야. 하지만 언젠가는…… 아마도 몇 달 후쯤? 그래도 휴대전화 해지했던 걸, 철회시켜 주셨으니까, 그게 어디야!"

오늘 아침에 복도에서 아폴린과 마주쳤다.

"이렇게 만난 김에 자문 좀 구하자." 내가 미소를 지으며 말했다.

"오, 미스터 에르완! 예약도 않고, 치료비도 내지 않는 면담은 실패하게 되어 있어요, 알고 계시겠죠? 뭐, 그래도 굳이 그렇게 하겠다면, 어디 한번 말해 봐."

난 최근에 있었던 이야기를 들려주었다. 아폴린은 몇 초 동안 난처한 표정을 짓다가, 낮은 소리로 말했다.

"그런데 이 정황들을 연결해 주는 요소가 한 가지 보이네. 옷! 들어봐, 한쪽엔 변장한 커플이 있고, 또 한쪽엔 가난한 남자에게 옷을 주었다는 여자가 있어. 두 경우 모두, 자기 옷이 아닌 남의 옷을 입는 이야기야. 방금 섬광처럼 떠오른 생각이야. 그러니까 진짜 일을 하는 건 우리의 팔다리가 아니라 뇌란 소리야, 그리고……."

"그 섬광처럼 떠오른 생각을 우리가 구체적으로 적용할 수 있을까?"

"구체적으로 어떻게 연결하느냐는 거지? 너희들 노숙자의 옷과 관련된 정보를 갖고 있니? 그러니까 그 사람이 입었던 옷의 사이즈라든지, 색깔, 스타일, 그의 연령대 등등. 노숙자의 나이는 어떻게 된대?"

"물어보지 않았어. 그럼, 해킹당한 계좌들 말인데, 그것도 알아볼 필요가 있을까?"

"돈이 범죄의 근원인 경우가 많지. 그건 분명하잖아."

아폴린이 한 말을 카상드라에게 들려주자, 카상드라가 감동하며 말했다.

"와우, 아폴린이 머리 좋다는 건 사실이네. 그 애가 정확한 곳을 찌른 거 같긴 해. 음, 그래도 사실 잘 모르겠어. 내 생각엔……."

"내가 제대로 이해한 거라면, 오늘 오후엔 그 카페 사장님을 만나러 가는 게 좋겠어."

"그는 마흔여덟 살이야, 나랑 동갑이거든." 사장이 자신 있게 말했다.

"나이보다 살짝 더 들어 보일 순 있을 거야. 삶이 어려우면, 늙어 보이기 마련이니까!"

"그분이 여자에게 받았다는 옷은 대개 어떤 옷들이었어요?"

"꽤 괜찮은 남성복. 아주 고급스러워 보이는 옷들도 있었지."

"예를 들면 밝은색 양복?"

"맞아, 그런 양복이 최소한 두 벌은 있었어. 어느 날 밤 그가 외출했을 때, 그의 옷들을 가져다가 우리 카페 한쪽에 보관해 두었는데, 그때 내 그런 행동에 몹시 화를 내더라고. 그러면서 자기는 내 맘에 들고 싶은 게 아니라, 그 여자 마음에 들고 싶다고 하더라고. 자, 학생들, 내 친구 크리스토프를 찾았어?"

"가능성이 보여요. 찾으면 알려 드리러 올게요."

우린 음료를 마시고 거리로 나왔다.

"그러니까 크리스토프는 파투가 묘사했던 그 남자일 거야." 내가 말했다.

"파투가 제네랄 드골 큰길에 있는 성당 카페에서 마주쳤다는 제비꽃 다발을 가진 남자 말이야. 살해 사건이 있던 날 아침 8시 반쯤. 안 그래?"

"맞아, 확실해. 너희 집에 가서 과제물을 다시 한번 살펴보자." 카상드라가 제안했다.

"한 가지 확인해 보고 싶은 게 있어."

나는 낮아진 카상드라의 어조를 들으며, 우리가 목표 지점에 거의 이르렀다는 예감이 들었다. 내가 물었다.

"카상드라, 뭔가 떠올랐구나? 맞지?"

"승리를 외치기 전에 먼저 확인해 보는 게 좋지. 잠깐만. 전화가 왔네, 클레아야. 여보세요, 클레아? 응, 맞아……. 그래? 쥘르도 확신한대? 그럼 우리 모두 에르완 집에서 만나자. 간식으로 비엔나 빵도 먹고. 응, 네 말이 맞아. 우리끼리 축하해야지."

카상드라가 심호흡을 했다. 두 뺨이 약간 붉어졌다. 뭔지 모르지만, 카상드라는 몹시 감격스러웠는지, 클레아에게 들은 내용을 전하기 전에, 먼저 날 두 팔로 껴안았다. 그리고 우린 입맞춤을 했다. 그건 그 애가 안정을 찾고 싶거나 감정을 진정시키고 싶을 때마다 하는 방법이다. 우리의 입맞춤은 내게도 같은 효과를 가져왔다.

"나의 에르완! 드디어 쥘르가 그 여자를 찾았대. 살해 사건이 있었던 날, 클레아의 사촌 언니로 변장했던 짧은 갈색 머리의 40대 여자."

⑬ 올바른 추론

쥘르와 클레아가 먼저 와서 우리 아파트 앞 벤치에서 기다리고 있었다. 그 애들은 우리를 보더니, 흥분한 응원자들처럼 제자리에서 팔짝팔짝 뛰면서 어서 뛰어오라고 소리를 질렀다. 그리고 우리는 엘리베이터가 내려오는 걸 기다릴 수 없어서, 모두 계단으로 뛰어 올라갔다. 나는 쥘르에게 1등을 빼앗기지 않으려고, 두 배의 속도를 내며 전력 질주했다. 그러나 여자애들은 우리보다 훨씬 합리적인 리듬을 선택했는지 속도를 늦췄다. 그때 카상드라가 하는 말이 들렸다.

"남자애들 좀 봐, 완전 초딩들 같아!"

"하지만 귀여우니까 봐주자." 클레아가 덧붙였다.

주방 테이블에 앉아서 우린 클레아가 하는 설명을 들었다.

"학교가 끝난 후에 쥘르가 법무사 사무소 앞에서 잠복근무하자고 해서 거기로 갔어. 마침 맞은편 인도에 벤치가 있어서, 목표 지점을 관찰하는 데 최적의 장소가 되었지. 우리는 스파이처럼 보이지 않으려고 사랑에 빠진 연인들 역할을 하기로 했어. 얼굴을 바짝 갖다 댄 채, 서로의 머리카락으로 얼굴을 감추고 밀어를 속삭이는 연인 말이야. 번갈아 가며 자기 차례가 되면, 사무실 정문에 시선을 고정하고 있었어. 그런데 알고 봤더니 직원들이 정문에서 나오지 않고, 우리 벤치에서 멀지 않은 곳에 있는 카페에서 나오는 거야. 서로 이야기를 하면서 나오는데, 접수대에 앉아 있던 금발 여자의 목소리를 금방 알아듣겠더라. 전날 우리를 쫓아내다시피 했던 그 여자 말이야. 그런데 그 여자 옆에 있던 다른 여자가 그녀에게 명령조로 말을 하는 거야. '가서, 담배 좀 사다 줘' 라고 하는데 그 어조가 꼭 보스 같았어. 난 쥘르와 교대하려고 그의 팔을 꼬집었지. 쥘르가 봤더니, 금발 여자가 심부름하느라 오른쪽으로 갔고, 남은 한 사람은 먼저 횡단보도 앞으로 가서 신호가 바뀌길 기다리더래. 그때 쥘르가 '안나벨로 변장한 사람이 바로 저 여자인게 분명해, 확인해 봐야겠어' 라고 하더니, 벌떡 일어나 그 여자 앞으로 가서 혹시 담뱃불이 있느냐고 물어봤어. 그 여자가 갈색의 짧은 머리를 하고 있었거든."

거기서부터는 쥘르가 받아서 설명을 이어갔다.

"가까이 가서 보니, 40대쯤으로 보였어. 그 여자가 말없이 라이터를 내밀기에, 난 답례로 담배 한 개비를 내밀었지. 그랬더니 그 여자가 묘한 미소를 지으며 받더라. 그 묘한 미소를 보는 순간, 그 여자가 틀림없다는 확신이 들더라고. 그러고 나서 그 여자는 담배를 사 온 금발 여자와 함께 길을 건너갔어. 자, 이제 우린 절반까지는 온 셈이야. 남은 일은 남자의 정체를 알아내는 거지."

"그것도 알아낸 거 같아." 카상드라가 결과를 확신하며 말했다. 그리고 과제물 하나를 읽기 시작했다.

"내가 본 인간이 바로 그랬다. 그는 커다란 서류 가방을 손에 들고 나타났다. 빨간 넥타이! 그가 선택된 건 아마도 눈에 띄는 그 넥타이 때문이었을 것이다. 그 남자는 방금 보이지 않는 경계선을 넘었다. 나는 25부터 카운트다운을 시작했다.

3, 2, 1, 0, 슉! 끝났다. 그의 몸은 온건한 지구 주민들이 입는 옷으로부터 분리된 후에, 분자로 분해되어 초광속으로 지구 위 높은 궤도의 외계인 기지로 가 버렸다. 이것이 그의 마지막 여행의 첫 번째 단계다."

"그건 필레몽의 과제잖아." 쥘르가 말했다.

"맞아. 법무사가 프라테르니테 건물의 통로로 들어가던 순간이야. 그는 몇 분 동안 갈릴레 길에서 있던 클레망스와 그곳을 지나던 행인들의 눈에 보이지 않았더랬어. 그러니까 그는 옷을 갈아입기 위해 그 시간을 이용했던 거야. '그의 몸은 온건한 지구 주민들이 입는 옷으로부터 분리된 후에, 분자로 분해되어 초광속으로 지구 위 높은 궤도의 외계인 기지로 가 버렸다'고 한 것처럼, 그 남자는 양복 상의와 넥타이를 벗고 가죽조끼와 서류 가방만 손에 들고, 콧수염을 붙이고 나왔던 거야. 그 남자가 나타나는 모습을 본 순간에 차에 타고 있던 여자가 보여준 흥미로운 반응을 클레망스는 놓치지 않고 언급했지. 그 여자가 재미있어했다고 쓴 이유를 좀 알아봐야겠어……. 자, 내가 그 부분을 읽어 볼게. '남자를 응시하고 있는 여자는 잠깐이지만 몹시 재미있어하는 것 같았고, 남자는 여자에게 미소를 지어 보였다.' 이 남자는 남들에게 자신이 실종되었다고 믿게 하려 했던 법무사가 틀림없어. 그 일을 위해서 공모자의 도움이 필요했겠지. 짧은 갈색 머리의 여자 말이야. 그리고 네 사촌 언니와 삼촌을 끌어들여서, 경찰이 오기 전에 그들을 범죄 현장으로 가게끔 했어. 그 차 안에 돈 봉투를 두었으니 찾아가라는 구실로 자동차에 지문을 남기게 하려던 거였지."

여기까지 단숨에 내뱉은 카상드라는 흥분으로 두 볼이 붉게 상기되었다. 그러곤 나를 향해 몸을 돌리고 말했다.

"너, 필레몽에게 전화 좀 걸어 줄래? 그 애한테 물어보고 싶은 게 있어."

카랑드라와 나는 클레아랑 쥘르를 주방에 남겨 두고, 거실로 갔다.

"여보세요, 필레몽? 카상드라가 네가 쓴 과제물에 대해서 하나 물어볼 게 있대."

"오, 내 재능의 비밀이 알고 싶은 거로군. 네가 대신 말해 줘. 그거야말로 미스터리이고 또……."

"필레몽, 제발 부탁인데, 5분만 좀 진지해 줄래? 네 덕분에 쇠창살 뒤에 갇힌 무고한 사람들이 누명을 벗을 수 있다면, 그것만큼 보람 있는 일이 있겠니?"

"내 덕분에? 내 말은……."

"필레몽, 제발 부탁한다."

"오케이, 뭔데? 물어봐."

나는 얼른 수화기를 카상드라에게 넘겨주었다.

"안녕, 필레몽? 카상드라야. 네가 과제물에 썼던 그 남자 말이야. 내가 한 문장을 읽어 볼 테니, 들어 봐. '그의 몸은 온건한 지구 주민들이 입는 옷으로부터 분리된 후에, 분자로 분해되어 초광속으로 지구 위 높은 궤도의 외계인 기지로 가 버렸다.' 이건 네가 그곳에서 있었던 일을 눈으로 보고 묘사했거나, 아니면 그가 납치를 당하기 전에 옷을 벗어야 했을 거라고 상상했기 때문에 이렇게 썼겠지. 내가 제대로 이해한 건지 모르겠지만 말이야. 너도 알겠지만 공상 과학 소설에서는, 대부분 인간이 옷을 벗지 않은 채 지구를 떠나는 걸로 묘사되잖아. 그런데 넌 왜 굳이 '옷으로부터 분리된' 이라는 표현을 쓴 건지, 말해 줄 수 있니, 필레몽?"

카상드라는 필레몽이 대답 없이 침묵을 지키자 당황하기 시작했다. 아마도 자기에게 말을 더하게 만들어서 놀리려는 거라고 해석했을 것이다. 하지만 난 시선으로 그 애를 안심시켰다. 필레몽이 뭔가 답을 하려고 골똘히 생각 중이라는 걸 알고 있었기 때문이다. 카상드라의 불안감이 더 커지려 할 즈음, 마침내 필레몽이 입을 열었다.

"소설이나 드라마 시리즈에서 보면, 납치된 인간들은 때로 길모퉁이에서 옷을 입은 채 납치되거나, 또는 침대에서 파자마를 입은 채로 납치되곤 하잖아. 사실 옷이나 파이프, 만년필 같은 개인적인 물건들은 외계인들이 매우 흥미를 갖는 단서들이야. 지금까지 알려지지 않은 문명을 발견하는 고고학자들에게 그렇듯이 말이지. 대개 인간은 지구를 떠나기 전에 절대로 옷을 벗지도 않고, 갈아입지도 않아. 왜냐하면, 외계인에게 납치되는 일은 언제나 생각지 못한 순간에 갑자기 닥치니까! 그런데 내가 그렇게 썼던 건…… 그러니까 그건…… 그날 그곳에서 본 어떤 장면이 내 의식에 영향을 미쳤기 때문일 거야. 나도 모르는 사이에. 아무튼, 난 당시 그곳에서 보았던 장면을 글로 시각화해 보고 싶었어. 그래서 나름대로 한 이미지를 갖게 되었는데, 하지만 확실하진 않아. 어쩌면 미리 조작된 기억 때문에 그런 표현을 했을 수도 있어. 아, 그래! 그날 쓰레기통에서 본 빨간 리본 같은 게 생생한 이미지로 남아 있었나 봐."

"빨간 리본이라면 혹시 법무사의 넥타이일까?"

"법무사의 넥타이? 그래, 그럴 수도 있겠다. 카상드라, 이제 에르완 좀 바꿔 줄래?"

내게 수화기를 내미는 카상드라의 볼이 또다시 상기되었다.

"오, 내 친구여! 이 강렬한 순간! 이 놀라운 감정! 네 여자 친구는 정말 능력이 있어. 나도 그런 여자 친구가 있으면 좋겠다. 나도 이참에 여자 친구를 찾을 생각 좀 해 봐야겠어. 그건 그렇고, 너 이번 주말에 올 거지?"

"언제나처럼."

내가 수화기를 내려놓고 주방으로 돌아갔을 땐, 세 친구가 열띤 토론을 하고 있는 중이었다. 카상드라가 세운 가설이 옳다는 걸 확인하기 위해 클레아가 꼭 필요한 질문들을 쏟아 내고 있었다.

"그럼 시체는?"

"어떤 여자가 죽은 자기 남편이 입었던 옷들이라면서, 크리스토프에게 주었대. 그 노숙자 말이야. 그런데 그 노숙자의 나이와 체격이 법무사랑 비슷했었나 봐. 그래서 그 여자가 그 남자를 노리고 유혹했던 거 같아. 아마도 자기가 준 밝은색 양복을 입을 때가 가장 멋져 보인다고 말했겠지. 그래서 사건 당일 아침 그 여자는 프라테르니테 건물 통로에서 그와 만나기로 약속했을 거야. 그리고 거기엔 청부살인자 루디가 이미 와서 기다리고 있었지. 나중에 법무사가 메르세데스를 타고 돌아왔을 땐 이미 뒷좌석에 시체가 실려 있었어. 아마도 30분쯤 전이었겠지. 그다음은 쉽게 추리할 수 있지. 우선 무엇보다도 두 남녀는 자신들과 뒷좌석에 있는 시체가 사람들 눈에 띄길 바랐어. 그리고 충분히 눈에 띄었다는 생각이 들었을 때, 법무사의 서류를 죽은 노숙자의 주머니에 슬쩍 집어넣고 사라졌지. 경찰은 피해자의 주머니에 있던 신분증을 보고 그가 누구인지 알아낼 수 있었어. 경찰은 당연히 법무사와 가까운 비서를 불렀겠지. 그에겐 가족이 없었으니까. 그런데 그 비서가 바로 그와 공모했기 때문에, 피해자의 신원을 확인하려는 경찰에게 법무사의 시신이 맞다고 거짓말한 거지."

"그런데 그 사람들, 왜 그런 짓을 했을까?"

"그거야 경찰 수사 결과가 말해 주겠지. 하지만 추측하건대, 마리도 씨는 자신의 여러 가지 사기 행각을 덮기 위해서 아예 지구 상에서 사라진 사람처럼 보이고 싶었을 거야. 역시 돈이 동기가 되겠지."

"그는 분명히 해킹에 의한 횡령에도 연루되어 있을 거야." 쥘르가 덧붙였다.

"법무사들은 고객들의 은행 계좌를 조회해 볼 수 있으니까, 세금 신고 기간엔 고객들의 계좌에 들어가고 나가는 막대한 액수를 알고 있었을 거야. 그때마다 많은 고객에게 사기를 쳤을 게 분명해."

그때 나는 클레아가 두 손으로 얼굴을 가리고 있는 걸 봤다. 어깨가 가볍게 들썩거리더니, 흐느끼기 시작했다. 쥘르가 그런 클레아를 두 팔로 감쌌다. 카상드라와 나는 잠시 둘만 있도록 자리를 피해 거실로 나왔다.

"사람들이 우리 말을 믿어 줬으면 좋겠는데……." 카상드라가 불안해하면서 말했다.

"우린 어떤 물질적 증거도 없잖아……. 그리고 만일 지난번처럼 틀린 부분이 있으면 어떻게 하지?"

"추측하는 건 이제 그만하자." 내가 말했다.

"그리고 우리가 추론한 내용을 간결하고 정확하게 써서, 우편으로 보내는 거야. 그리고 경찰이 보름 내에 반응하지 않으면, 언론에 가서 알리는 거지. 그럼 경찰도 즉시 일을 시작할 거야."

저번처럼, 우리가 도출한 추론을 정리하는 건 카상드라였고, 우린 함께 머리를 맞대고 조금씩 수정을 했다. 카상드라는 법무사 살해범으로 예상되는 루디의 존재와 크리스토프의 실종 사건을 특히 강조했다.

"의심되는 부분을 모두 짚어 봐야 해. 난 경찰도 우리의 추론과 겹치는 다른 증거들을 나름대로 가지고 있다고 믿어." 카상드라가 단호한 어조로 말했다.

쥘르와 클레아가 일회용 비닐장갑을 꼈다. 한 사람은 편지를 다시 베끼고, 다른 한 사람은 그 편지를 봉투 속에 넣었다.

그 후 몇 주 동안 나는 기다림의 시간을 카상드라와 함께 공부하며 채웠다. 우리는 시험이 끝날 때까지는 그 사건을 더는 생각하지 말자고 약속해 놓고도, 실제론 항상 그 생각을 하고 있었다. 내 여자 친구는 종종 클레아와 전화 통화를 했다. 클레아의 삼촌과 사촌 언니의 변호사에 따르면 경찰 수사가 새로운 방향으로 재개되었다는데, 수사팀은 여전히 조사 결과를 발표하지 않았다. 계속 돌아오는 문장은 더 인내심을 갖고 기다리라는 거였다. 거의 매일 밤, 나는 감옥에서 희망 없이 또 다음 날을 맞아야 하는 클레아의 삼촌과 사촌 언니의 슬픔과 분노를 상상해 보곤 했다. 그리고 수업이 끝나면, 혹시 신문에 새로운 소식이 나왔는지 보기 위해 나도 모르게 매번 할머니 집에 들르고 있다는 사실을 문득 깨달았다. 눈치가 빠른 우리 할머니께서 드디어 어느 날 저녁에 말씀하셨다.

"얘야, 내가 샅샅이 잘 살펴보고 있단다. 그러니까 에르완, 조금이라도 새로운 소식이 있으면 내가 전화로 알려 주마. 넌 너무 여기에만 신경 쓰지 말고, 다른 일에도 신경 좀 쓰려무나."

법무사 사건이 내 뇌를 떠나는 유일한 순간은 주도면밀한 돼지 클럽에서 보내는 두 시간이었다. 두 녀석은 항상 케이크에 흥분했고, 그때마다 나는 숨 막히는 기분을 조금이나마 떨쳐 버릴 수 있었다. 시험이 있기 전, 마지막 케이크 파티의 프로그램은 이것이었다. 세 개의 에클레어를 먹든지, 아예 아무것도 먹지 말든지! 우리는 자주 가는 베이커리의 메뉴에 새로 추가된 프랄린 향의 에클레어를 먹어 보기로 했다. 그리고 그 시도는 놀라운 성공을 거뒀다.

시험이 가까워지자, 부모님은 주말이면 특별히 더 다정하게 대해 주셨고, 엄마는 내가 좋아하는 디저트를 정성껏 준비해 주셨다. 하지만 크림 케이크를 먹고 온 지 채 두 시간도 되지 않아서 다시 식탁에 올라온 슈크림들은 사실 약간 부담스러웠다. 그리고 아빠는 내 기분을 즐겁게 해 주려고 늘 농담을 준비해 오셨다. 그런 만큼 난 더욱 부모님을 실망시켜 드리고 싶지 않았다.

국어 필기시험, 드디어 오늘이다. 카상드라와 난 서로에게 용기를 주기 위해 시험 보기 전에 짧게 입맞춤을 했다. 난 발명이라는 주제를 선택하면서, 그 주제가 내게 기회를 줄 수 있길 바랐다. 난 시험에 나오는 지문을 오랫동안 읽고 또 읽었다. 급하게 서둘러선 안 된다는 걸 알고 있기 때문이다. 카상드라는 논문이나 평론 같은 글쓰기를 더 좋아한다. 다음 날은 오전에 구술시험을, 오후에 수학-정보과학 시험을 보았다. 그리고 다음 날 과학 교육 시험만 보면 끝이다. 그 시험에서는 운이 좋게도, 전날 공부했던 눈이라는 주제를 받았다. 모든 과목에서 내가 택한 주제를 완전히 이해하고 썼다고는 말하지 못하겠지만, 터무니없는 답을 쓰지 않았다는 것만은 확실하다. 난 합리적으로 모든 시험에서 평균 점수는 받을 수 있길 바랐다.

수요일 아침에 카상드라가 문을 두드렸다. 내가 아직 침대에서 뒹굴고 있을 때였다. 카상드라의 손에 지역 신문 한 장이 들려 있었다. 그 애가 내 볼에 입을 맞추며 소리 질렀다.

"빙고! 경찰들이 드디어 다시 움직이기 시작했어."

"클레아도 알고 있어?"

"클레아가 어젯밤에 내게 문자 메시지를 보냈어. 사촌 언니와 삼촌이 그날 저녁에 자유의 몸이 되셨대! 읽어 봐. 우리의 추론이 옳았다는 걸 알게 될 거야."

법무사의 마지막 사기극

법무사 살해 사건이 새로운 전개를 맞았다. 얼마나 놀라운 반전인가! 지난 3월 23일, 쉬앵 섬에 주차된 자동차 안에서 법무사 마리도 씨가 숨진 채로 발견되었던 사건에 대해서, 경찰은 이 사건이 법무사에게 사기를 당한 적이 있는 뤼도비크 베스, 아나벨 베스 부녀의 복수극이며, 이들이 외인부대의 탈영병에게 돈을 주고 범행을 사주한 것이라는 결론을 내렸었다.

그러나 경찰이 유력한 용의자로 지목했던 두 사람이 풀려나는 반전이 어젯밤에 일어났다. 경찰에 따르면, 법무사 마리도 씨는 죽지 않고 살아 있을 뿐 아니라, 프랑스와 범죄인 인도 협정이 체결되지 않은 국가인 아르헨티나로 도주한 상태다. 아울러 3월 23일에 발견된 시신은 프레 길에 주차된 자동차에서 생활했던 노숙자 크리스토프 앙라르였다는 사실도 밝혀졌다. 법무사는 자신과 가까운 동료였던 실비 라뤼크와 공모하여, 사람들이 자신이 살해되었음을 믿게 하는 동시에, 자신을 파멸시키겠다고 협박해 온 뤼도비크 베스, 안나벨 베스 부녀에게 살인 누명을 씌울 계획을 꾸몄던 것으로 나타났다. 이 음모에 관련된 상세한 내용은 아직 다 밝혀지지 않았으나, 실비 라뤼크의 자백을 통해 이 끔찍한 음모의 전모가 곧 드러날 것으로 보인다. 지금까지 밝혀진 바에 의하면, 법무사는 단순히 피신한 것에 그치지 않고, 출처가 매우 의심스러운 막대한 돈을 해외 계좌로 이전하는 데 성공했다고 한다.

에필로그

7월 4일, 우리는 낭트에서 올라온 크리스토프 앙라르 씨의 가족 몇 명과 불리스트 카페의 사장님과 함께 그의 장례식에 참석했다.

그리고 며칠 후엔 클레아의 삼촌과 사촌 언니의 석방을 축하하기 위한 클레아 가족의 모임에 초대받았다. 우린 두 사람에 대해 궁금하면서도 동시에 편치 않은 기분이 들었다. 어쨌든 베스 부녀가 체포당하고 투옥되는 원인을 우리가 제공했기 때문이다. 안나벨은 그런 우리를 보자마자 분명하게 말해 주었다. 절대로 우리를 원망하지 않는다고. 비록 잠시 후에 그녀가 감옥에 있던 때를 떠올리며 괴로운 표정을 짓는 걸 보긴 했지만……. 클레아의 삼촌도 우릴 안심시키려고 애썼다.

"너희들이 편지를 보내기 전부터 이미 경찰은 우리를 용의선상에 올려놓았단다. 내가 디지털 지문 검사를 거절했을 때부터 형사들은 벌써 나를 의심했어. 피해자 시신의 주머니에서 나온 수첩에 우리 부녀 이름이 제일 먼저 올라가 있었거든. 그 나쁜 놈이 우릴 감방에 넣으려고 작정하고 만든 함정에 빠져든 거지. 우린 결정적으로 이 사건을 해결할 수 있게 해 준 너희에게 말할 수 없이 큰 은혜를 입었다고 생각한단다."

여름 방학의 남은 시간은 순식간에 지나가 버렸다. 나는 새벽부터 하루를 시작했고, 모자란 잠을 보충하려고 오전 중에 집에 돌아와 한두 시간 쪽잠을 자고 다시 나갔다. 간혹 내가 잠자는 동안 카상드라가 나를 만나러 와서, 난 그 애의 팔에서 잠을 깨기도 했다. 난 카상드라에게 우리 집 열쇠를 몰래 복사해 주었다. 그리고 거의 매일 점심을 함께 먹었다. 때때로 그 애는 내 일이 끝날 즈음 토마조 집 앞으로 나를 찾아왔다.

방학 때 카상드라는 부모님과 뉴욕으로 떠나지 않았다. 출발 전날 갑자기 몸이 몹시 아팠기 때문이다. 공식적으로는 식중독이었지만, 뉴욕에 가서 일주일이나 나와 떨어져 지내야 한다는 생각에 그런 증상이 일어난 거라고 믿고 싶다. 카상드라의 할머니가 집에 오셔서 며칠 동안 손녀딸과 함께 지내기로 했다. 카상드라에게 훨씬 행복한 시간이 되었다.

8월 중순쯤엔 카상드라의 집에 초대를 받아 식사하러 갔다. 사실 그 시간이 내겐 따뜻한 초대라기보다는 불안한 시험처럼 느껴지긴 했다. 그러나 카상드라의 부모님은 식사 후에, 카상드라가 나랑 클레아와 함께 열흘 정도 클레아의 할머니가 사시는 시골로 캠핑을 떠날 수 있게 허락하셨다. 그건 클레아의 할머니가 제안하셨던 것이기도 하다.

아, 그렇다! 잊어버릴 뻔했다. 평균을 조금 넘은 내 바칼로레아 성적으로 우리 부모님의 마음이 자랑스러움과 기쁨으로 가득 찼다는 흐뭇하고 중요한 이야기를!

25개의 과제

에르완

밀랑

상디

클레망스

살로메

아폴린

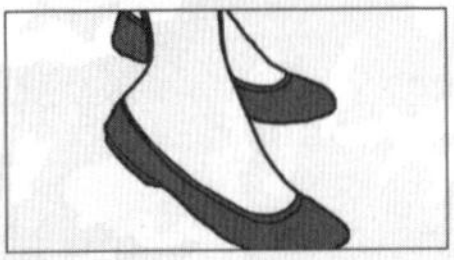
카상드라

야스민

이네스

플라비아

말비나

파코

클레아

위고

줄리

필레몽

파투

소피

스티븐

쥘르

마레바

알데릭

모라드

블라디미르

에스테르

오전 9시에서 10시 30분 사이

초판 인쇄 2021년 6월 15일 **초판 발행** 2021년 6월 15일
지은이 이브 그르베 **옮긴이** 김주경
펴낸이 남영하 **편집** 이신아 장미연 **디자인** 박규리 **마케팅** 김영호
펴낸곳 ㈜씨드북 **주소** 03149 서울시 종로구 인사동7길 33 남도빌딩 3F **전화** 02) 739-1666 **팩스** 0303) 0947-4884
홈페이지 www.seedbook.co.kr **전자우편** seedbook009@naver.com **인스타그램** instagram.com/seedbook_publisher
ISBN 979-11-6051-404-9 (43860)

SEULS DANS LA VILLE ENTRE 9H ET 10H 30
by Yves Grevet

• 책값은 뒤표지에 있어요. • 잘못 만들어진 책은 구입하신 서점에서 바꾸어 드려요. • 씨드북은 독자들을 생각하며 책을 만들어요.